浙江省哲学社会科学规划重大项目“西方文学思潮发展史”（22YSXK03ZD）
2024年“商大精品文库”建设项目

西方文学思潮发展史论丛

蒋承勇 主编

古典主义文学思潮导论

马 翔 著

商务印书馆 The Commercial Press | 北京
浙江工商大学出版社 ZHEJIANG GONGSHANG UNIVERSITY PRESS | 杭州

图书在版编目（CIP）数据

古典主义文学思潮导论 / 马翔著. -- 杭州 ：浙江工商大学出版社 ；北京 ：商务印书馆，2024.12
（西方文学思潮发展史论丛 / 蒋承勇主编）. -- ISBN 978-7-5178-6060-0

Ⅰ. I109.9

中国国家版本馆 CIP 数据核字第 20240V5H33 号

古典主义文学思潮导论

GUDIAN ZHUYI WENXUE SICHAO DAOLUN

马　翔 著

出 品 人　郑英龙
策　　划　郑英龙　任晓燕
责任编辑　熊静文　李耀男
责任校对　夏　佳
封面设计　观止堂_未氓
责任印制　祝希茜
出　　版　商务印书馆
　　　　　　浙江工商大学出版社
发　　行　浙江工商大学出版社
　　　　　　（杭州市教工路 198 号　邮政编码 310012）
　　　　　　（E-mail：zjgsupress@163.com）
　　　　　　（网址：http://www.zjgsupress.com）
　　　　　　电话：0571-88904980，88831806（传真）
排　　版　杭州朝曦图文设计有限公司
印　　刷　浙江全能工艺美术印刷有限公司
开　　本　710mm×1000mm　1/16
印　　张　14.25
字　　数　182 千
版 印 次　2024 年 12 月第 1 版　2024 年 12 月第 1 次印刷
书　　号　ISBN 978-7-5178-6060-0
定　　价　76.00 元

总　序

蒋承勇

20 世纪八九十年代，我国学界曾经就“重写文学史”问题展开了十分热烈的讨论，唤起了众多学人对创新文学史研究的学术热情，不少人开始致力于新文学史著作的撰写。时过境迁，热烈的讨论已归于沉寂，文学史“重写”的实践无疑也取得了可喜的成果。但是，今天看来，当年的讨论主要聚焦于文学史撰写的观念更新，而不是着力于对文学史事实与现象及作家作品本身的深度研究——就当时的学术状况和语境而言，这种研究尚不具备深度展开的客观条件，——因而也不可能为文学史的“重写”提供丰富的学术“原材料”。观念更新固然很重要，但如果没有长期的对文学史事实与现象及作家作品研究的深厚积累，仅仅是观念和概念层面的花样翻新，那么，这种“重写”就缺乏学术新成果的有力支撑，从某种意义上说是“巧妇难为无米之炊”，那么，所“重写”的文学史难免有观念空泛与学术意蕴轻浅之嫌，很难取得实质性的学术突破，其历史局限不言而喻。

文学史的“重写”原本就不是一蹴而就的，有道是“一代人有一代人的文学史”，“重写”也总是处于一种开放和行进的状态。从当今时代倡导人类文明交流互鉴、重构文明史的理念来看，显然又到了需要对曾经的“重写文学史”进行回顾、总结、反思与超越的时候了。就近几十年来学术研究的积累而言，当下新一轮“重写文学史”的展开亦有了较为丰厚的学术资源，更何况，文学史构建的理念也需要与时俱进、不断更新——“重写文明史”①的呼声无疑是新时代在人类文明交流互鉴语境中昭示的一种崭新的历史观和价值观，文学史撰写的创新无疑又进入了一个新的历史周期。在这种意义上，“重写文学史”依然是当今摆在我们面前的十分紧迫的学术新任务。

就国内的外国文学史撰写而言，自当年开展“重写文学史”的讨论以来，各种集体或个人“编撰”出来的西方文学史、国别文学史著作或者外国文学史教材，无疑有其历史的超越性与学术贡献。但是也必须看到，它们大都呈现为作家列传和作品介绍，对文学历史，普遍缺乏生动、真实、系统而有深度的描述与阐释；此外，用失之狭隘的文明史观和文学史观所推演出来的思想观念去简单地对作家、作品做出定论，也是这种文学史著作或教材的常见做法。这种现状亟待改变。

文学思潮是指在特定历史时期一定社会—文化思潮影响下形成的具有某种共同美学倾向、艺术追求和广泛影响的文学思想潮流。由于文明与文化发展的差异性，与国内文学史的演进相比，西方文学史是以文学思潮的形态展开的，并由此彰显其显著的“革新”“革命”“运动”的特征。从文艺复兴开始的人文主义，17 世纪的古典主义，18 世纪以降的浪漫主义、现实主义、自然主义、唯美主义、象征主义、颓废主义，再到 20 世纪的现代主义、后现代主义等，这一系列的文学思潮和运动在交替或交叉中奔腾向前，勾勒出了西方文学史发展的大致轮廓。可以说，文学思潮是西方文学发展的基本脉络，有其深层的人文意蕴，把握住了这一脉络，就等于把握住了西方文学史发展的基本构架和总体风貌。“批评家和文学史家都确

① 曹顺庆、刘诗诗：《重写文明史》，《四川大学学报》（哲学社会科学版）2023 年第 1 期。

信，虽然古典主义、浪漫主义和现实主义这类宽泛的描述性术语含义多样，但它们都是有价值且不可或缺的。把作家、作品、主题或体裁描述为古典主义的、浪漫主义的或现实主义的，就是运用一个有效的参照标准并由此展开进一步的考察和讨论。"[①]也许正是基于此种原因，在西方学界，文学思潮研究历来是文学史研究的主战场，其研究成果亦可谓车载斗量、汗牛充栋。与之相比，国内学界在这方面的研究则显得十分薄弱，亟待拓展与深化，这对文学史和文明史的"重写"与互鉴都有重大意义。因为，就西方文学而言，文学思潮研究乃"重写"西方文学史所不可或缺的重要前提，其研究成果乃"重写"西方文学史不可或缺的重要学术资源。

在我国，西方文学思潮自五四前后被介绍到本土，百余年来学界展开过不少研究，出版过一些研究与介绍性的作品，如早年陈独秀的《现代欧洲文艺史谭》、茅盾的《西洋文学通论》，以及后来胡风的《论现实主义的路》，何其芳的《关于现实主义》，王秋荣、陈伯通主编的《西方文学思潮概观》，罗钢的《浪漫主义文艺思想研究》等，也出版过翻译引进的著作，如厨川白村的《西洋近代文艺思潮》、本间久雄的《欧洲近代文艺思潮论》、勃兰兑斯的《十九世纪文学主流》、罗杰·加洛蒂的《论无边的现实主义》等。20世纪八九十年代学界曾经编辑出版过系列的单个文学思潮的资料汇编，如朱雯等编选的《文学中的自然主义》等。此外，杨周翰等的《欧洲文学史》、李明滨的《二十世纪欧美文学史》、朱维之等的《外国文学史》和郑克鲁等的《外国文学史》等文学史（教材）类的出版物也涉及对西方文学思潮的介绍。所有这些出版物，都为我国的西方文学思潮研究打下了坚实基础。不过，总体上看，这些研究或介绍只能代表一定时期的学术水平，而且难免有历史局限性，尤其是没有对西方文学思潮演变的历史展开全

① Donald Pizer: *Realism and Naturalism in Nineteenth-Century American Literature*, Southern Illinois University Press, 1984, p. 1.

面系统的研究与阐释。迄今为止，国内学界未曾出版由本土学人撰写的系统研究与阐释西方文学思潮发展史的著作，这无疑是我国外国文学研究与出版的一大缺憾。

有鉴于此，“西方文学思潮发展史论丛”作为浙江省哲学社会科学规划重大项目“西方文学思潮发展史”的最终成果，致力于对西方文学史中最具代表性的十大文学思潮——人文主义、古典主义、浪漫主义、现实主义、自然主义、唯美主义、象征主义、颓废主义、现代主义、后现代主义——展开深入、全面的反思性研究①，以10卷（每卷20万字左右）的体量予以系统呈现，力图对西方文学思潮和西方文学的演进做正本清源的梳理与研究，为“重写文明史”背景下本土学界重写文学史，特别是重写西方文学史提供重要的学术资源和观念启迪。

作为国内首次系统推出的关于西方文学思潮发展史研究的学术性丛书，“西方文学思潮发展史论丛”立足反思性、超越性和建设性，把西方十大文学思潮置于西方文明史和文学史演变的历史长河中，既作为一个整体，又分别作为各自独立的单元，以跨文化、跨学科方法展开多角度分析，发掘和阐发其本原性特质、历史性地位与价值，努力在研究方法的创新性，研究内容的系统性，研究结论的前沿性、原创性等方面，都有显著的建树，从而把对西方文学思潮的研究推向新水平、新高度，为推进中国特色的外国文学学科建设，也为中国现当代文学和文艺理论研究提供借鉴与参考。

---

① 需要说明的是，国内不少外国文学史教材或西方文学史、欧洲文学史著作，把18世纪启蒙运动中出现的文学——启蒙文学——也视为一种文学思潮，而本丛书则没有将其列入西方文学思潮中。那是因为，我们认为，欧洲18世纪的启蒙运动主要发生在思想文化领域，而不是文学领域。这一思想文化运动背景下出现的启蒙文学，虽然也受启蒙思想的影响，而且也有一个宽泛的作家群体，但是他们的成就主要表现在哲学、政治和思想文化领域而非文学领域，尤其是他们并没有形成比较系统的文学理论和美学思想体系，因此启蒙文学总体上只是一种松散的文学现象，而不是一个系统的文学思潮。有鉴于此，本丛书未将其作为西方文学思潮之一予以研究与阐释。

本丛书虽然集中于研究西方文学思潮，但实际上学科和专业涉及面宽，体现了跨学科、跨文化的比较文学方法与视野。对读者而言，本丛书的写作定位是学术性与普及性相互兼顾，既“为学术而学术”，又面向文科专业的本科生、硕士和博士研究生以及文学专业工作者和爱好者。本丛书的宗旨是努力打造一套简洁而不简陋、通俗易懂又有学术性和持久影响力的西方文学思潮精品读本与学术参考书。为此，本丛书坚持以下基本写作原则：观照基本问题，把握思潮主线；追踪思潮渊源，阐释本原特质；内容简明扼要，语言简洁生动。希望本丛书不仅能成为外国文学教学与研究者、文学工作者和爱好者的重要读物，同时也能成为中国现当代文学、文学理论教学与研究者的重要参考书。

目　录

| 引　言 |

何谓“古典”

在西语中，“古典”(classical)不仅包含“古代的”“传统的”等意思，还带有“权威的”“正统的”“标准的”“经典的”等意思。从时间概念上说，西方文化中的“古典时期”指的是古希腊-罗马时期，起源于公元前 9—前 8 世纪，标志是有文字记载的荷马和赫西俄德的神话作品①。古典时期终止于公元 476 年西罗马帝国的灭亡，至此欧洲进入中世纪。古典时期产生的文化就是古希腊-罗马文化，也称为古典文化。作为西方文化的源头之一，古希腊-罗马文化对后世的语言、政治、宗教、科学、艺术、教育、伦理观念等都产生了重大影响，哪怕经过了中世纪的漫漫长夜，仍令西方人魂牵梦萦。古希腊-罗马的文艺作品被众多文人墨客视为典范，在西方人文学科中还诞生了专门研究古典文化的“古典学”(classics)②，在西方历史上也不乏“回到古希腊-罗马”的文化思潮和现象。

人们将艺术领域“回到古希腊-罗马”的现象称为“古典主义”，其内涵

---

① 关于荷马与赫西俄德的生活年代谁更早的问题一直存在争论，这场争论从公元前 5 世纪就开始了，今天大多数史学家认为荷马更早。

② classics 这个词来源于拉丁文 classicus，意为“最高贵的、最优越的”。一般认为古典学的第一个作家是古罗马的奥卢斯·革利乌斯。他的《阿提卡之夜》一书记录了他的阅读和见闻，为后世提供了一部关于那个时代的重要史料，许多已散佚的古籍也保留于其中。西方古典学在人文学科中的影响力得益于古希腊语和拉丁语在历史上的重要地位。

指的是对古希腊-罗马艺术的高度尊重、认同和研究,并将当时的审美风格作为理想典范,有意识地进行模仿或重复。西方艺术的第一次古典主义思潮出现于中世纪后期的欧洲,也就是我们耳熟能详的文艺复兴运动。14 世纪末,由于信仰伊斯兰教的奥斯曼帝国不断入侵东罗马帝国,东罗马人带着大批古希腊-罗马的艺术珍品以及文学、历史、哲学类书籍纷纷逃往西欧避难。一些东罗马帝国的学者在意大利的佛罗伦萨办了一所叫"希腊学院"的学校,讲授希腊辉煌的文明,这让饱受禁欲主义之苦的西欧学者大开眼界。同时,兴盛的地中海贸易将当时从中东和希腊获得的古罗马文献汇集于意大利北部以供学者进行研究,富裕的风雅绅商更是倾力支持艺术创作。于是,许多西欧的学者要求恢复古希腊-罗马的文化和艺术,文艺复兴运动由此兴起。文艺复兴最先发生在意大利各城邦,意大利的人文主义者们认为,文艺在古希腊-罗马时代高度繁荣,但在中世纪的长夜中逐渐衰败。他们借助复兴古希腊-罗马文化的形式来抨击教会的腐败和虚伪的禁欲主义,表达追求现世幸福和个性解放的主张。文艺复兴运动从 14 世纪开始,到 16 世纪已经传播到欧洲其他地区,中世纪后期兴盛的法国也接收到文艺复兴运动带来的"春风"。

西方艺术史上的第二次古典主义思潮同样兴起于意大利,而后迅速在西方世界蔓延,从 18 世纪中期一直延续到 19 世纪初,影响了建筑、装饰、绘画、音乐等众多领域,以意大利、美国、英国、匈牙利、德国最为兴盛,史称"新古典主义"。新古典主义起源于西欧艺术家对盛行于 17—18 世纪追求矫饰与雕琢的"巴洛克""洛可可"风格的反思。随着两座被埋没的古城庞贝和赫库兰尼姆逐渐被世人了解,学者和艺术创作者们对古代文明表现出强烈的崇拜之情和浓烈的研究热情,他们刻意在风格与题材上模仿古希腊-罗马艺术,以重振古希腊-罗马的几何图形艺术为信念,反对无意义的华丽装饰,推崇一种宁静凝重、和谐完整、冷峻阳刚的美学风格。德国美学家温克尔曼和意大利艺术家皮拉内西是新古典主义思潮的理论奠基者。从某种意义上说,新古典主义是与启蒙运动相适应的美术样式,是启蒙思想在艺术领域的体现,成为后来浪漫主义艺术运动的先驱。新古典主义与文艺复兴运动一样,两者都伴随资产阶级革命的发展而产生。逐渐壮大的资产阶级力量要求建立适合自身发展的新秩序,以对抗宗教蒙昧主义和封建专制主义的压迫,推崇人的解放和觉醒,表面上呼吁复古,实则表达一种新的美学与人文观念。

17 世纪法国古典主义思潮实际上是前文所述的第一次古典主义思潮(即文艺复兴运动)在法国文艺圈的变种。在中世纪早期,由于天主教廷把持绝对话语权,整个西欧的政治、文化中心在罗马。除了教廷所在的罗马,西欧的政治版图由各个日耳曼部落控制的封建国家及其下辖的采邑构成。这些封建国家生产力水平普遍低下,文化更是贫瘠。到中世纪中后期,发展壮大的日耳曼封建国家以本民族的地方文化为基础形成不同的审美风格,其中最有影响力的是发源于 11 世纪下半叶的法国建筑风格,这一风格逐渐风靡欧洲,反映出中世纪欧洲文化中心的转移。到了文艺复兴运动后期,随着法国国力的崛起,文化中心进一步从意大利向法国转移。许多法国的艺术家以意大利艺术为效仿的对象,他们带回了意大利的审美理念和创作技巧,结合法国本土的实际需求,让古典主义在法国开花结果,法国便接过了复兴古典文化和艺术的大旗,成为古典主义的中心。直到 18 世纪以后,意大利、英国、德国等国家以批判法国古典主义艺术的“怪胎”——巴洛克(baroque)①和洛可可(rococo)②艺术为契机,开

① baroque 源于葡萄牙语 barroco,意为不规则的珍珠。巴洛克是 17—18 世纪在欧洲盛行的艺术风格,产生于反宗教改革时期的意大利,发展于信奉天主教的大部分地区。巴洛克艺术的主要特点是:强调运动与变化,呈现空间感和立体感,打破理性的宁静和谐,题材上具有浓重的宗教色彩。

② rococo 是由法文 rocaille(一种混合贝壳与小石子制成的室内装饰物)和 coquilles(一种用贝壳与粉色石子为原料的镶嵌技法)合并而来。洛可可艺术起源于 18 世纪的法国,主要特征是精致、细腻、纤弱、轻快、柔和,在构图上有意强调不对称,主要用来形容一种室内装饰的风格。

启了第二次古典主义艺术复兴运动。可以说,17世纪法国的古典主义思潮在时间上承上启下,嵌于西方两次古典主义思潮中间,为了与第一次古典主义艺术思潮相区别,也被称为"法国新古典主义"。法国新古典主义的审美范式在16世纪末到18世纪初的法国建筑、装饰、绘画、音乐等领域随处可见,自然也影响了文学领域,形成文学史上所说的法国新古典主义文学①,即本书的介绍对象。法国古典主义文学思潮在形成之际便很快跨越英吉利海峡,给英国文坛带来了古典主义之风,当然,无论从规模还是从影响力上来看,英国古典主义都不如法国。

有趣的是,西方两次古典主义艺术思潮都是资产阶级革命的产物,是资产阶级在审美领域对宗教神权、封建王权宣战的表达,它们"借古讽今",表面上是怀念古代,实则面向未来,在古典式的审美中夹杂了个人主义和个体解放的理想。但法国古典主义则是中央集权和君主专制的产物,它的目的是宣扬王权,歌颂国王,推崇君主政体和中央集权的审美趣味,不是"借古讽今",而是"借古咏今",古希腊-罗马艺术的审美理想被解读和诠释为国王个人魅力与王权合法性的预言。

① 为统一名称,方便读者理解,下文统称为古典主义文学,不再前缀"新"字。

第一章

古典主义的产生

第一节　政治背景

1610 年,法兰西王国波旁王朝的创建者亨利四世在巴黎被狂热的天主教徒刺杀身亡。亨利四世本是胡格诺派(即法国的加尔文派)教徒,他在胡格诺战争中以新教领袖的身份参战,取得了战争的胜利。由于天主教势力在法国仍然具有优势地位,法国人大多是天主教徒,再加上国内宗教纷争四起,如果国王以新教领袖的身份统治国家,必然会激化国内矛盾,于是亨利四世便在 1593 年改宗天主教,次年以天主教徒的身份成为法国国王。

亨利四世励精图治,对他而言,改宗只是获取政治权力的权宜之计,他的目标是让法国获得一定程度的宗教自由,以对抗天主教对国家的钳制,扩大王权的力量。1598 年,亨利四世颁布《南特敕令》,准许新教徒在法国享有信仰自由,甚至赋予他们武装自卫的权利。在国王的庇护下,胡格诺派在法国南部保留了 200 多个城镇的武装自卫队。虽然不能完全摆脱天主教教权的控制，但法国的王权力量一直都有试图摆脱、制衡甚至控制教权力量的传统。早在 1305 年，法国国王腓力四世就支持和操纵了克雷芒五世当选教皇，并让克雷芒五世离开罗马，将教廷迁往法国飞地阿维尼翁，成为国王的傀儡。此后有 6 任教皇驻在该地，史称“阿维尼翁之囚”。天主教史上出现罗马和阿维尼翁两地教皇并存的现象，造成天主教会的大分裂。天主教会不得不承认阿维尼翁七任教皇合法，这是王权战胜教权的结果。

亨利四世的遇刺身亡，使法国的统治阶级进一步意识到，只有建立强大的政治基础，将国家机器和意识形态牢牢地掌握在自己手里，才能避免天主教的威胁。亨利四世死后，他的长子路易十三继位，新王年幼，由他的母亲——意大利美第奇家族的玛丽·德·美第奇摄政，但实际的执政者是玛丽的宠臣孔奇诺·孔奇尼，法国陷入了外戚干政的境地。孔奇尼不学无术，腐败无能，遭到贵族阶层的反对，他们乘机向王权发难。1614 年，贵族们坚持召开三级会议，企图利用会议达到削弱王权的目的，但由于各城市的代表支持国王，这个计划未能得逞，会议不久便被勒令解散。尽管如此，由于贵族暴乱、国库空虚，农民和底层市民苦不堪言，法国国力日渐衰弱，直到红衣主教黎塞留登上政治舞台才开始扭转局面。

黎塞留曾是孔奇尼的支持者，他在亨利四世在位时被任命为吕松主教，1614 年凭借三级会议进入政坛，后升任国务秘书，但一度失势被放逐，后因得到路易十三的赏识重新进入核心政治圈。1622 年，他被教廷擢升为枢机主教。1624 年被路易十三任命为首相，他由此在法国的内政外交领域占据了主导地位。黎塞留的施政理念是中央集权，毕生致力于加强中央对地方的控制。1628—1629 年，他派兵击败不安分的胡格诺派，剥夺其特权，稳定了法国的宗教生态；后又取消巴黎高等法院的谏诤权，使王权挣脱了法律的束缚；他还流放和处死了大批反叛的贵族，将世俗政治权力定于一尊。在外交上，黎塞留继承亨利四世的遗志和理念，通过灵活的策略促成针对西班牙的法英联盟,支持各国新教对抗神圣罗马帝国。他加强军事建设,在 1635 年带领法国参加“三十年战争”①,冲破了哈布斯堡王朝对法国的包围,为日后法国赢得欧陆霸主地位奠定了基础。黎塞留还非常注重王权对意识形态领域的掌控,1634 年 2 月,黎塞留得知巴黎有 12 位文人聚在一起讨论文学、哲学和音乐问题,其中有法国诗人、评论家让·夏普兰(又译让·沙坡兰,后成为黎塞留的首席文学顾问),诗人、剧作家让·德马雷·德·圣索尔兰(黎塞留五人创作组成员之一),诗人、剧作家弗朗索瓦·勒·德·布瓦罗贝特(黎塞留五人创作组成员之一)等人。黎塞留将这些在审美趣味和创作理念上符合政治需求的文人招至麾下,使他们为己所用。在黎塞留的主导下,法国于 1635 年创立法兰西学术院(Académie Française,下文简称“法兰西学院”)。学术院一开始只有 27 名院士,后增至 40 名,并不再增加,只能递补。法兰西学院并不是一个纯粹的学术机构,它具有明确的意识形态功能,首要任务是规范法国语言文学,建立文学品位的官方标准。进入学术院的院士也不再是普通文人,而是有了文化官员的身份。夏普兰在 1633 年 11 月 27 日写给他朋友让-路易·吉·德·巴尔扎克②的一封信中写道:“以前我为自己而活,如今我为他人而活。世界将我拉向了它:让我脱离了自己。我不再是普通人,我是廷臣。”③

法兰西学院的计划是编撰一部词典、一部语法著作、一部修辞学著作和一部诗学著作,以此作为法国文人遵守的典范。比如夏普兰在黎塞留

① 三十年战争:又称“宗教战争”。中世纪后期神圣罗马帝国日趋没落,由于天主教和新教的尖锐对立,加之周边国家纷纷崛起,内部诸侯林立,纷争不断,1618 年爆发了大规模的德意志内战,众多欧洲国家卷入。战争以控制神圣罗马帝国并信奉天主教的哈布斯堡王朝战败并签订《威斯特发里亚和约》而告终。在战争中,法国本是天主教国家,但是为了称霸欧洲和新教国家站在了一起,显示了外交上的灵活性和独立性。

② 让-路易·吉·德·巴尔扎克:法国文学家、批评家,法兰西学院元老之一。

③ 陈杰:《十七世纪法国的权力与文学:以黎塞留主政时期为例》,复旦大学出版社 2018 年版,第 67 页。

的授意下发表《法兰西学院关于悲喜剧〈熙德〉对某方所提意见的感想》，从古典主义诗学的标准出发批评高乃依的悲喜剧《熙德》不符合“三一律”的标准，不符合古典主义强调的宫廷礼仪，从而迫使高乃依就范。法国语法学家沃日拉在他的《法语刍议》中认为，词语和表达规范应根据约定俗成的用法来判断，约定俗成是“活的语言的主人和君主”，这里的“约定俗成”指的是法国宫廷的习惯和规则。沃日拉提出这种观点的目的在于规范法语的修辞。事实上，以悲剧为代表的法国文学从文艺复兴时期开始就承载着完善法语表达的功能，这一功能在 17 世纪更是得到了官方的强化。可以说，黎塞留是法国专制制度的实际奠基人。在他施政期间，路易十三逐步摆脱了母亲和美第奇家族的控制，王权也加强了对教权和封建贵族的抵抗力，法国王权专制制度得到完全巩固。黎塞留奉行的“国家至上”理念，实际上是“王权至上”，为路易十四时代的兴盛打下了基础。

1643 年，路易十三因病驾崩，年仅 5 岁的路易十四继承王位，由路易十四的母亲奥地利的安妮摄政，朝政事务主要由另一位红衣主教马萨林主持。马萨林继承了黎塞留的衣钵，治国理念以法国而不以天主教为中心，使法国获得了一系列外交成果。他沿用了黎塞留的反哈布斯堡大战略，使法国在“三十年战争”的谈判桌上签订了《威斯特发里亚和约》。马萨林不断帮助奥地利的安妮巩固统治地位，实际上扮演了法国的统治者角色。与行事风格严酷狠辣的黎塞留相比，马萨林表面上比较柔和，实则更加虚伪狡猾。他在辅政初期，与贵族们相安无事，维持了表面上的和谐，但宫廷王权与地方权贵的矛盾在本质上是不可调和的。由于“三十年战争”的消耗，法国财政吃紧，开源与聚敛成为摆在马萨林面前的棘手工作。马萨林以允许金融资本家征收捐税为交换条件向他们预支贷款。这些资产者从中获取了巨额利润，损害了贵族和普通民众的利益。外省贵族的财富已被搜刮殆尽，宫廷又将手伸向了巴黎的贵族集团。1648 年 4 月，宫廷颁发敕令，停发 4 年各地高等法院法官俸禄，激化了宫廷与贵族、中央与地方的矛盾。同年5月,巴黎高等法院联合各地法院,以整肃政府弊端为名,提出27条建议,宣布国王派往各地的监察官违宪,并要求厉行财政改革,保障人身自由,企图限制中央的权力。1648年8月,太后与马萨林下令逮捕主要的反对者,这一暴行立即引起全国上下大规模的暴动。1648年8月26日,巴黎爆发了人民武装起义,起义者一夜之间筑起了1200座街垒,他们用投石器攻击马萨林拥护者的住宅。外省也爆发了反政府的起义。10月,路易十四逃离宫廷,马萨林第一次被流放。由于暴动的不可控性,贵族和资产阶级畏惧人民起义的扩大,遂与国王妥协。这一事件史称"第一次投石党运动"。1649年,在镇压投石党人的过程中战功卓著的孔代亲王欲取代马萨林的位置,他联合一众贵族密谋推翻马萨林政府。马萨林拘捕了孔代亲王及其同谋者,孔代亲王的拥护者在外省暴动,贵族与西班牙军队联合进攻法国。迫于压力,马萨林第二次被流放。1651年12月马萨林被召回巴黎。孔代亲王及其支持者又联合西班牙大公入侵法国,王室再一次逃离巴黎。这一事件史称"第二次投石党运动"。马萨林感到民众的愤怒集中于自己,第三次下野。马萨林下野后,孔代亲王失去了已经厌倦内战的民众的支持。1652年10月,民众将路易十四迎回巴黎。孔代亲王流亡国外,内战结束。

两次投石党运动严重削弱了法国的国力,军力从15万衰退到5万左右,造成社会的大混乱,这让年轻的路易十四意识到,权臣、贵族、天主教、官僚集团、外国势力统统不可靠,政治权力必须牢牢地掌握在国王一人手中。1661年,马萨林去世,路易十四亲政。亲政后的路易十四是一位事必躬亲、日理万机的国王,他以无比的热诚治理国家。在政治权力上,路易十四废除了宰相一职,逐渐清除马萨林的羽翼,把宰相的权力分给6位大臣,以强化国王在人事、军事、财政上的决策权。他修建了象征君王和宫廷无上荣光和绝对中心地位的凡尔赛宫,并让地方贵族到宫中居住,将他们从贵族变成朝臣。国王的日常生活都是按照固定的礼仪模式严格展开的：从清晨到黄昏，执掌礼仪的廷臣随时都晓得国王身在何处，在做什么，有哪些显贵正在陪同。国王起床后，朝臣按照品级分列于候见大厅，依据身份地位分三批觐见国王。据说路易十四记忆力惊人，他进入大厅后，一眼就可以看出谁在场、谁缺席，这导致每个希望得宠于他的贵族都必须每天在场。路易十四让这些贵族沉湎于博取国王宠幸的氛围中，没有时间去管理地方的事务，斩断了他们与地方的联系，将贵族集团变成了紧紧依附于他、渴望蒙受恩宠的官僚集团。曾经贵族在自己的领地上享有特权，而此时却沉湎于宫廷争宠、消遣娱乐和权术阴谋。国王给凡尔赛宫设制的生活方式意在驯化贵族，以除去他们搞阴谋诡计的欲望。①

在宗教问题上，为结束宗教纷争和统一国民思想，路易十四禁止信教自由，统一国家的宗教信仰，并通过听命于他的高层神职人员积极宣传君权神授与绝对君主制，驯服法国的天主教会，彻底建立起一个君主专制的中央集权国家。在经济上，路易十四实施大臣柯尔培尔的重商主义政策，鼓励发展工商业，并提高关税予以保护，通过政府直接控制经济部门、建立殖民贸易公司和开办国家工厂，成功扩展了法国的工业和贸易版图。在军事外交上，路易十四走强军路线，建立起海上军事强权。为了支持海上贸易的开展和海上军事力量的培育，路易十四还提供基金在巴黎建造了一座天文台，邀请意大利天文学家来法国指导，因为他了解天文学对航海的重要性。路易十四在位期间发动了三次重大的战争——遗产战争、法荷战争和大同盟战争，以及两次小规模的冲突，使法国在1680年开始成为西欧霸主。在文化领域，路易十四要开辟和专制王权相配套的文化路线，这一时期连艺术和科学都受到了规范，宫廷控制了一切。国王关闭了巴黎一半的印制厂，下令警察总督监视其余印制厂，并且以国家的名义

① 参见雅克·勒夫隆：《凡尔赛宫的生活（17～18世纪）》，王殿忠译，山东画报出版社2005年版，第30—31页。

资助文化界人士。对此，柯尔培尔立下汗马功劳，他本身也是法兰西学院院士。1663 年柯尔培尔协助创办法国铭文与美文学院，1666 年创建法国皇家学院，并且在 1671 年协助兴建了皇家建筑学院。这些艺术类组织的成员模仿古典作品，帮助法国艺术吸收古典文化，除去佛兰德斯的影响。

无论对外还是对内，路易十四都把自己塑造成政治强人的形象，他将个人凌驾于整个国家机器之上，将所有人吸附到以他为核心的政治权力圈中，并通过个人形象的塑造进一步强化王权崇拜的风气，巩固君主专制。其中，“太阳王”形象的树立是重要环节。路易十四喜好芭蕾舞剧，不仅观看芭蕾，更亲身参演，从 13 岁首次登台算起，他共担任过 26 部芭蕾舞剧的主角。在 15 岁那年，路易十四参演了芭蕾舞剧《夜之舞蹈》，他的弟弟菲利普扮演启明星在舞剧的高潮部分出场，宣布太阳驾到。随即路易十四身着光芒四射的金黄色服装登场，头顶王冠，王冠上还装饰着鸵鸟的羽毛，给无数人留下了深刻印象。“太阳王”从此成为路易十四的官方称号。路易十四也在刻意强化“太阳王”形象和自己的关联，确切地说是和自己权位的关联。法国在历史上有着悠久的国王象征物史，例如路易六世喜爱的鸢尾花（百合花）就被装饰在徽章、铸币、皇冠等器物上，成为法国王室的象征。鹈鹕、长生鸟等具有宗教意味的形象也被用来象征国王。路易十四入主凡尔赛宫初期，日心说渐成主流，至少在宫廷中它已取代了地心说的地位。① “太阳”象征国王这一说法逐渐占据主流地位，“太阳王”的称谓也越来越流行。路易十四和他的政治团队非常认可“太阳王”符号，国王纹章、御榻帷幔、花园城堡……凡尔赛宫中一度处处可见太阳的徽志：凡尔赛花园的水池雕刻的是阿波罗的战车，泰蒂岩洞中雕刻的是仙女服侍阿波罗的图案，随处可见的太阳神形象无不在强化君主的权威。从形象上说，太阳神阿波罗是西方传统男性魅力的体现，太阳的光辉

① 参见中岛智章：《图说巴洛克》，曹逸冰译，天津人民出版社 2018 年版，第 182 页。

照耀每一寸土地,使万物生生不息。太阳耀眼而又平静,不会越轨偏离,并且永不停歇地运动,恰如处于核心地位的勤政爱民、富有活力的伟大君主。随着路易十四权力的稳固,他的政治团队逐渐放弃了“太阳王”的形象和故事,代之以国王自己的肖像以及本人的种种事迹。1662 年,柯尔培尔提出创建一系列以国王自画像为主题的纪念章来凸显路易十四统治期间的丰硕成果,在这一提议下,法国诞生出诸多艺术作品,由此,国王自画像成为王权的直接代表。国王以其本来的面目呈现,说明君主专制体制和王权崇拜更加深入人心,已经不再需要借助“古人”的资源为“今人”证明了。

路易十四喜好热闹,讲究排场,鼓励戏剧创作,并让剧团在宫廷中演出。他对正统的、严肃的、优美的作品都抱有很大兴趣。更重要的是,路易十四在文艺品味上并不古板狭隘,他既欣赏崇高的悲剧,又喜欢滑稽讽刺的喜剧,甚至可以容忍一些抨击社会现象的作品,只要这些作品能让他开心,并符合他的政治需求。有时他对文学作品的看法,比朝廷中的官员和贵族们都要开明。路易十四时代,王权对文学艺术的奖励和对艺术人士的支持是之前任何时代都无法比拟的。在国王的支持和鼓励下,布瓦洛、让·拉辛、莫里哀、雅克-贝尼涅·博絮埃等作家都获得了大放异彩的机遇。可以说,路易十四对文学艺术的喜爱和包容,不仅使法国文艺蓬勃发展并辐射海外,而且提高了民众的欣赏和修养水平,还营造出一种有容乃大的盛世景象,稳定了法国的内部局势。

第二节　社会文化

古典主义思潮流行的时候正是由笛卡尔开启的唯理主义逐渐占据欧洲思想界的时候。笛卡尔自幼喜欢独立思考,他的父亲原本希望他走上神学的道路,将来成为一名神学家。笛卡尔在欧洲最有名的教会贵族学校拉·夫雷士耶稣会学院学习,但他对传统教科书中的知识非常失望。在他看来,教科书中那些微妙的论证,其实不过是模棱两可甚至前后矛盾的理论,只能使他顿生怀疑而无从得到确凿的知识。他觉得自己被太多的疑惑与错误所纠缠,努力学习之后除了发现自己越发无知外,并没有任何别的益处。于是他开始寻找一种真正科学的认识方法。

1628 年,笛卡尔移居荷兰,在那里住了 20 多年,在此期间发表了多部重要的文集,他的主要著作几乎都是在荷兰完成的。笛卡尔的哲学代表作有《指导心灵的规则》、《论世界》(1629—1633 年间写就,直到 1677 年才发表)、《谈谈正确引导理性在各门科学上寻找真理的方法》(简称《谈谈方法》)、《第一哲学沉思集》、《哲学原理》等。笛卡尔的著作在罗马和巴黎被列入教会颁布的禁书目录中,但是他的思想传播并未因此受阻,他成为 17 世纪及以后对欧洲哲学界和科学界最有影响的巨匠之一。对于他的思想,当时的法国沙龙频繁举行讨论会,上流贵族们甚至学起了他讲哲学的语调。笛卡尔的哲学思想对西方历史的影响是深远的,人们在他的墓碑上刻下了这样一句话:"笛卡尔,欧洲文艺复兴以来,第一个为人类争取并保证理性权利的人。"

笛卡尔在《谈谈方法》中提出了那句名言:"我思故我在。"他认为人具有天赋的理性,理性是认识的根源,也是判断真伪的标准,而且理性在每个人那里都是完整的,相比之下,感性是不可靠的。在这本书中,他指出研究问题的 4 种方法:

> 第一,凡是我没有明确地认识到为真的东西,我决不将其当作真的来接受:也就是说,要小心避免草率与成见;而且除了清楚且分明地呈现给我的心灵,因而让我无法怀疑的事物之外,不把别的任何东西包含到我的判断里面。
>
> 第二,为了更好地解决我所考察的每一个难题,要尽可能将

其分为细小的部分，使得它能够得到最好的解决。

第三，按照次序指引我的思考，要从最简单、最容易认识的对象开始，一点一点逐渐提升，直到认识最复杂的对象；而且即便一些对象本来并不存在先后顺序，也要在它们之间设定次序。

最后，无论何时何处，都要尽量详细地列举出各种情况，尽量全面地核查各个方面，以确保我没有遗漏任何东西。①

笛卡尔认为，真正的研究是尽力运用清楚可靠的推理，而非模糊无力的猜测，去寻找、检验命题中的谬误或疏漏或不确定性。在笛卡尔看来，这是放之四海皆准的方法，能使人的本性提高到最完美的程度，那么这四种方法是靠什么来指引规划的呢？那就是培养理性。“用尽我的一生去培育我的理性，并且按照我已经设定的方法，尽我所能去增进对真理的认识。自从开始使用这种方法，我感到了极大的满足，以至于我相信在这一生中不会有比这更美妙、更纯洁的了。”②凭借理性，人可以知道什么该做，什么不该做；人要尽可能地发挥与生俱来的理性能力，一以贯之地运用它，不能让理性受到情感或欲望的影响。如果人们都是凭借理性行事，就不会有任何后悔的事，唯有理性才是解释世界的不二法门。那么这个法门包含哪些具体方法呢？答案是分析、演绎、实证和重构。

笛卡尔继承并强化了西方客观论美学的传统，认为美在于真。真即秩序、均衡、统一、明晰、简洁。这些特征当然只能用理性的目光才能洞悉。人的情感也必须受到理性的支配，他认为情感分为高尚的和低劣的两类，低劣的情感任由感性摆布，而高尚的情感则受到理性的控制。他还在《论灵魂的激情》中指出，意志可以直接改变人的情感。

---

① 笛卡尔：《谈谈方法·指导心灵的规则》，刘延川译，四川人民出版社 2020 年版，第 19—20 页。

② 笛卡尔：《谈谈方法·指导心灵的规则》，刘延川译，四川人民出版社 2020 年版，第 28 页。

笛卡尔的唯理主义哲学是以数学为基础的自然科学发展的结果。17世纪是科学史上成就最高的时期之一,数学、物理学、天文学、医学、化学等自然科学都取得了很大进展。在技术发明上,望远镜、显微镜、气压计、温度计、抽气机等仪器也陆续出现。一系列科学理论和技术方法的突破形成了17世纪的"科学革命"①。笛卡尔自己便是个数学家。另一位17世纪的法国思想家、作家,高乃依的外甥丰特奈尔认为17世纪是理性和科学的时代,尤其在数学领域,他说:

> 几何精神并不局限于几何学之中,它可以脱离几何学,转而在其他知识领域中发挥作用。一部有关伦理学、政治学,或者一篇批评性的,甚至有关雄辩术的著作,在其他条件相同的情况下,如果是出自一位几何学家之手,就会更胜一筹。现在,几何精神比以前得到了更为广泛的传播,一部好的著作中井然有序的结构、准确简洁的叙述,这些都是几何精神的结晶。②

科学发展带来的理性精神指引人们发掘自然界的规律,探究艺术领域的规律,产生的后果是,既发展了文艺领域自古代以来模仿自然的理念,又给了人们发掘文艺领域自身规律的兴趣和信心,带来了重规则、重标准、重理智的文艺风向。"科学家们追求秩序、精密和彻底明了的精神,正建议着诗人和散文也该有同样的优点,以莫里哀、布瓦洛和拉辛、艾迪生、斯威夫特和蒲柏等人为代表的古典派诗人,正与上述情形完全一

---

① 参见彼得·伯克等编:《人类文明史　第5卷　16世纪至18世纪》,中文版编译委员会译,译林出版社2015年版,第75页。

② 转引自莫里斯·克莱因:《西方文化中的数学》,张祖贵译,商务印书馆2013年版,第348页。

致。”①可以说，理性主义契合了法国古典主义思潮的需要，也在某种程度上助推了古典主义思潮的发展，还成为“古今之争”爆发的引线，为埋葬古典主义埋下了伏笔。

古典主义思潮的产生和传播，还得益于上层社会的一种集体聚会清谈的艺术活动——“沙龙”。沙龙最早诞生于意大利罗马，是一种在私人宅邸举行的自由交流讨论的聚会活动。16 世纪晚期，这种风尚传入法国之后深受当时亨利四世的前妻——瓦卢瓦的玛格丽特的喜爱。被称为“玛戈王后”的玛格丽特在其巴黎的宅邸里定期主持各种文化聚会活动，贵族男女与文化名流竞相参与，其宅邸成为上流社会在宫廷之外的重要活动场所。

“沙龙”一词含有的“文化交流”“艺术讨论”“社交活动”的含义却比这种行为本身出现得晚。从词源上说，法语“salon”来自意大利语“salone”，表示在宫廷或城堡中被装饰的专门用来接待宾客的大厅。作为欧洲历史上很长一段时间的文化中心，意大利在审美品位、社交礼仪和接待宴请上一度是西欧国家的楷模。在 17 世纪以前，法国贵族的生活、社交还是在朴素、单调的环境中进行的，而意大利由于巴洛克文化的兴起，宫廷和贵族宅邸中早就有装饰得富丽堂皇的大厅。17 世纪初，随着巴洛克文化对法国的渗透，法国开始在建筑设计和室内装饰上向意大利学习，例如著名的朗布依埃公馆就是按照意大利风格建造的，而“沙龙”正是法国在吸收意大利先进建筑理念的过程中引进的外来语，最先使用单词“salon”的法语文本是安德烈亚·帕拉第奥的《建筑四书》。该书是 16 世纪意大利著名建筑设计师帕拉第奥用意大利语撰写的建筑专著，书中详细阐述了帕拉第奥的建筑理念，涉及材料的运用、装饰的设计、空间的比例，为建造者

---

① 威尔·杜兰特、阿里尔·杜兰特：《世界文明史：路易十四时代》，台湾幼狮文化译，天地出版社 2017 年版，第 501 页。

提供了可行的建议。17 世纪上半叶，黎塞留命曾在意大利学习的建筑和艺术理论家、古典主义者尚步雷将该书翻译为法语，以推动法国建筑事业的发展。尚步雷的译本多次使用“salon”一词，并将其解释为“用于举办宴会和其他娱乐活动的大厅”。随着使用的不断普及，“salon”一词在 17 世纪末首次被法兰西学院出版的法语词典，即 1694 年版的《法兰西学院词典》收录，并被解释为“住宅中空间最大，四面都有建筑图案和绘画装饰的房间”。这样的解释一直持续到 1762 年第 4 版的《法兰西学院词典》。1798 年第 5 版的《法兰西学院词典》中，“salon”一词被赋予了“宴请”的含义。1835 年版的《法兰西学院词典》中，这个词不仅被解释为“住宅中空间最大、最华丽，用来招待客人的房间”，还有了“音乐”“诗歌”“阅读”“展览”等含义。由此可以推测，“salon”被用来指称“聚会”是从 18 世纪下半叶开始的。综上所述，“salon”一词是法国在吸收意大利建筑美学和文化过程中的外来语，这个词在法国的生活领域得到接受和推广，逐渐从建筑术语向“宴请”“聚会”“展览”的含义过渡，再衍生出一种相互交谈、聊天休闲和艺术鉴赏的行为风尚之含义。

沙龙的流行得益于社会日趋稳定、政治权力向巴黎集中、贵族社会结构转型、骑士尚武精神逐渐软化、居住条件不断改善以及贵族女性获得越来越多的生活空间和教育资源等。16—17 世纪的法国文化正处在转型期，从之前尚武的哥特式文化逐渐向精致优雅的法兰西帝国文化过渡。与文明相关的一系列词语如“文雅”(galanterie)、“审慎”(prudence)、“礼貌”(honnête)、“礼节”(politesse)、“谦恭”(civilité)等在 17 世纪初的文献中频繁出现①，形成一种“风雅文化”(culture galante)。随着法国中央集权政治结构的加强，地方封建主和贵族阶层被迫离开他们世代生活的封地，

---

① 参见汤晓燕：《社会文化史视野下的 17 世纪法国沙龙女性》，《世界历史》2021 年第 2 期，第 41—55、149 页。

不断被卷入以巴黎和宫廷为中心的政治、经济结构中。这些贵族衣食无忧，也不担任宫廷的实职，他们打发时间的主要活动便是参加沙龙。新兴的贵族阶层也需要借助这些文雅的沙龙活动获得区别于旧式地方贵族以及其他阶层的自我认同。谈吐文雅、举止体面、风度翩翩成为上流贵族区别于下层社会的必备素质，上流贵族展示与培养这些素质的舞台便是各类沙龙。

相比于男性，女性因具有独特的气质更容易发挥驯服粗野、软化文明、表现文雅、团结组织的作用。17 世纪法国沙龙的举办者，通常都为上流社会中的知名女性。第一个举办文学沙龙的便是德 · 朗布依埃侯爵夫人。她出身贵族，因厌倦烦琐粗鄙的宫廷交际，但又不愿意远离社交，于是在家中举办聚会。她从 1610 年起开始举办沙龙。她的沙龙由于集中了当时法国社会的许多名流、学者，很快成为巴黎乃至整个法国最有名的沙龙。在她的沙龙里，成员彬彬有礼，使用矫揉造作却又不失典雅优美的语言，话题无所不包，学术、政治、时尚，甚至是流言蜚语。以朗布依埃侯爵夫人为标杆，法国的沙龙通常由出身贵族的女性主持，她们才貌双全，机智优雅，被称为“女才子”。诸如塞维涅夫人、拉法耶特夫人、蒙庞西耶女公爵(原名安妮 · 玛丽 · 路易丝 · 德 · 奥尔良)、玛德莱娜 · 德 · 斯居戴里小姐等人，她们出身豪门，有贵族头衔，受过良好的教育，在社交圈中有很大的影响力。

每个沙龙均有固定的举办时间，通常为下午或晚上，宾客的名单由主办者精心挑选，通常总是固定的一群人，新的参加者往往需要由受信任的名人雅士隆重推荐。沙龙的活动丰富多彩：朗诵，写诗，猜谜，玩填字游戏，欣赏音乐，排练戏剧，就共同感兴趣的各种问题促膝长谈，或者在花园里散步和品尝点心饮料。文学家常常接受贵族妇女的邀请，在客厅里高谈阔论。文学作品成为沙龙的一个重要话题，书信、短诗、小说是沙龙中受欢迎的文学形式。在沙龙里，人们谈论西塞罗、奥古斯丁、阿里奥斯托等古典作家，也讨论高乃依的《熙德》、帕斯卡尔的《致外省人信札》、拉封丹的寓言诗、博絮埃的演讲等当代人的文学作品以及文学现象。在法兰西学院建立之初，大多数成员在得到沙龙女主人的肯定之前，不敢把自己的作品公之于众，高乃依、拉辛、莫里哀等已享有名望的诗人、剧作家也同样会把作品先拿到沙龙中供大家批评讨论，听取意见。像法兰西学院院士夏尔·佩罗这样的著名诗人、文学评论家以及法兰西学院的重要人物也对朗布依埃侯爵夫人尊重有加。①

随之而来的是在沙龙中形成某种具有文化修养门槛的、绮丽隐晦的语言风格，即巴洛克式语言风格，以及在此基础上形成的巴洛克审美。沙龙圈内人对于绮丽隐晦的巴洛克式语言总是心领神会，而圈外人却无法欣赏，形成了圈内圈外的壁垒，也形成了较为独立的文化堡垒。沙龙不仅为上流社会提供了舞文弄墨的文化交流空间，还形成了一套包括装扮、服饰、礼节在内的社交准则：女性大多穿着带有蕾丝花边的褶皱长裙，男性则佩戴假发，戴着插有长羽毛的帽子，谈吐故作风雅、曲折高深。随着沙龙对当时法国社会文化的影响日益扩大，人们也开始质疑这一形式，批评在沙龙中流行的矫揉造作、咬文嚼字的浮夸文风，嘲笑新的文化群体刻意模仿老派贵族的附庸风雅。原因在于随着资产阶级的兴起和中央集权政体的确立，社会阶层发生了变化，富裕的市民阶层与传统贵族的矛盾加深，并且中央集权的政治体制强化了巴黎与外省在政治、经济、文化等方面的不平衡局面。在路易十四执政时期，无论是佩剑贵族还是穿袍贵族，都极力呼吁限制贵族人数，反对为了缓解财政问题而大范围授予新兴资产阶级贵族头衔的做法。不少人嘲笑市民阶层举办沙龙，讽刺粗俗的资产阶级故作文雅的言行举止。并且，由于沙龙在上流社会文化圈中占据了越来越重要的地位，文化中心越来越向沙龙集中，沙龙成为文化品评的

① 参见汤晓燕：《社会文化史视野下的17世纪法国沙龙女性》，《世界历史》2021年第2期，第41—55、149页。

权威，这是王权不能容忍的。同时，女性的参与也引发了传统观念对“女才子”的非议。比如莫里哀的作品《可笑的女才子》就以不学无术、附庸风雅的外省“女才子”作为讽刺对象，获得了巨大成功。因为“女才子”形象具有很多鲜明的标签——女性、外省、市民阶层，对这些标签的讽刺迎合了包括路易十四在内的宫廷文化的口味，所以莫里哀受到了宫廷的欢迎。莫里哀用外省“女才子”玛德隆的口吻评价沙龙里的才子们：“说到最后，一个人想进上流社会，就该全都认识这些先生。人在巴黎的名誉，就是他们鼓动出来的；你们知道，他们中间有几位，只要你同他们来往，你就有了行家的声誉，即使你没有别的条件，单这也就行了。”[①]这既是讽刺，也是警告。因为沙龙一方面可以具有“软化”社会矛盾、“文化”上流社会的功用，有利于王权的巩固；另一方面也可以“另立山头”，发展成为宫廷意识形态的对手，变成王权文化辐射不到的灰色地带。

当时法国的宗教形势也是古典主义形成的背景之一。一方面，代表罗马天主教会势力的耶稣会出于维护天主教权的目的，与专制王权之间形成一种默契，高举经院哲学的传统，在思想上加强对民众的控制，利用教权压制异端人士，使民众服从教会的思想和利益；这激起了以莫里哀为代表的剧作家们的反感和反抗。另一方面，代表民间本土力量和宗教改革势力的詹森派则支持奥古斯丁所倡导的预定论，宣扬一种较为悲观的宿命论思想。他们认为若无上帝的宽恕，人类必将陷于堕落无望的境地，但上帝的宽恕已经预设了依靠人自身的努力永远不可能得救，因为人的本性在堕落后已经全然败坏了，人类要做的就是屈从于命运。詹森派思想深刻影响了拉辛和帕斯卡尔等人。

正是在上述原因的共同作用下，强调规则、理性、适度、典雅的古典主义审美在 17 世纪的法国文坛占据了统治地位。

---

① 莫里哀：《莫里哀喜剧全集（第一卷）》，李健吾译，湖南文艺出版社 1982 年版，第 278 页。

第二章

古典主义的发展与传播

法国古典主义文学思潮的存在时间大约是从1610年路易十三上位至1715年路易十四逝世这段时间，大致可以分为三个阶段。第一阶段是路易十三当政时期，是古典主义文学的形成期，代表人物是马莱伯、高乃依。第二阶段是路易十四执政前期，即17世纪60年代至80年代中期，是古典主义文学的成熟期，代表人物是基诺、布瓦洛、拉辛、莫里哀、拉封丹。从17世纪80年代到18世纪20年代是古典主义文学思潮的后期，标志事件是“古今之争”，代表人物是夏尔·佩罗、博絮埃、拉布吕耶尔、费奈隆①。

第一节　发端：马莱伯及其弟子

古典主义诗人的代表是弗朗索瓦·德·马莱伯。马莱伯是法国文学从文艺复兴时期的人文主义风格向古典主义风格过渡的人物，他是亨利

① 由于不同书译名不同，费奈隆也译作费纳龙、费讷隆。为尊重参考文献，脚注中保留原译名信息，不进行统一修改。

四世的宫廷诗人。马莱伯讲究诗歌语言、格律和音韵，强调说理，诗风表现出清晰的古典风格，与早期诗人的夸饰风格形成对比，对后来法国文坛古典主义风格的形成起到重要作用，受到 17 世纪批评家们的推崇。布瓦洛称赞马莱伯道："他在法国第一个使人在诗里感到正确的音律谐和，他指出一字之宜便会有多大效力，他又迫使着缪斯服从道德的箴规。这位明哲的作家修订了法国语文，从此纯化的听觉感不到字音生硬，绝句诗摇曳生姿，学会了意尽而止，一句诗完成一意，不再敢跨句连词。真乃是风行草偃；这位可靠的诗宗就是现代的作家也当作楷模敬奉。"①

奥诺拉·德·拉康是马莱伯的忠实信徒，也是他的学生。拉康从小失去双亲，在表兄的提携下来到亨利四世身边担任侍从。在结识马莱伯后，拉康拜师学艺，跟着马莱伯苦读 3 年，忠诚地捍卫并践行马莱伯的古典主义主张，在文学创作方面取得了成就。1628 年，拉康退隐归家，晚年翻译圣诗，并于 1634 年入选法兰西学院院士。拉康的代表作为五幕诗剧《牧歌》，长 3000 行，1625—1635 年共重版 12 次。他的诗歌主要是田园诗和宗教诗，充满了归隐田园的宁静和谐气息，如《归隐诗》："偌大的家产只是转眼消逝的财富/想在财富上营造，是在沙滩上建筑/越是高高在上者，会有更大的风险/任暴风雨侵袭的首先是蔚然巨松/每当狂风肆虐时，是屋顶首当其冲/放过牧童的茅屋，刮倒君王的宫殿。"②该诗用一种朴素的辩证眼光看待名利、财富，在对比和说理中表达归隐田园的决心，是拉康最受人喜爱的一首诗。

马莱伯的另一个弟子是弗朗索瓦·梅纳尔。梅纳尔出身贵族家庭，1605 年来到巴黎后结识了马莱伯。法兰西学院成立时他便是院士。1634 年，他作为大使馆秘书陪同红衣主教来到罗马待了 2 年，后来隐居在

---

① 布瓦洛：《诗的艺术》，第 3 版，范希衡译，人民文学出版社 2010 年版，第 11—12 页。
② 程曾厚译：《法国诗选》，第 2 版，复旦大学出版社 2004 年版，第 164 页。

圣塞雷，专事创作。梅纳尔的作品有短节诗、十四行诗和讽刺诗。梅纳尔也继承了马莱伯的创作理念，诗歌用词纯粹、音节和谐。他的诗歌传达出和拉康相似的归隐田园的思想，代表作品有《我多爱这森林》和《阿尔西佩颂》。

第二节　高峰：古典主义戏剧

古典主义文学的主要形式是戏剧。17 世纪前期，法国的戏剧团都是流浪的，他们在某些特定的时期或节日在集市、客店或网球场上表演，或者到外省进行巡回演出。主要的戏剧形式是悲喜剧、悲剧、田园剧和闹剧。专业的剧场极少，当时法国著名的剧场有布戈涅剧场(1599—1680)和玛雷剧场(1600—1673)。在巴黎，有一个瓦勒朗 · 勒贡特剧团，他们租借了布戈涅剧场，于 1628 年在巴黎站稳脚跟，被路易十四赐名为“王家剧团”。后来莫里哀的剧团也打入巴黎演出市场，与瓦勒朗 · 勒贡特剧团形成竞争之势。当时的剧场呈狭长形，有专门服务于上层女性观众的包厢，包厢呈椭圆形。剧场楼下的正厅与舞台之间有时用栅栏隔开。17 世纪初期的剧场基本没有座位，观众是站着看戏的。1656 年，在英国的影响下，舞台两侧开始设有一些座位，保留给有身份的观众。剧场的舞台很小，呈漏斗形。由于恪守“三一律”，剧情发生的地点一致，背景也不需要更换，只要说明发生地点就可以了。法国戏剧受到意大利戏剧的影响。意大利人对于舞台布景、机关道具的讲究给法国人很大启发，17 世纪中期后，法国一些大型剧场的布景变得豪华起来，采用了机关装置，用滚筒模仿出日月星辰和云彩的效果，主要用于神话人物的出场。一般的戏剧演员地位很低，尤其受到天主教会的歧视。天主教徒如果从事非宗教剧的演出事业，会被逐出教门，死后不能葬入教堂墓地，比如莫里哀就是如此。作为理想典范的古典主义戏剧，其所用的语言是诗歌式的，多数采用诗剧的形式。诗剧的创作过程主要分为三个步骤:首先是“选题”,选定剧本主题以便定义剧种(悲剧、喜剧、悲喜剧、田园剧),从整体上确定剧情的发展方向;其次是“编排”,一般按照古典主义戏剧的五幕结构分配场次,确定不同角色的戏份,编写剧情纲要;最后是“诗化”,用十二音节的亚历山大诗体创作台词。①

17 世纪早期的著名戏剧家有亚历山大·阿迪、让·梅雷、让·德·罗特鲁、菲利·基诺和皮埃尔·高乃依。他们主要写悲剧、田园剧和悲喜剧。梅雷的代表作有《希尔薇》和《索福尼斯布》,前者是一部悲喜剧和田园剧,后者是一部遵守“三一律”的悲剧。罗特鲁的代表作有《圣日内斯特》和《旺塞思拉斯》,他的创作风格与高乃依相似。高乃依的《熙德》的出现引发了法国文坛激烈的争论,引起了人们对悲剧的关注,提高了悲剧相对于其他戏剧类型的地位。

17 世纪六七十年代,随着拉辛在法国文坛领袖地位的确立,古典主义达到了高峰。拉辛对“三一律”的运用炉火纯青,是古典主义悲剧的最高代表。这个时候,莫里哀也在巴黎崭露头角,获得路易十四的赏识。随着莫里哀的崛起,喜剧逐渐受到观众的欢迎,1652—1659 年,巴黎共有 39 出喜剧、28 出悲喜剧、27 出悲剧上演。莫里哀改变了旧喜剧的闹剧形式,关注社会现象,注重发掘喜剧的讽刺功能。除莫里哀外,17 世纪后半期的喜剧作家还有查尔斯·杜弗雷尼、勒尼亚尔和当库尔。

第三节　寓言和散文

拉封丹也是在古典主义时期崭露头角的。他的寓言创作所用的语言

---

① 参见陈杰:《十七世纪法国的权力与文学:以黎塞留主政时期为例》,复旦大学出版社 2018 年版,第 114—115 页。

也是诗体。因此,有人批评他的寓言诗形式。批评者认为他用诗体来“装饰”寓言,削弱了寓言独特而富有教育意义的功能和特色。但作为在古典主义思潮中浸润的作家,用诗体创作正合乎高贵典雅的文学正统的要求。这个时期的散文创作也具有古典主义风格,无论是回忆录、箴言还是随感,这些散文体都呈现出简练精致的特征。有的散文注重对人情风俗的描绘,擅长刻画人物肖像,如拉布吕耶尔的作品;有的散文对人生和哲学问题进行了深入思考,吐露法国式的警句,如弗朗索瓦·德·拉罗什富科和帕斯卡尔的写作;有的散文则密切关注重大政治事件,具有文献价值,如德·塞维涅夫人的作品。塞维涅夫人是法国书信作家,她的作品笔触生动风趣,反映了路易十四时代法国的社会风貌,被奉为法国文学的瑰宝。

一、拉罗什富科

拉罗什富科出身于巴黎的贵族世家,他原名弗朗索瓦·德·马西亚克。父亲死后,他获得“拉罗什富科公爵”的头衔。拉罗什富科是著名的法国道德家,箴言和回忆录的作者。拉罗什富科自幼接受了那个时代的贵族教育,学习军事、狩猎、宫廷礼仪、优雅的表达和举止。拉罗什富科年轻时是投石党叛乱的中心人物,在战斗中多次负伤,后来回归宫廷,但不再过问政事,也拒绝进入法兰西学院,大部分时间博览群书和参加文艺沙龙活动,混迹于德·斯居戴里小姐、德·蒙庞西耶小姐、德·萨布莱夫人的沙龙,也和德·塞维涅夫人、德·拉法耶特夫人来往密切。他把沙龙游戏中的机智问答作为箴言记录下来,使其构成一部庞杂的《道德箴言录》(1665 年、1666 年、1671 年、1675 年、1678 年,共出 5 版),并对它进行了频繁的修改和补充,他去世后,后人还添加了一部分,形成了目前通行的 504 篇的形式。拉罗什富科并不是宗教作家,但他对人性的理解较为悲观,他视人性为“苦难”,以一种基督教悲观主义的尖锐视角看待人性。《道德箴言录》体现了 17 世纪中叶法国贵族的价值观念,主要表达知识的神秘、思维的存在、思想和行动的矛盾，还有他愤世嫉俗的思想，以恨世者的语言揭示上流社会利欲熏心、颓靡腐朽的精神世界。有些箴言宣扬无为，有些则宣扬权力，对人性、品性、爱情等方面加以品评。拉罗什富科的伦理观念引起了一些道学家的攻击，但实际上《道德箴言录》并不是道德训条的集合，而不过是人们自发地将一些箴言广泛引用，使其流行于民间的格言警句。路易十四认为拉罗什富科是17世纪有成就的贵族典范。拉罗什富科的影响深远，伏尔泰认为《道德箴言录》是在“形成民族风格以及在赋予这种风格以名词正确和含义精确等特点方面起到了最大的促进作用的著作之一”[①]。拉罗什富科年轻时结交过不少巴洛克风格的作家，因此《道德箴言录》也流露出一种矫饰主义的风格。几乎所有19世纪伟大的法国评论家都曾写过关于拉罗什富科的文章。哲学家弗里德里希·尼采非常钦佩拉罗什富科，不仅受到他文风的影响，还受到他伦理价值观念的影响。

二、塞维涅夫人

塞维涅夫人被法国文坛视为17世纪文学的伟大偶像之一，她的书信作品比其所处时代的任何历史学家都更好地描述了路易十四的宫廷生活和当时贵族社会的总体情况。[②] 她出生于巴黎，原名玛丽德·拉比坦-尚塔尔，她的家族是一个古老的贵族家庭。塞维涅夫人7岁时成了孤儿，一开始由外祖父母抚养，外祖父母不久也相继去世，她舅父成为她的监护人。塞维涅夫人接受了较好的发蒙教育，阅读了许多文学作品，掌握了意大利语、西班牙语和拉丁语。1644年，她嫁给德·塞维涅侯爵，7年之后，侯爵死于决斗，留下两个孩子。塞维涅夫人具有较高的文学修养，是贵族

① 伏尔泰：《路易十四时代》，吴模信、沈怀洁、梁守锵译，商务印书馆1982年版，第471页。

② 彼得·伯克等编：《人类文明史 第5卷 16世纪至18世纪》，中文版编译委员会译，译林出版社2015年版，第168页。

沙龙的常客。1671 年,她的女儿弗朗索瓦丝-玛格丽特·德·塞维涅出嫁,成为德·格里荣伯爵夫人,她常致信女儿以宣泄心中的思念。1696 年 4 月 17 日,塞维涅夫人死于天花。她的书信在死后由孙女收集发表,被称为《书简集》,最早的版本是在 1725 年出版的,只有 75 页,1862—1867 年出版了完整版,共收录 1500 多封信,最早的一封信写于 1648 年 3 月 15 日,最后一封信写于 1696 年 3 月 29 日。《书简集》中的书信大多数是写给女儿的,约占 68%,表达了母亲对女儿的慈爱。作为有文化的贵族女性,塞维涅夫人对政治事件非常关注,路易十四攻入莱茵河流域、财政大臣富凯被捕、外交大臣蓬波纳侯爵(原名西蒙·阿诺尔德)失宠、路易十四被下毒等事件都在她的书信中出现。塞维涅夫人也对当时的作家作品进行评价,莫里哀作品中的人物形象常被她引用,她尤其欣赏高乃依,也喜欢拉辛的《昂朵马格》(也译为《安德洛玛克》)和《以斯帖》(也译为《爱丝苔尔》)[①],认为它们感人至深,但她对拉辛的赞赏有所保留,更欣赏高乃依。她还喜欢散文家帕斯卡尔。《书简集》写得流畅自然,语言机智生动,情感波澜起伏,伏尔泰将德·塞维涅夫人与德·曼特农夫人[②]做了比较后指出:德·塞维涅夫人很聪明,她的书信是在情感和想象力的驱使下写就的,书信充满了逸事,写得活泼欢乐,充满自由。而德·曼特农夫人则太政治化、太官方,知识很多却不免有些死板。法国浪漫主义诗人拉马丁称赞道:德·塞维涅夫人是一位神奇的作家,她以一颗心的悸动,感动了数千人的心灵,为一个世纪发出了回响。[③] 司汤达认为《书简集》与当时流行的风雅典范相比更富有自然的情趣。[④] 有趣的是,塞维涅夫人的

---

① 下文统称《以斯帖》。

② 德·曼特农夫人:原名弗朗索瓦·德·奥比涅,是路易十四的情人、顾问和王室子女的家庭教师,秘密嫁给路易十四,被视为“无冕王后”。

③ 参见罗杰·杜申编著:《德·塞维涅夫人书简选集》,洪藤月译注,辅仁大学出版社 2018 年版,第 503—504 页。

④ 参见司汤达:《拉辛与莎士比亚》,王道乾译,上海人民出版社 2006 年版,第 37 页。

书信在马塞尔·普鲁斯特的小说《追忆似水年华》中发挥了重要作用。小说中有30处提到德·塞维涅夫人，她的书信成为叙述者的祖母和母亲最喜欢的读物。

三、博絮埃

博絮埃是法国主教、神学家，出身于法国第戎的一个富裕家庭，父亲是苏瓦松的监察官。博絮埃8岁就走上了学习神学的道路，1652年，他在巴黎大学获得神学博士学位，成为教士。1657年，博絮埃在法国梅斯向王太后奥地利的安妮布道，得到王室嘉奖，成为国王的布道师兼顾问，自此可以出入宫廷。在国王的气质风度和优雅的宫廷礼节的熏陶下，博絮埃逐渐改掉了初来乍到时外省式的粗俗，成为宫廷中最受欢迎的布道者，担任宫廷贵族的宗教导师。路易十四还教人以自己的名义致信博絮埃的父亲，祝贺他有这么一个优秀的儿子。1670年起，博絮埃担任路易十四王太子的太傅，时间达11年之久，深得路易十四信任。次年，他进入法兰西学院。1681年，博絮埃受命担任莫城主教，他从维护教权和王权的思想出发，既攻讦新教，又抬高国王世俗权力，以对抗罗马教廷的教皇权力，赢得了“莫城之鹰”的别名。

博絮埃被认为是法国史上最伟大的演说家。其著作有《上帝与自我认识论》《世界史叙说》《圣经中的政治》等。在政治思想上，他支持天主教和国王王权的神圣地位，认为君权神授，国王从上帝那里获得了至高无上的权力。但他又不是一个狂热的教士，他对权威的崇拜并没有扼杀他对理性的信心，可以说他是一个偏世俗化的理性教士，一直迂回于路易十四和罗马教皇之间，扮演了王权专制的支持者角色。博絮埃拟定4项条款，确定法国教会的自由传统，以对抗罗马教廷的控制，成为法国教士的精神领袖，实际上成为法国的教皇。虽然博絮埃宣称国王具有绝对权威，但他强调，国王必须仅为公众利益使用权力，不应凌驾于法律之上。在文学观念上，博絮埃像当时多数宗教人士那样反对戏剧，是保守的“崇古派”，1694 年，他发表《喜剧的格言》，认为现代戏剧不道德，具有危险的感染力，它会使观众“像剧中主角那样去钟情于漂亮的女人，把她当作崇拜偶像”①。他猛烈抨击莫里哀，认为在莫里哀的喜剧里，德行和虔诚总是可笑的，堕落总是得到原谅，廉耻总是受到冒犯。高乃依的《熙德》中男女主人公的情爱纠葛在他看来是人的弱点，在戏剧中却成为一种崇高的美德，这也是难以接受的。

四、拉布吕耶尔

拉布吕耶尔是法国哲学家和道德家，以讽刺作品闻名。他出身于巴黎一个中产阶级家庭，早年学过法律，1673 年在法国卡昂的税务部门捐了一个职位。1684 年，他经博絮埃推荐担任孔代亲王路易·德·波旁的家庭教师，后来担任亲王的侍从，以此获得小贵族身份，有机会接触和观察贵族阶层和上流社会。1693 年，拉布吕耶尔入选法兰西学院，1696 年，拉布吕耶尔去世。拉布吕耶尔独身到老，没有成家，平日除办理公务外，把全部时间都用在著书上。他的代表作是《品格论，或本世纪的人物或风俗》②。《品格论》是拉布吕耶尔的随笔集，他想要描绘同时代人的品性，识别法国人的特质，以便帮助他们改变，含有伦理教育的目的。这部作品模仿古希腊作家、哲学家泰奥弗拉斯托斯（也称提奥弗拉斯特）的《伦理群像》写成，1688 年第一版纳入 420 条随感，1694 年再版时增加到 1120 条，共 16 章。《品格论》主要由两部分组成：一是拉布吕耶尔翻译的泰奥弗拉斯托斯的《品格论》；二是格言式的简短段落和典型人物的肖像，即拉布吕耶尔自己的《品格论》，也称为“当代风俗论”。格言部分精练深刻，体现出

---

① 罗杰·法约尔：《批评：方法与历史》，怀宇译，百花文艺出版社 2002 年版，第 62 页。

② 下文简称《品格论》。

古典主义明朗清晰、简练精确的语言风格。肖像部分则对上自宫廷，下至民间的各色人等的形象做了惟妙惟肖的描绘，往往以真人真事为蓝本，但不用真实姓名，犹如陈列着一幅幅肖像画的人物和事件的长廊，可以说是当代风情画。作者只用寥寥几笔，就刻画出某种品格的典型人物（怪人、富人、狂人），从而形象地批评某种时弊或"品格"——傲慢、自私、贪婪、虚荣、伪善等，一针见血，发人深省。尽管书中人名是虚构的，明眼人却能分辨出他们影射了哪些知名人物，因此这部作品一经出版，便成为巴黎人的谈资。

拉布吕耶尔在《品格论》中还对绝对王权提出了疑义。他认为国王不能僭越法律，国王的利益要和国家利益一致，国王是法律和正义的受托人，应以君臣之间的契约关系理论取代君权神授的权力来源观念。他既揭露贵族阶层的矫揉造作、虚伪狡猾、道德败坏的本质，又批判浑身散发着铜臭气的资产阶级。在《品格论》中，拉布吕耶尔还表达了自己的文艺观念，他的文艺观念是符合古典主义的，想要确定和遵循古典文艺理想。一方面，他主张模仿古人，在"古今之争"中支持崇古派，推崇崇高的古典悲剧，批评那种不具有崇高和教育意义的低俗喜剧。但拉布吕耶尔不是一味地盲从古人，厚古薄今，比如他推崇高乃依的《熙德》，认为对《熙德》的批评并不影响它的伟大，因为一部令观众满意的作品比一部完美的、中规中矩的作品更难得，而《熙德》就是前者。他认为《熙德》在初演时只听到一个声音，那就是赞赏之声，"它比徒劳地企图摧毁它的当局和政治更加强大有力，它使意见和感情总是分歧的人们，使大人物与小百姓都团结起来支持它……《勒・熙德》终于成为人们能够创作的最卓越的诗篇之一，而对《勒・熙德》的批评，则成为对任何题材所曾经做出的最佳的评论"①。另一方面，拉布吕耶尔又意识到民风习俗和语言文学在发展，他

① 拉布吕耶尔：《品格论》（上），梁守锵译，花城出版社2013年版，第86页。

客观地欣赏蒙田、拉伯雷和龙沙等前辈作家，也赞赏巴尔扎克、瓦蒂尔①、马莱伯、莫里哀、高乃依和拉辛等当代作家，号召人们认识和研究今天的现实。他说过“我们在写作时只能靠模仿古人来臻于完美，而如果能够做得到的话，我们就会超越古人了”②这样具有辩证思想的话。拉布吕耶尔的文学批评使他获得了“现代文学批评的先驱者甚至奠基者”的称号。

《品格论》是法国文学史上一部划时代的散文名著，对后世影响甚大。夏多布里昂称赞拉布吕耶尔是路易十四时代最杰出的作家之一，没有一个人的文笔比他更加丰富多彩。罗兰·巴特认为《品格论》在一定意义上是一部全知的书。从 1688 年到 1696 年，《品格论》重版 9 次，每次重版，都增加了新的材料，第 9 版发行时，篇幅已经比初版增加了 3 倍。这部书使拉布吕耶尔树敌甚多，但也使他获得很好的声望。

五、费奈隆

费奈隆是法国神学家、作家，法国古典主义的最后一个代表。他出身于一个破落贵族家庭，少年时期，他就接受了古希腊-罗马语言文学的教育。1663 年，在耶稣会的影响下他开始学习神学和修辞，走上了宗教的道路。24 岁时，他成为教士，到地中海东岸地区和希腊传教。1678 年，他出任为皈依天主教的新教教徒而设的“新天主教教会”会长，在此期间结识了路易十四的宠臣波维利埃公爵。公爵夫妇膝下有 8 个女儿，应公爵夫妇的要求，他撰写了《论女孩的教育》，针对传统教育的弊病，提出女子教育的重要性，这部著作成为阐述女子教育理论的论著。1685—1687 年，他成为柯尔培尔女儿的导师。1689 年，费奈隆又被路易十四任命为王太子的长子——7 岁的勃艮第公爵的导师，后者是王位的第二顺位继

---

① 樊尚·瓦蒂尔：法国诗人、书简作家，对法国 17 世纪文体风格产生重要影响。

② 拉布吕耶尔：《品格论》(上)，梁守锵译，花城出版社 2013 年版，第 77 页。

承人。在此期间他撰写了针对公爵教育的文章,这些文章结集成《亡灵对话录》,在1712年出版。《亡灵对话录》是对话文体,假设历史人物在天堂或地狱相见,在对话中阐释各自思想。每一篇对话围绕一个主题,谈论治国之道、权术、荣誉、道德、诗歌、绘画等,涉及面很广。

费奈隆性格温和,举止优雅,风度翩翩,颇具浪漫情怀,一度成为宫廷中最富有魅力的人。从1690年起,费奈隆开始写散文寓言,包括动物故事、冒险故事和童话故事。1718年,这些寓言被结集为《寓言集》出版,直到1823年才出版了完整的版本。《寓言集》里的许多寓言实际上是童话,有的取材于希腊或罗马的传说,有的则出自作者的想象,作品的主题为道德教育。1693年,他当选为法兰西学院院士。1696年,他被国王任命为康布雷教区主教,由博絮埃亲自授任。后由于创作了批评绝对君主制的小说《特勒马科斯历险纪》而触怒国王,遭到冷遇。

《特勒马科斯历险纪》讲述尤利西斯之子特勒马科斯寻找父亲的故事,米诺娃化成贤者门托尔,指引特勒马科斯寻父。两位主人公在旅途中穿越众多王国和地区,经历了许多冒险,增长了见闻,这为特勒马科斯日后成为君王打下了基础。《特勒马科斯历险纪》用有韵律的散文写就,形式上既像小说,又像诗歌。小说在风格上效仿古典英雄史诗,总体上借鉴了古罗马的《埃涅阿斯纪》,并融合了《荷马史诗》中的战争和历险故事。作品还刻画了费奈隆心目中的理想之城和理想国君,反讽现实,表达对路易十四诸多内政外交政策的不满,以及对路易十四的独断专行的批评。作者写道:一位贤明的君王不仅能在战争期间治国,也能在和平时期治国,并且后者更为重要。"君王若把关注力完全转向战争,那么他将总想发动战争,扩展他的权力和个人荣誉,从而导致民人的覆灭。邦国之民在君王治下生活不幸,就算君王制服邻国又有何益?"应当说,在当时王权至上观念盛行的法国,提出国民本位的政治理念是非常难得的。作者指出,让国民过上好日子比成为世上霸主更应成为君王的本分:"你要知道,你之所以做王，乃因为你手下有待治理的臣民。衡量国力不是依据你所占据的疆土面积，而是依据这片疆土上居住并臣服你的民人数量。拥有一片丰沃土地，即便面积再小也无妨，让地上住满勤劳守法为数众多的民人，并且努力使他们爱戴你。这样一来，比起蹂躏外邦的征服家，你将是更强大更幸福更光荣的君王。”作者还批评了君王刚愎自用、独断专行对国家的危害，君王若是习惯把自己的绝对意愿视同唯一律法，毫不节制个人欲望，就什么事都做得出来。“正由于无所不能，他们一点点摧毁政权根基。他们丧失治国的确切法则和信条准则。人人心有企图奉承他们。他们不再有国民，只有日益减少的奴隶。”更为难得的是，作者保持了对至高无上的王权本身的冷静反思，比如作者还提出这样的观点：比起王权荣耀，更爱温和私密的生活，“受人奴役是可悲的，王权也是某种伪装的奴役状态，故而不会少一丝悲惨”。①

《特勒马科斯历险纪》一经推出，小说的手稿便很快在宫中流传，路易十四认为自己“在每一页都受到侮辱”。虽然费奈隆极力否认该作的政治隐喻，辩护称这本书是供勃艮第公爵和其他王子练习翻译用的，但国王的面子已然受到损害，于是费奈隆被国王撤销了王室教师的职务，还被贬回康布雷地区，一直过着半隐居生活。当然，费奈隆的政治思想是较为中庸的，他批评国王，并不是要推翻王权专制，而是意图起到“讽谏”“劝谏”的作用，希望国王变得更加英明，使波旁王朝得以延续。在很长的一段时间里，《特勒马科斯历险纪》都是法语教学的教科书。

1714 年，费奈隆应法兰西学院的要求撰写了《致法兰西学院书》(1716 年发表)，讨论学院工作和一般文艺问题，该作成为重要的古典主义文艺批评论。费奈隆对古人和今人都加以赞扬，但以崇尚古人为基本

---

① 弗朗索瓦·费奈隆：《特勒马科斯纪》，吴雅凌译，商务印书馆 2022 年版，第 119、213、377、115 页。

立场，他赞美荷马、索福克勒斯、贺拉斯、维吉尔、西塞罗等古希腊-罗马作家，认为高乃依和拉辛等当代作家与他们尚有差距。古人在悲剧语言方面达到了某种高度，并且不掺杂亵渎爱情的元素，显得更为古朴崇高，通过古人"言辞中单纯、自然而又淳朴的感情，把他们作为尊严的人表现给我们。他们和我们小说里夸大而矫饰的英雄毫无相像之处"①。他对莫里哀的创作有意见，认为莫里哀不太符合古典主义原则，但他认为莫里哀胜过泰伦提乌斯②，莫里哀的喜剧题材更为丰富，在人物塑造上触及当时几乎所有的形象，为喜剧的发展开辟了新的局面。

第四节　尾声：古今之争

进入17世纪80年代，古典主义的法则已经令人审美疲劳，加上古典主义发展过程中的一些自我矛盾，一些文人开始表达对古典主义审美的批评。当时以法兰西学院院士夏尔·佩罗为代表的一批文人对古典主义观念发难，由此爆发了法国文坛的"古今之争"。

"古今之争"是一场关于古人与今人的文艺水平孰优孰劣的争论。争论的一方坚持厚古薄今，认为古希腊-罗马文学是优秀文学的唯一典范，被称为"崇古派"；另一方主张厚今薄古，反对把古代作家置于至高地位，被称为"厚今派"。在厚今派看来，随着近代科学的兴起，如果法国人认为笛卡尔已经超越了古代科学，路易十四的丰功伟绩已经超越了古罗马的明君的话，那么在艺术方面超越古代也是完全可能的。两派反复争辩，相持不下。

① 费纳龙：《致法兰西学院书》，柳鸣九译，李健吾校，中国社会科学院文学研究所编：《文艺理论译丛》(下)，知识产权出版社2010年版，第789页。

② 泰伦提乌斯：罗马共和国时期的剧作家，擅长喜剧。

关于今人与古人孰优孰劣的争论在17世纪的法国由来已久。从某种程度上说,古典主义就是通过类似的争论确立统治地位的。在17世纪初,就有一些作家呼吁要有创作自由,如弗朗索瓦·勒·德·布瓦罗贝特就对荷马不屑一顾,认为他只不过是一个街头卖唱者,缺乏趣味和细腻。笛卡尔和帕斯卡尔的理性论都暗含了人类文明是不断进步的,要辩证地看待古人和今人之成就的观点。即便在古典主义思潮的全盛时期,也有不同意见存在,作家在实际的创作过程中也不可能百分之百地符合古典主义的理想而不逾矩。法兰西学院对高乃依《熙德》的批判,以及与高乃依及其支持者之间的论争中就暗含了对古代典范与今人口味是否相适应的辩论。在1660年左右,法国出现了以基督教神迹为题材的长篇史诗,公然与模仿古希腊-罗马典范的传统精神对立,从而招致巨大非议。让·德马雷·德·圣索尔兰在17世纪50—70年代的文章中多次提出基督教传说比古代神话更真实,要用基督教传说替代古希腊-罗马神话的观点。圣索尔兰还试图劝说佩罗把文学从古代的影响下解放出来。布瓦洛在《诗的艺术》中对学术院院士圣索尔兰的论文《论如何欣赏希腊、拉丁诗和法国诗》中流露的抬高"基督教诗"、贬低"异教诗"的倾向提出过批评。1674年,法国神学家、理性主义哲学家马勒布朗什在《论寻找真理》中从哲学的角度提出今人比古人具有更丰富的经验,更容易发现真理的观点。

1680年左右,古典主义戏剧的观众人数达到了顶点,此后古典主义戏剧开始走向衰退,路易十四对戏剧渐渐失去了兴趣,戏剧随之跌入失宠的旋涡。对于古典悲剧,观众也逐渐没了往日的热情,戏剧创作数量直线下降,在1689—1700年间上演的25出新戏中,最终出版的仅有12部。"歌剧和喜剧成为资产者的消遣,宫廷里几乎看不到了。"①此时,厚今派

① 让-皮埃尔·里乌、让-弗朗索瓦·西里内利主编:《法国文化史Ⅱ 从文艺复兴到启蒙前夜》,第3版,傅绍梅、钱林森译,华东师范大学出版社2012年版,第288页。

对崇古派的挑战已经到了一触即发的地步。法国学者沙庞蒂埃认为纪念性建筑物上的铭文以及艺术作品上的题签应当用法文而不是拉丁文,他在凡尔赛宫展出的名画上用法文撰写了题签,由此引起了争论。按照古典主义的理想,当然应该用拉丁文,但沙庞蒂埃认为用拉丁文是荒谬的,他在1683年发表的《论法语的卓越》中宣称法语是杰出的语言,他还指出,当今的世纪比古人的世纪更明智,今天的文学已经产生足以媲美西塞罗和维吉尔的作品。丰特奈尔在1683年发表的《已故者对话录》中批判古人的缺陷。批评家圣埃佛尔雷蒙在《对古今悲剧的思考》和《为高乃依的一些作品辩护》等文章中发表了类似的观点,他指出古代作品并非十全十美,没有适应一切时代和一切民族的永恒创作法则,今人应摆脱对古人的迷信,自由自在地表达自己对善恶的态度。他还在《论古人的诗歌》中指出:"荷马的诗歌永远是杰作,但不会总是楷模";"如果荷马活在今天,也会写出适应这个时代的令人钦佩的诗";"宗教、政府、风俗、习惯已经今非昔比,我们必须要创造新的艺术才能适应这个时代"。这就否定了一味仿古的必要性。可以说,这些争论为17世纪末"古今之争"的爆发酝酿了充分的情绪。

"古今之争"先后发生了两次。第一次的导火索是1687年1月27日,佩罗在法兰西学院朗诵他的诗作《路易大帝的世纪》,这个作品是为庆祝路易十四从手术中康复而作的。诗歌的开头写道:

美好的古代总是令人肃然起敬,
但我却从来不相信它值得崇拜。
我面对古人时并不会卑躬屈膝,
他们确实伟大,但同我们一样是人;
将路易的世纪和奥古斯都时代相媲美,

不必担心有失公允。①

佩罗在文章中用艺术科学中的例子作为证明，认为路易的世纪足堪媲美伟大的奥古斯都的世纪。他把路易十四尊称为路易大帝，盛赞这位“太阳王”登基以来法国文坛取得的成就。在他的诗中，当时较有名气的诗人和剧作家都得到了褒奖，有些褒奖甚至过于夸张。尽管这样做在一定程度上是出于对同行的礼貌，不过佩罗的“醉翁之意”并不在于评价某一个作家，他的真正意图是以这些作家的成就来证明“太阳王”时代的文艺、科学等领域的水平已经达到了新高峰，丝毫不比拥有维吉尔、贺拉斯、奥维德等伟大诗人的古罗马奥古斯都时代逊色。佩罗不但把崇古派奉为典范的古代作家拉下神坛，还给古代诗歌和造型艺术作品打上有失文雅的标签，并称古代音乐是粗野的东西。这些大胆的观点立即引起布瓦洛、拉封丹、拉辛、拉布吕耶尔等捍卫古典主义的文学界权威人士的反驳。布瓦洛写了两首讽刺诗攻击佩罗，指责佩罗是疯子、野蛮人、法兰西学院的耻辱。同年2月5日，佩罗在《给于埃的书简诗》中给予回应。站在佩罗一边的则有丰特奈尔和一部分法兰西学院的院士，以及社会中不少有学问的读者。1688年，拉布吕耶尔在《品格论》中讥讽丰特奈尔和佩罗等厚今派对古人的“忘恩负义”，他写道：

人们从古人和机灵的现代人那里提取食物；榨取他们之所有，尽可能地汲取得越多越好，用这些来填满自己的作品；而一旦成为作者，认为自己可以独自行走的时候，便起来反对他们，虐待他们，就像那些靠吮吸营养丰富的奶汁而长得身强力壮的

① Charles Perrault: *Le siècle de Louis le Grand*, chez Jean-Baptiste Coignard, 1687, p. 3.（如无特别说明，中文引文皆由本书作者译出。）

孩子殴打自己的乳娘一样。①

丰特奈尔在1688年发表了论文《漫谈古人和今人》,从历史发展的角度阐述今人必将超越古人的理由,对厚古薄今的守旧心态大加嘲讽。他说道:“在人物的塑造方面,在事件的多样性方面,我永远不会对我们超越维吉尔感到惊讶,当今我们的散文作品已经展示了这种可能性。”“如果本世纪的伟人对后人怀有仁慈之心,他们会告诫后人不要过分崇拜自己,告诫后人至少要保持与前人一较高下的决心。没有什么比过度崇拜古人更会阻止事物的发展,也没有什么能像过度崇拜古人那样限制人的思想。”他还以古典主义作家崇拜的先贤亚里士多德为例,认为“如果我们只从亚里士多德的著作中,而不是从自然中寻求真理,那么哲学不仅不会有任何进展,还会陷入违背真理和不知所云的深渊”。丰特奈尔指出每个国家在思想文化上都经过几个阶段:婴儿阶段,只追求物质上的满足;年轻时代,追求想象力、诗歌和艺术;成熟时代,崇尚科学和哲学。按照他的推论,今人在科学和哲学(理性)领域彻底超越了古人。他说:“科学应用在自然上,会日益不停地增长,越来越广泛,越来越强烈,我们将会看到新奇的东西一个接一个地出现。人类装上翅膀、翱翔空中的那一天将会到来。这种技术将更进步……直到有一天我们能飞向月球。”②值得注意的是,丰特奈尔还提出了不同的地理环境和气候条件对民族文学与文化品味的影响,这种比较文学的视野可能影响了后来史达尔夫人的《论文学》中关于欧洲南方文学和北方文学之异同的论述。

同年,佩罗发表《古人与今人之比较》,重申《路易大帝的世纪》的观

① 拉布吕耶尔:《品格论》(上),梁守锵译,花城出版社2013年版,第77—78页。

② 威尔·杜兰特、阿里尔·杜兰特:《世界文明史:路易十四时代》,台湾幼狮文化译,天地出版社2017年版,第502页。

点。在这篇文章中，他借助院长（崇古派的发言人）、神父（厚今派的代表）和骑士（赞同神父观点，扮演话题发起人角色）的对话，对古今之比较展开论证。院长认为古代与现代的关系可以用老师与学生的关系类比。骑士针锋相对，认为正好相反：今人因为知识的增多反而成为真正见多识广的人，相比之下，古人则是人类历史中的儿童。神父认为主宰文艺和科学的不是什么权威，而是理性，今日文艺与科学（天文学、地理学）的繁荣景象都体现了更高的文明程度。神父还指出，“古人是首创者”的说法也言过其实，因为古人的创造遵循的仅仅是模仿自然的法则，而现代人的发明却是天才沉思的结果。因此，若要取得进步，不能只是一味固守古人的权威，而应相信直接的自然经验和理性法则：这两者在今天的实现证明了当代相对于古代的优越性，只有伟大君主的统治才能为科学和艺术提供进步的环境。这篇文章还涉及对不同艺术门类之间的美学探讨。面对神父和骑士举出的实例，院长试图做出妥协。他认为要区分手工艺术和心灵艺术。由于经验和技术的增加，今天的手工艺术确实要高出古代不少，这是无法否认的，但在心灵艺术领域，比拼的是天才和灵感。对于这个论断，神父也在一定程度上认可，他说今人在多种艺术上都超过古人，除了修辞和诗歌。这样就涉及“原创”“天才”“灵感”等美学问题，但也正因为如此，崇古派通过抬高天才和灵感来自保，结果露出另一个破绽，即“原创”“天才”“灵感”这些品质并不为古人所专有，今人同样有，这不是以时代的古与今为界限的。因此，有人认为通过“古今之争”，人们开始“在艺术中区分 ouvirier（创造者）和 ouvrage（作品）、天才的不可模仿性和天才作品的时代性，并使作为更高动机的 inventio（创造）统领 imitatio naturae（模仿自然）原则，使 beau relatif（相对的美）概念与自在且完善的美之理念相对立，并从人类不变的本性中析取出作为非永恒性领域的道德，该领域随历史变迁而共生共灭，因而也无法再根据 bon goût（好趣味）的一般准则去理解它"[1]。显然,这种观念与美学领域的观念发生了交互和共鸣,也预示了极具反叛精神的浪漫主义的出现。佩罗在1688—1697年将争论的文章结集为4卷本的对话体论文《古人与今人之比较》,还出版了2卷本的《本世纪在法国出现的名人》。1691年,丰特奈尔当选为法兰西学院院士,这一事件被认为是厚今派的伟大胜利。[2]

崇古派的代表布瓦洛在1693年发表《攻陷那慕尔颂》,在诗歌前文论述了古人的贡献。次年,他发表《读朗吉努斯感言》,根据这位古代权威——朗吉努斯的话,对佩罗和丰特奈尔提出反驳。《读朗吉努斯感言》表面上是为荷马和品达等古代作家辩护,实际上是搜罗佩罗在翻译中的错误,以此证明佩罗缺乏基本的翻译能力,并且对古人无知,将古人污名化。布瓦洛认为一个作家的价值必须经过时间的考验才能被判断,这就否定了厚今派对今人的鼓吹,再次为古典权威辩护。同年,布瓦洛在讽刺诗中通过历数女性恶习来抨击厚今派的女性拥趸,以至于佩罗写了《女性的申辩》作为回敬。布瓦洛在1700年又致信佩罗,认为古代的戏剧、诗歌、哲学、科学都超过今人。拉封丹也属于崇古派阵营,他称自己曾试图模仿今人的创作,但并不成功,直到"遇见了"贺拉斯,因此今人要从古人那里获取灵感,才能避免走弯路,他还举例说今天那些成功的作家如拉辛、莫里哀等人都是模仿古人的。

双方布阵对垒,陆续发表战斗性的文章互相驳斥、讽刺、攻击,相持不下。直至17世纪末18世纪初,双方的对立才得以缓和。不过,一波未平一波又起,1714年,爆发了第二次"古今之争",论争的起因是《荷马史诗》的翻译。在此之前,《荷马史诗》在法国已经有研究古希腊-罗马文学的专

---

① 勒策:《欧洲文学中的传统与现代:简论"古今之争"》,温玉伟译,华东师范大学出版社2020年版,第160页。

② 参见让-皮埃尔·里乌、让-弗朗索瓦·西里内利主编:《法国文化史Ⅱ 从文艺复兴到启蒙前夜》,第3版,傅绍梅、钱林森译,华东师范大学出版社2012年版,第325页。

家达西耶夫人的诗体译本，其中《伊利亚特》出版于 1699 年，《奥德赛》出版于 1708 年。1714 年，剧作家、诗人乌达尔·德·拉莫特发表了《伊利亚特》的散文体改写本，删除了原作中某些他认为乏味的、重复的、违背自然知识的描写。达西耶夫人认为拉莫特不懂希腊语，按自己的理解改编《荷马史诗》，是对荷马的歪曲和亵渎，她对拉莫特的改写本进行了批评。次年，拉莫特在题为《关于荷马的论述》和《关于批评的思考》的文章里为自己辩护，他认为荷马作品的某些描写不合现代人的趣味，因此改写令他不愉快之处并非不可原谅。他认为古人写的一些东西经不起推敲，荷马是否真实存在也是一个疑问。拉莫特自信法语并不逊色于希腊语，而且古希腊人是原始野蛮的民族，18 世纪的诗人比古代诗人优秀得多。他还撰写了《对悲剧的思考》，主张摒弃“三一律”和诗体，于是又引起了一番纷争。达西耶夫人则写作《趣味堕落考》一文猛烈批评拉莫特。她认为希腊人并非野蛮人，今人正是通过模仿古人才逐步完善。达西耶夫人将品味作为衡量文化和文学水平的标准，她认为盲目批判古人只会败坏今人的品味。达西耶夫人的丈夫安德烈·达西耶也发表文章声援妻子。法兰西学院院士特拉松神父在第二次“古今之争”的最后阶段撰写《论荷马〈伊利亚特〉的考据》。在这篇文章中，他抛弃了作为标准和典范的古代审美，为具有至高无上理性的新诗学摇旗呐喊，试图用促使自然科学取得重大进步的哲学理性精神充盈文学。特拉松声称，笛卡尔才是真正的大师，没有哪个古人能望其项背，以笛卡尔为代表的理性哲学应成为裁决一切学问的标准。当今的文学如果要取得类似当代科学取得的成就，就必须抛弃荷马的权威，正如搞科学研究的学者必须抛弃亚里士多德的学说一样。1716 年，费奈隆在《致法兰西学院书》中为双方打圆场，对古人和今人都加以赞扬，肯定了古人和今人都对文学的发展做出了贡献，但他还是站在认同古人的立场说话，比如将当时法国的诗歌与荷马、贺拉斯、维吉尔等古人的作品相比，认为古人的诗法远比今人灵活，今人的诗法有很多束缚，他担忧“法兰西诗法要达到完美的程度差不多是不可能的”①。

这场论争虽然缘起于翻译，但是超出了翻译的范围，本质上还是如何评价古人和今人的问题，是第一次“古今之争”的延续。直到 1719 年，“古今之争”的风波尚未完全平息，法国作家、评论家杜博斯出版了 2 卷本的《关于诗歌和绘画的批评性思考》。杜博斯认为今人相对古人而言在科学和教养上更为先进，但艺术的天赋方面则不一定，决定艺术水准最重要的因素就是天赋，拥有天赋的天才不应该模仿古人的作品。杜博斯站在今人的立场，对古人始终有一种进步论的优越感，惋惜荷马不幸生活在一个淳朴无知的时代。这本书历来被认为是法国美学和艺术研究的重要著作，它的出版也被视为第二次“古今之争”的回响，后被翻译为英文，在欧洲成为家喻户晓的作品。

事实上，经过哥白尼、培根、伽利略、笛卡尔等人的酝酿，厚今派的底气很大一部分来自科学知识的不断增长和理性主义哲学。“古今之争的崇今派以笛卡尔哲学为依据，将自然科学的进步乐观主义也应用在诗歌创作方面。”②于是，“古今之争”才得以点燃。实际上，这场论争的最后胜利者是厚今派，因为崇古派的反击有些底气不足，他们往往只能揪住厚今派论述中的一些常识性错误，或者干脆祭出“古典（古人）天然优越”的陈腐论调。更为致命的是，古典主义思潮在这波冲击中失去了它不可动摇的权威性，以至于整个 18 世纪都回荡着厚今派对崇古派的批判，这为启蒙主义大潮的来临和浪漫主义的萌芽奠定了基础。“启蒙文人是古今之争中的崇今派的嗣子”③，正如启蒙运动的泰斗在 18 世纪中期的评价：

① 费纳龙：《致法兰西学院书》，柳鸣九译，李健吾校，中国社会科学院文学研究所编：《文艺理论译丛》（下），知识产权出版社 2010 年版，第 766 页。

② 勒策：《欧洲文学中的传统与现代：简论“古今之争”》，温玉伟译，华东师范大学出版社 2020 年版，第 143 页。

③ 刘小枫：《中译本导言：古今之争的历史僵局》，乔纳森·斯威夫特：《图书馆里的古今之战》，李春长译，华夏出版社 2020 年版，第 3 页。

“在我看来，希腊人不再时髦了，这从达西耶先生和夫人的时代起就是如此。”①此外，从美学史和文学史的意义上说，两次“古今之争”提出了一系列值得思辨的重大问题，比如：何谓经典，经典是如何产生的，天才和规则在文艺创作中孰轻孰重，文艺与时代是不是同步发展，决定文艺发展水平的因素是来自文艺内部还是外部，审美是否有一个统一的标准，艺术中的理性和经验有何关系……讨论这些问题的意义深远。对许多文学、艺术、美学领域的若干问题的争论，造成了文艺和技艺、科学的分离，为“美的艺术”(fine art)的观念的确立贡献了力量。事实上，布瓦洛、拉辛、莫里哀并没有跟在古人后面亦步亦趋，相反，他们创造了具有鲜明民族特色和个性特征的优秀作品，只不过他们缺乏否定古人至高无上地位的自觉意识罢了。“古今之争”在 17 世纪末的爆发，表明在一个新旧时代的转折期，所有在发展过程中潜伏着的矛盾都会爆发出来，“古今之争”也是新时代反叛旧时代思潮的文化现象。因此，由“古今之争”掀起的思想风暴迅速溢出法国，向整个欧洲蔓延。

在英国，自皇家学会于 1660 年成立以来，便存在着亚里士多德哲学传统和培根新派哲学之间的优先权斗争，这两者的针锋相对也体现了英国民族意识和国家意识的崛起。培根早在 17 世纪初就在献给国王詹姆士一世的《学术的进展》这一总结当时科学发展的论述中谈道：“世界的老年是我们所处时代的属性，而不是古老生命活动的早期时代。虽然在我们看来，那个时代要老一些，但就整个世界的角度来说，那个时代才是年轻的。”②培根把古人视为知识的年轻时期，把今人视为知识的成熟时期。这种关于知识进步的说法让当时英国年轻的知识分子们兴奋不已，并且

① 马丁·贝尔纳：《黑色雅典娜：古典文明的亚非之根 第一卷 编造古希腊：1785—1985》，郝田虎、程英译，南京大学出版社 2020 年版，第 218 页。

② 弗朗西斯·培根：《学术的进展》，刘运同译，孙宜学校，上海人民出版社 2007 年版，第 64 页。

影响了法国的笛卡尔、丰特奈尔和佩罗等人。被丰特奈尔和佩罗视为精神导师的笛卡尔其实是培根的学生,笛卡尔在1637年发表的《谈谈方法》所用的大部分论证都秘而不宣地取自培根的《新工具》。[①] 除此之外,培根的观念还波及意大利。意大利人阿莱桑德罗·塔索尼在1620年再版自己的文集《杂思》时,加上了"论古人与今人"一章,质疑荷马的权威,被历史学者认为是明确提出厚今薄古主张的第一人。

坦普尔爵士是亚里士多德学说传统的支持者,他写作《论古今学问》,与培根新派哲学的支持者论战,强调古人的不可逾越性。在坦普尔爵士看来,以当时自然科学的成就自居就摈弃了古典遗产,这不仅是目光短浅的表现,还会引导人们只追求算计,只看到实际利益的不良风气。坦普尔创作《论古今学问》并非针对上一年出版的佩罗的《古人与今人之比较》的前2卷,而是针对丰特奈尔和博奈特,他写道:"我一读到这两类腔调,就感到愤愤不平。最易让我产生如此反应的就是人类的自满——人类傲慢和无知最糟糕的结合。"[②]针对培根等人将今人比喻为站在古人肩膀上从而能获得更多知识的说法,坦普尔认为:古人也能够从比他更古老的人那里获得知识,"我们从我们的古人获得的东西可能并不多于他们从他们的古人获得的东西"[③],所以今人并不优于古人。就像一个30多岁的健壮的人染上肺结核后,到50岁都是极度虚弱的状态,直到60岁才恢复健康,在这种情况下,不知情的人或许认为他的力量在过去10年里超过了他一生其他任何时间,甚至认为他比自己30岁的时候还健壮,这是很不明智的。坦普尔不是独守书斋的学者,而是具有长期政治实践经验的政

① 参见肯宁顿:《〈方法谈〉的笔法》,彭磊译,刘小枫选编:《古典诗文绎读·西学卷·现代编》(上),李小均、赵蓉等译,华夏出版社2009年版,第285—298页。

② 威廉·坦普尔:《论古今学问》,刘小枫编:《论古今学问:坦普尔文集》,李春长译,华夏出版社2021年版,第51页。

③ 威廉·坦普尔:《论古今学问》,刘小枫编:《论古今学问:坦普尔文集》,李春长译,华夏出版社2021年版,第62页。

治人物，他敏锐地意识到，“古今之争”绝不仅仅是古今学问和智慧的优劣之争，还是古今政治制度之争，因为当时英国刚刚确立君主立宪制，限制了君主的权力，标志着西方近代政治文明的转折，而这一转变与“古今之争”的发生有着密切的内在联系。坦普尔虽然推崇古代，热爱古典，却不是一位学养深厚的古典学者，他并不精通古希腊语，主要通过英译本和拉丁语译本阅读古希腊经典。坦普尔的秘书乔纳森·斯威夫特也加入其中，他的论战文章是讽刺意味十足的《书籍之战》。斯威夫特在这本寓言作品中用帕尔纳斯[①]的两座山峰的高低比喻崇古派与厚今派，站在高峰的崇古派眼界高，处于低位的厚今派眼界低。“最高耸最雄伟的那座山似乎在很久以前就毫无争议地从属于一些人们称之为古代派的定居者，而占据另一座山峰的是现代派。后者由于不满自己当前的地位，便派了些特使去古代派那里，指控他们大大侵害了现代派的权利，说他们占据的地方过高，挡住了他们的景致。”不仅如此，斯威夫特还讽刺道，面对眼界高于自己的崇古派，厚今派要求拉平两者之间的高度差，即要求崇古派降低自己的眼界，或者允许厚今派拿铲子和镢头“削低”(level)[②]对方的高度。对此，斯威夫特以揶揄的口吻继续写道：“若说他们所在的山峰较高，挡住了现代派的视线，那也是爱莫能助；只能希望现代派想一想，高峰为他们遮阴挡雨是否大大弥补了他们所说的损害(若是有的话)。至于削平或挖低，提这样的建议不是愚蠢就是无知。”[③]斯威夫特还意犹未尽，他又通过蜜蜂与蜘蛛的寓言界定崇古派与厚今派的品质：蜜蜂比喻的是古人和崇古派，蜘蛛比喻今人和厚今派。蜜蜂和蜘蛛之间有关建造房子的争论表

---

① 帕尔纳斯：希腊名山帕尔纳索斯(Parnasos)的法语音译，相传这座山是祭祀太阳神和美术之神阿波罗以及诗神缪斯的圣地。

② “削低”一词出自坦普尔，他在回击沃顿的文章中将厚今派形容为“削平者”(leveller)，以至于沃顿在读了《书籍之战》后认为斯威夫特抄袭了坦普尔的文章。

③ 乔纳森·斯威夫特：《书籍之战》，《图书馆里的古今之战》，李春长译，华夏出版社 2020 年版，第 198 页。

明现代生活方式和古代生活方式的品质差异，即古代生活依托于自然，现代生活依托于人为的技艺(物理学和数学)。那么哪一个更高贵？斯威夫特让伊索出场站在崇古派一边。伊索指出，蜘蛛营造的东西有毒，是坏的东西，而蜜蜂的蜂蜡带来的是甜蜜和光亮。

代表培根新派哲学的是博奈特，他的论战檄文是《大地的圣化理论》。《大地的圣化理论》是一部 2 卷本的基督教意义上的史学著作，第一版出版于 1681 年，是拉丁文版本，第二版出版于 1684 年，是英文版。博奈特认为:古人掌握的知识不是靠理性观察自然获得的，而是靠传说获得的，因此不太可靠；今人之所以胜过古人，是因为他们站在了古人的肩膀上；古人和今人在内在自然本性上并无差别，自然的潜力(天才)在任何时代都相同。沃顿也是新派哲学的支持者，但他没有那么激进，他写作《关于古今学问的反思》，提出在古人和今人的比较中要区分机械性艺术(技艺)和美的艺术，并且不同时代的思想并不一定都可以拿来一较高低。支持新派哲学的还有沃顿的好友本特利。

事实上，英国“古今之争”的议题和法国“古今之争”的议题并无太大区别，两国的“古今之争”相互影响。《论古今学问》在 1693 年被译成法文，激发了布瓦洛和拉辛与佩罗之间的论争，而佩罗的《古人与今人之比较》也被译成英文，引起英国的“古今之争”。

第五节 域外回响

古典主义在法国产生后，先后蔓延到英国、德国、俄国等国家。但这些国家的古典主义思潮与法国的古典主义思潮又不太一样。由于当时法国独特的政治结构，17 世纪的法国古典主义身披崇尚、学习、模仿古典文化与文学的外衣，包裹了崇尚中央集权、拥护王权的封建思想，但是英德等国并没有浓厚的中央集权的政治环境。如果说法国的古典主义扎根在稳定的王权专制的土壤里，那么这些国家的古典主义则漂浮于动荡与变革的时代波涛中。此外，由于资产阶级的崛起和启蒙思想的传播，英国、德国和俄国的古典主义文学都或多或少受启蒙主义的影响，偏离了法国正统的古典主义。

一、英国古典主义文学

古典主义文学风潮从法国蔓延到了海峡对岸的英国。“英国的古典主义是从法国进口的，是1660年王政复辟斯图亚特流放归来[①]的直接结果。”[②]17世纪初，英国的人文主义运动在莎士比亚、培根、本·琼森的推动下达到高潮，直到20年代才逐渐回落。当时的英国诗坛出现了一个叫“骑士派”的诗歌流派，是英国古典主义文学的先驱。骑士派诗人是在本·琼森的古典诗风影响下涌现出的一批出身贵族的抒情诗人，主要有罗伯特·赫里克、托马斯·卡鲁、约翰·萨克林、理查德·洛夫莱斯等。骑士派诗人大多是朝臣、骑士、宫廷侍从，在内战中为国王效过力。他们师法本·琼森，因循16世纪下半叶宫廷诗歌的传统，以爱情为题材，反映贵族阶级的生活与情调，宣扬及时行乐的思想，文字整洁流畅，格律优美。

罗伯特·赫里克既是诗人，也是牧师，一生创作了2500多首诗，大约一半收录在他的诗集《赫斯帕里得斯》中，其中最著名的一首诗是《致妙龄女：莫误青春》。赫里克早期的创作受古罗马诗风的影响，诗歌作品经常提到女性身体和两性之爱，后期的诗歌更具精神性和哲学性。他最著名

① 指斯图亚特王朝复辟：1503年，斯图亚特家族的詹姆士六世在1603年继承英国王位，成为英王詹姆士一世，斯图亚特王朝开始统治英国。詹姆士一世的儿子查理一世统治时期，英国爆发资产阶级革命，推翻查理一世。1660年，查理一世的儿子查理二世返回英国登基，斯图亚特王朝复辟。

② R.韦勒克：《文学史上古典主义的概念》，刘象愚译，刘象愚选编：《文学思潮和文学运动的概念》，中国社会科学出版社1989年版，第74页。

的诗歌作品普遍运用了独特的“单音步诗行”(monometer)。在《赫斯帕里得斯》的开篇作《作品论》中，赫里克阐述了他创作的思路，即他的作品多取材于古代作品，选取基督教主题。赫里克的作品在他生前并不太受欢迎，因为当时的玄学派诗歌更为流行，直到 19 世纪才重新受到重视。

托马斯·卡鲁是一位英国查理一世时期的保皇党和骑士派诗人。1622 年，他发表了诗歌处女作，这首诗被放在他的青春喜剧《继承人》的扉页。不久，他结识了本·琼森，在诗歌韵律方面受到本·琼森很大影响。他以抒情短诗传世，歌颂爱情和女性之美，如《他爱粉红面颊》和《不要再问我朱庇特赐福何处》。他的主要诗集是《骑士》，他还写过一部宫廷剧《不列颠的天空》。与赫里克的境遇类似，托马斯·卡鲁的作品在他生前遭到冷遇，死后才被人发掘。

约翰·萨克林是诗人和朝臣，其作品机智自然。萨克林 1630 年被封为爵士，他和本·琼森、托马斯·卡鲁、理查德·洛夫莱斯是好朋友。作为宫廷诗人，他用诗歌赞美国王查理一世和王后。萨克林的诗集《金色碎片》出版于 1646 年，他最有名的诗作是《婚礼上的歌谣》。萨克林也是一位剧作家，他的戏剧作品有悲剧《阿格劳拉》，用词典雅优美，但缺乏戏剧性。喜剧作品有《妖精》和《不满的上校》。他的第四部悲剧《悲伤的人》由于国内战争①的爆发而没有完成。

理查德·洛夫莱斯是一位骑士诗人，曾获牛津大学文学硕士学位。他在内战期间作为保皇党一员代表国王出战，1639 年加入戈林勋爵的军团，担任上尉。洛夫莱斯写了近 200 首诗歌，许多诗歌的灵感也来源于从军的经历，最著名的作品有《致阿尔泰亚》《致卢卡斯塔，前往战地》和《十

---

① 国内战争：也称英国内战(English Civil War)，指的是 1642—1651 年发生在英格兰王国议会派(“圆颅党”)与保皇派(“骑士党”)之间一系列聚焦于管理体系和宗教自由的武装冲突及政治斗争，英国辉格党历史学家称之为清教徒革命。英国内战对英国和整个欧洲都产生了巨大的影响，它的爆发被一些历史学家视为世界近代史的开端。

四行诗，致戈林将军》。他的诗集《卢卡斯塔》出版于1649年，他还创作有悲剧《士兵》。在他去世后，另一部诗集《卢卡斯塔：遗作》出版了，整体基调比较灰暗。

1660年，英国王政复辟，共和时期结束，查理二世结束流亡生涯重登王位，在国会中恢复设置主教，建立严格的英国国教式政权。为了配合君主制的意识形态，王室在文学上倡导法国古典主义。随后的"光荣革命"并未中断这股复古的潮流，还从某种程度上强化了古典主义中的理性崇拜。18世纪初，以大商人和金融资本家为代表的英国资产阶级进入统治阶级行列，他们在积累了原始资本后又获得了与贵族平起平坐的政治权力，于是开始向往被贵族垄断的古典文化，接受了古典主义的价值观，同时又赋予古典主义以新的理解，使之符合自身的政治诉求和价值表达，表现为用文学传达理智克制情感与道德自我完善的教育理念。古典主义对17世纪后期的英国文坛产生了重要影响，产生了一些追随古典主义理念的文学创作者和批评者。英国文坛的这股复古思潮又被称为"英国新古典主义"，在创作上以约翰·德莱顿的悲剧《一切为了爱情》为开端，其主潮在18世纪，以华兹华斯和柯勒律治合作的《抒情歌谣集》的出版为标志的浪漫主义思潮的到来为终结。英国古典主义文学最有影响力的代表是约瑟夫·艾迪生、约翰·德莱顿、亚历山大·蒲柏和塞缪尔·约翰逊。

约瑟夫·艾迪生是英国散文家、文学评论家，他出身于威尔特郡弥尔斯顿一个乡村牧师家庭。曾在卡特公学读书，后受教于牛津大学。1693年，艾迪生获文学学士学位，1706年被任命为国务大臣助理，后担任英国驻爱尔兰总督秘书。艾迪生创作的悲剧《卡托》，以罗马帝国的政治家卡托生命中最后几天的故事来表现古典主义崇尚理性、舍弃个人情感的观念，成为英国古典主义的杰作。该剧在英国取得了巨大成功，还影响了一些美国独立战争时期的政治家和革命者，美国国父乔治·华盛顿就曾在战争的艰苦阶段以这部剧来鼓舞士气。有评论者指出，对于美国独立战争的领导者来说,“没有任何一部文学作品比《卡托》更重要”①。艾迪生和另一位作家——牛津大学的同学理查德·斯梯尔共同创办了社会评论类杂志《闲谈者》和《旁观者》,蒲柏、乔纳森·斯威夫特都曾在《闲谈者》上发表诗文,而《旁观者》杂志更成为18世纪初最受欢迎的杂志之一,艾迪生也在杂志上发表对文学作品的评论。自王政复辟以来,英国文坛兴起古典主义,人们提倡简朴典雅的文风,艾迪生的评论正是这种文风的体现,他的文笔清新雅致、条理清晰、娓娓道来,对英国现代散文的发展起到了重要作用。在美学观念上,艾迪生继承古典主义“模仿自然”的传统,他认为艺术远逊于自然,艺术是比自然低级的存在。“艺术缺乏自然所具有的能给目击者以极大快感的广阔无垠。艺术或许会像自然一样柔媚多姿,却永远表现不出自然的雄伟壮观。”在文学语言上,他赞赏古典英雄史诗的崇高感,认为“英雄史诗的语言既要清晰,又要壮美。若达不到,则谓语言有缺陷”②。读者提高审美鉴赏力的最佳途径是阅读古代经典作品。艾迪生号召诗人在创作中要选用本国语言中最典雅的词语,来获取壮美的风格,以便和日常语言拉开距离。在文学创作的内容上,艾迪生也持古典主义的立场,他发表了系列文章评论清教徒诗人约翰·弥尔顿的代表作《失乐园》,他用古典英雄史诗的标准来衡量《失乐园》,认为这个作品在思想、人物塑造、审美风格上都可以媲美古典史诗,对当下的英国文坛有很好的借鉴意义。他还以《失乐园》为例,用亚里士多德和贺拉斯的诗学理念批评荷马和维吉尔的史诗在情节上不够完美,有一些无关紧要的内容。

塞缪尔·约翰逊,是英国作家、文学评论家和诗人,常被称为“约翰逊

---

① John J. Miller:“On Life, Liberty and Other Quotable Matters”, *Wall Street Journal*, Vol. 258, No. 2,2011, p. 13.

② 刘意青主编:《英国18世纪文学史》(增补版),外语教学与研究出版社2012年版,第108、106页。

博士”,是英国历史上最有名的文人之一。约翰逊7岁进文法学校学习拉丁文,19岁进入牛津大学学习,求学期间因用拉丁文翻译了当时著名诗人蒲柏的一首长诗而受到称赞,但因家贫而中途辍学。1737年开始为《绅士杂志》撰写文章,发表了一些诗歌、戏剧和传记作品。1747年,约翰逊提出编著英文辞典的计划。在此之前,英国缺少系统和权威的辞典,只有冷僻的难词或新词语的汇编,可惜这一计划未能获得贵族的资助。约翰逊没有放弃,他从大量文学著作中搜集素材,选出例词例句,还注意日常用词的解释,这对当时的英文拼法起了规范作用。经过9年的努力,他独立编纂的《约翰逊辞典》(又名《英语大辞典》)问世,这是第一部综合的英语辞典,显示了约翰逊深厚的古典文学功底,对现代英语产生了深远的影响,被誉为“学术史上最伟大的成就之一”①,为他赢得了全国性的声誉及“博士”的头衔。英国传记作家鲍斯威尔在他写的传记《约翰逊传》中记录了约翰逊后半生的言行,更使约翰逊成为家喻户晓的人物。

约翰逊的文学成就主要体现在他的文学批评中。如果说蒲柏是18世纪上半叶英国文坛的执牛耳者,那么约翰逊则是18世纪下半叶的文坛领袖。1762年,他获得国王乔治三世的接见,从国王那获得每年300镑的津贴。1764年,他和他的文友在伦敦成立文学俱乐部,聚集了文学家、戏剧表演家、画家和政界名人,定期聚会,谈文论政,影响了一代人的文学趣味和文化风尚。在约翰逊时代,文化氛围已经在向开放的浪漫主义方向发展,人们已不再视“三一律”为天经地义的标准,但约翰逊在政治立场上是一个保守主义者:拥护王室,虔诚信教,反对变换政体,主张维持现状。在文学评论中,约翰逊注重诗文的格律和辞令的典雅,看重有益于社会的伦理道德内容,坚决抵制渐渐兴起的浪漫主义运动。他从古典主义审美的角度反对晦涩、神秘、浮夸的文风,比如在《诗人传》里,约翰逊对诗

① Walter Jackson Bate: *Samuel Johnson*, Harcourt Brace Jovanovich,1977,p.240.

人约翰·多恩和亚伯拉罕·考利的作品风格做了详细分析，指出他们常用隐晦的哲学概念和夸张的比喻，用词怪僻晦涩，韵律不流畅，太过学究气。在创作上，约翰逊的作品风格沉重冗长、拉丁语句式随处可见，以至于人们把后来带有这种保守的古典主义色彩的写作风格称为“约翰逊式文风”。但是，约翰逊并不是一个原教旨的古典主义者，比如他在自己主编的《莎士比亚戏剧集》序言中指出：“三一律”，只有行动的一致性是重要的，空间和时间的一致性是不切实际的；戏剧基于想象，各幕之间在空间和时间上的变化是允许的。莎士比亚的作品不受“三一律”的束缚，忠实于生活，这正是莎翁的伟大之处。当然，约翰逊也指出了莎翁的缺点，比如用词不够典雅、比较粗俗，缺乏道德感，这些批评也都体现出古典主义的价值观念。

在审美趣味上，英国古典主义与法国古典主义有很多相似之处。他们认为文学作品应效仿荷马、维吉尔、奥维德等古希腊-罗马作家的经典，同时也要学习法国古典主义作家的作品和诗学观念。文学的根本宗旨是模仿自然；创作要基于理性，讲究秩序、逻辑，控制情感；作品中的人物要代表一类人，表现共性而不是个性；表达与措辞要追求准确、协调、统一与典雅。并且，在创作上要求根据不同文类遵循不同的标准与套路，比如：诗歌必须抒情、壮美、讽喻、富于戏剧性；散文必须简洁、直白、通顺、有灵活性；戏剧语言则必须用英雄双韵体，结构必须符合“三一律”。这体现了古典主义重规则、重标准、重理性的特征。“双行史诗被认为是韵律的核心。对当时的文学批评家们来说，美源于严格遵守这些诗歌的规则。”①

但是，英国的古典主义思潮与法国的古典主义思潮又不太一样。如果说法国的古典主义扎根在稳定的王权专制的土壤里，那么英国的古典主义则漂浮于动荡与变革的时代波涛中。尽管有短暂的斯图亚特王朝复

① 莫里斯·克莱因：《西方文化中的数学》，张祖贵译，商务印书馆 2013 年版，第 354 页。

辟，王权的力量却不够强大。随着1688年“光荣革命”的发生，英国从此确立了君主立宪制。在这一时期，议会与君主之间，天主教与英国国教之间斗争不断，而当时凌驾于议会与政府之上的两大党派——托利党与辉格党之间的矛盾也层出不穷。到了18世纪，随着工业革命和海外贸易的发展，英国的资产阶级发展壮大了，代表他们利益和诉求的思想意识成为社会的主流，融入欧洲的启蒙运动中。除了17世纪在王权复辟政治下的德莱顿具有明显的保皇倾向外，英国古典主义的其他代表作家和批评家并不具有强烈的拥护王权、歌颂专制的思想内核，当然也没有浪漫主义式的激进，而是表现出一种中庸、敦厚、平和的气质。此外，英国的王权力量和资产阶级力量在17、18世纪保持相对的均衡，随着君主立宪制的确立，从斯图亚特王朝的安妮女王统治时期到汉诺威王朝的乔治二世统治时期，英国保持了大致的稳定，没有发生大规模的冲突与战争，和平稳定的环境加上自然科学领域的快速发展，以及启蒙主义思潮的兴起，给英国民众的头脑植入了和谐、安定、顺应自然、讲求秩序的理性思想。可以说，英国古典主义倡导的秩序和理性是启蒙主义式的，他们认为人有局限性，要通过古典、和谐、理性的观念使人臻于理智、臻于完美，文学自然应该承担起启蒙、教育民众的任务，因此英国古典主义文学作品往往不乏鲜明的道德说教色彩，只是这种说教并不是对17世纪法国式的“忠君爱国”的鼓吹，而是体现出启蒙主义式的人的自我完善之需求。我们还应该注意到，古典主义文学并没有在同时代的英国社会中取得统治地位，和它并存的还有清教徒文学、启蒙主义文学和感伤主义文学。综上所述，除德莱顿可以说是17世纪法国式古典主义思潮在英国的响应者外，英国的古典主义，尤其是18世纪的英国古典主义文学，呈现出不同于法国古典主义的特质。英国古典主义文学可以说是17世纪法国古典主义文学和18世纪启蒙主义文学在英国的混合产物。

二、德国古典主义文学

17 世纪的德国经历“三十年战争”以后，真正掌握德意志实权的不是神圣罗马帝国皇帝，而是各诸侯国的君主。一方面，各个诸侯国割据一方，皇帝对它们没有实质性的约束；另一方面，各诸侯国的君主在各自的邦国内实行君主专制政体，以君主为首的宫廷贵族形成一股强大的社会力量。这些诸侯国君主把法国国王路易十四作为自己效法的榜样，自觉学习路易十四治理国家的方式，并借助文化活动提高宫廷威望。他们资助各种文化事业，利用文学、音乐、绘画等艺术载体为宫廷服务。但是，德国毕竟没有形成大一统的政治格局，缺少像法国那样能孕育出浓厚古典主义思潮的土壤。因此，17 世纪的德国文学是一种既有宫廷色彩又有人文主义理想的文学。这一时期的德国文学讲究形式、追求典雅，并以外国文学为榜样，排斥本国文学和民间文学传统。17 世纪，在德国文学理论界影响较大的是诗歌理论家奥皮茨。奥皮茨出身于富裕市民家庭，后晋升为贵族。奥皮茨的《德语诗论》对日后德国诗歌创作有深远的影响，尤其在格律诗韵方面，一直影响到现在，他被称为“德国巴洛克诗歌之父”。《德语诗论》要求德国诗歌语言应文雅大方，排除外来词、方言土语和粗字俗词的干扰，诗歌创作的首要条件是掌握诗歌形式和研究古希腊-罗马的诗歌成就。《德语诗论》还提出了悲剧和喜剧的界限，悲剧只能由地位显赫者和高贵者作为主人公，因为崇高的事情只适合于他们，而喜剧主人公则应由普通人(市民和农民等)来担当，因为高贵显赫者不能成为嘲笑的对象。这些观点都具有古典主义特征。17 世纪德国戏剧创作的重要代表人物是格吕菲乌斯，他一生共写了 5 部悲剧、3 部喜剧，代表作是《格鲁吉亚的卡塔琳娜，或经受了考验的坚贞》，这部悲剧把信仰、国家、忠诚视为人生的永恒，在形式上严守“三一律”。

18 世纪的德意志依旧分裂为多个独立的诸侯国，但资本主义在封建专制的压迫下也有了一定程度的发展，新兴的市民阶层也在崛起。只是当时德国市民阶层的力量远不能与英国、法国相比。他们缺少政治地位和影响，在一定程度上还依附于封建力量。在这个背景下，18 世纪的德国文学受到法国和英国文学的影响，形成比较矛盾和复杂的文化局面。但总体上说，理性和启蒙是这个时期的思想主调。

18 世纪上半叶，戈特舍德成为德国前期的启蒙主义者。戈特舍德是欧洲大陆理性主义哲学的拥趸，他尝试建立统一的民族书面语，整顿 17 世纪以来混乱的德国剧坛。戈特舍德在文学史上的意义在于：在一定程度上为德国民族文学奠基人莱辛登上文坛起到了“清道”作用。戈特舍德推崇法国的古典主义，其实践可以看作是在德国开展古典主义运动的尝试。但德国没有形成古典主义的环境，也无纯正的古典主义思潮，在这样的背景下，相比之下戈特舍德是当时最具古典主义色彩的作家和理论家。当然，在古典主义已经逐渐式微的 18 世纪，其反对者马上就出现了。瑞士理论家、文艺批评家博德默和布赖丁格围绕有关英国诗人弥尔顿的《失乐园》的问题和戈特舍德展开了影响整个德国文学界并延续近 10 年的所谓“诗人之战”。博德默和布赖丁格站在支持《失乐园》的一边，戈特舍德则站在古典主义立场反对《失乐园》，认为《失乐园》充满想象和热情，违背了古典主义节制情感的要求。许多诗人纷纷支持博德默和布赖丁格。理论家莱辛用他的评论集《有关当代文学的通信》给予戈特舍德致命的打击。戈特舍德的失败标志着德国市民阶层的壮大以及市民阶层文学的发展。

在 18 世纪末 19 世纪初，德国文学又出现了一波推崇古典的风潮，即由歌德和席勒领衔的“魏玛古典时期”（Weimarer Klassik），在德国文学史上也称为“古典时期”（Klassik）。Klassik 一词最早出于德国文学史家盖尔维努斯。Klassik 一词是形容词 klassisch 的派生词，而 klassisch 来自拉丁语的形容词 classicus。classicus 最初指称古罗马的模范市民，后用以形容“第一流的作家”。由 classicus 转化来的德语词 klassisch 在 18 世纪的德国已被普遍使用,指在文学艺术领域甚至在科学哲学领域的杰出成就。这个词也强调与古希腊-罗马文化的联系,因为在当时德国文化界眼中,古希腊-罗马的作家都是一流的典范。① “古典时期”只是一个历史分期的概念,它的含义实质上是“经典时期”。从严格意义上说,“古典时期”不是一个思潮的概念,不同于“古典主义”。但是,德国古典时期的文学在创作风格和创作思想上体现出一些共性特征:在艺术上以古希腊艺术为典范,把“高贵的单纯、静穆的伟大”视为最高理想,追求庄严肃穆、完整和谐,促进了德国近代文学的繁荣。

1775 年,歌德应魏玛公爵奥古斯特之请到达魏玛公国辅理国政。10 年的宫廷执政生涯并不愉快,歌德不得不一次次向粗鄙的现实妥协,这也阻滞了他的创作灵感。1786 年,歌德化名画家缪勒,前往意大利寻找艺术的灵感。他到过佛罗伦萨、威尼斯、那不勒斯、罗马等地,欣赏了古罗马和文艺复兴时期的经典艺术。3 年的意大利之行让歌德如获新生,他赞同温克尔曼对古代艺术“高贵的单纯、静穆的伟大”的见解。自此之后,歌德的创作风格也从狂飙突进时期的炽热转向纯朴、宁静与和谐。1794 年,席勒筹办杂志《时代女神》,约请歌德合作,两人在耶拿促膝长谈,极为投机,席勒称赞歌德怀有“希腊精神”。歌德与席勒开始合作,时间长达 11 年,一直持续到 1805 年席勒去世。这 11 年的合作时期就是“古典时期”。歌德的诗剧《浮士德》、小说《威廉 · 迈斯特的学习时代》、叙事长诗《赫尔曼与窦绿苔》,席勒的诗剧《华伦斯坦三部曲》《玛丽亚 · 斯图亚特》《奥尔良的姑娘》《墨西拿的新娘》《威廉 · 退尔》等作品都是这一时期的产物。

---

① 参见范大灿:《德国文学史(第二卷)》,译林出版社 2006 年版,第 376 页;余匡复:《德国文学史》(上卷),上海外语教育出版社 2012 年版,第 143 页。

德国古典时期文学像德国浪漫派一样，都是不满现实的产物，在政治上反对法国大革命的激进，尽量回避现实，主张通过审美教育来陶冶性情，培养完整和谐的个性。但他们并不缅怀过去，而是借古典审美理想，崇尚古希腊文化精神，试图创造理想世界和理想人格，反对封建思想，具有强烈的理想主义特质。就审美特质、内在气质和价值追求而言，德国古典时期文学相较英国古典主义文学更接近于启蒙主义文学，或者说是启蒙主义文学在德国的独特表现，与法国古典主义文学差别更大，应被视为前文所述的西方艺术史上第二次古典主义思潮在文学领域的回应。

三、俄国古典主义文学

18 世纪，俄国形成近代俄罗斯民族国家，彼得一世励精图治，学习法国等西欧国家，加强中央集权，使俄国开始跻身欧洲大国的行列。合适的社会政治土壤加上法国等西欧国家的文化输入，使俄国文学在 18 世纪 30—50 年代开始出现古典主义思潮。但是和 17 世纪的法国不同的是，当时的俄国已经进入启蒙运动时期，法国古典主义的高峰已经过去，因此俄国古典主义和德国相似，有着鲜明的启蒙主义特质，表现为既歌颂君主专制，倡导为国家牺牲个人利益，又包含强烈的讽刺性，反对蒙昧，争取文明和进步。

俄国古典主义代表作家是康捷米尔、特列佳科夫斯基、罗蒙诺索夫、苏马罗科夫和赫拉斯科夫。

康捷米尔是俄国外交家，也是俄国第一位讽刺诗人，一生共创作 9 首讽刺诗。他的讽刺诗主要是讽刺封建保守派在彼得一世逝世后反对改革、复辟倒退的行为，揭露俄国社会根深蒂固的封建等级制度，揭露俄国农民被农奴制压迫的事实，是俄国文学史上第一个公开批评地主阶级的人。

特列佳科夫斯基是 18 世纪俄国诗人、文艺理论家，其成就涉及语言学、历史学、文学等领域,曾编纂俄语语法著作与词典。他对俄国旧体诗进行了改革,发表了《俄语诗歌简明新作法》,首次提出俄国诗歌应该由重音诗体替代音节诗体。他的另一部诗歌论著《论诗歌及一般诗作之起源》是用俄语论述模仿论的首次尝试。

罗蒙诺索夫是18世纪俄国伟大的诗人、思想家,同时也是自然科学家。对物理、化学都有杰出的贡献,对语言学、文学和哲学都有所建树,对历史、天文、地质、矿物、航海都有研究,被视为俄国第一个"百科全书式"的人物。罗蒙诺索夫从青年时期开始就立志要为俄国科学文化的独立发展做出自己的贡献。他在1748年创建了俄国第一个化学实验室,1755年创办了莫斯科大学,1760年当选为瑞典科学院院士,1764年当选为意大利波伦亚科学院院士。罗蒙诺索夫是俄国古典主义文学的奠基人,他恪守古典主义原则,诗作歌颂国家在军事上的胜利,赞美国君的英明神武,表现出浓厚的爱国激情。他热爱俄罗斯民族语言,对民族语言进行了古典主义式的层次划分——高级体(史诗、悲剧、颂诗)、中级体(讽刺诗、牧歌、哀歌、诗体书信)、低级体(喜剧、小说),为净化和发展民族语言做出了巨大贡献。

苏马罗科夫出身于大贵族家庭,是俄国贵族中全力投入文学创作的第一人。他重视文学的教谕作用,视文学为提升民族文化水平的重要途径。在他的影响下,一批年轻的诗人围绕在他身边,以《有益的消遣》杂志为阵地,形成"苏马罗科夫派"。"苏马罗科夫派"中的领头人物是赫拉斯科夫。他长期担任莫斯科大学学监,是俄国18世纪最有学问的人之一,他的长篇叙事诗《罗斯纪》和《弗拉基米尔》充满爱国主义的激情,被誉为"俄国的荷马"。

由于英国、德国和俄国的古典主义文学都或多或少受启蒙主义的影响,偏离了法国正统的古典主义,故不是本书论述的重点。

| 第三章 |

古典主义代表人物

第一节　马莱伯:法国古典主义的鼻祖

弗朗索瓦·德·马莱伯是法国17世纪初期文学界的代表人物。他原本的创作风格是巴洛克式的,后来转向古典主义,成为法国古典主义文学思潮的开山鼻祖。马莱伯出生于法国诺曼底地区卡尔瓦多斯省卡昂市,父亲是当地法院的顾问。马莱伯自幼接受良好的教育,曾在巴黎、海德堡和巴塞尔求学。21岁时,他前往普罗旺斯,担任普罗旺斯总督亨利·昂古莱姆的秘书。也就是在这一时期,他开始诗歌创作,想要结交一些权贵帮助自己出人头地,但不太成功。1587年,马莱伯模仿意大利诗人路易吉·坦西洛的作品写出了《圣彼得的眼泪》一诗,献给亨利三世,获得了一笔可观的收入。不过他后来因为一些言论得罪了亨利三世。1600年,他又献诗给亨利四世的第二任妻子玛丽·德·美第奇,但仍然没有获得权贵的青睐。直到几年后,法国政治家、罗马天主教廷红衣主教杜佩隆欣赏马莱伯的才华,将他介绍给亨利四世。1605年,亨利四世接见了马莱伯，很欣赏他的作品，并将他留在宫廷，马莱伯于是成为领取宫廷津贴的官方诗人。晚年的马莱伯遭遇不幸，1626年，他的儿子在与别人的决斗中去世，15个月后，马莱伯也在巴黎逝世，享年73岁。

在诗歌创作上，马莱伯前期走的是巴洛克路线，代表作是《圣彼得的眼泪》，这首诗的内容体现了反宗教改革的思想，堆积了大量的意象，情感浓烈夸张，对比鲜明，有大段的插入描写：

清晨出门的时候，用一只手
拿着一瓶憔悴和枯萎的花，
她用另一只手倒掉花一瓶，
又用浓雾和风雨织成的纱巾
蒙住她的金发，她的脸上显出
心灵在忍受剧烈痛苦的情景。①

从成为"桂冠诗人"开始，马莱伯将净化法语、建立法国诗歌的规则作为奋斗的事业。他克服了自己前期矫饰浮夸、堆积意象、曲折离奇的巴洛克诗风，转向强调纯熟的技巧，追求准确简洁的词语和韵律。他要建构一种规范、精确、明晰、标准化的官方性质的法语，把法语从市井、民间、普通百姓那里解放出来。这种目标的直接结果就是把文艺复兴时期带有民间色彩的蒙田、拉伯雷、七星诗社的诗人作品里的大量词语从法语中清除出去。如果用一个词概括的话，那就是"纯洁"。具体表现为：在语言上，他要求和谐明晰，推崇典雅的宫廷语言，要求严格遵循语法规范，仔细推敲、斟酌字句，反对用新创词、复合词、外来词、古语、口语、外省语言以及怪异新奇的修辞。在格律上，他要求严格规定诗行长短，明确了亚历山大体十

① 郑克鲁：《法国诗歌史》，上海外语教育出版社1996年版，第52—53页。

二个音节一行、十音节诗十音节一行的诗体规范；严格控制诗歌的韵律，反对七星诗社关于元音重复、用同一词族的词来押韵和使用单音节词的主张。马莱伯主张像工匠一样“制造”诗歌，他曾说：“写一部作品是一门手艺，就像制造一个挂钟一样。”[①]1627年，马莱伯发表了一部他和弟子们共同写就的诗学著作，共62首诗，这些作品是他创作理念的体现。马莱伯的诗作数量不多，多半是应酬之作，还有模仿圣经的赞美诗。事实上，由于太过强调规则，刻意隐藏主观情感，马莱伯的诗歌作品大部分都显得中规中矩，缺乏激情和灵气。从马莱伯开始，古典主义的诗歌规则逐渐发展起来，这种规则在浪漫主义之前占据了西欧近2个世纪的主导地位。

马莱伯的名作是《慰杜伯烈丧女》，这首诗是马莱伯蛰居外省的时候，为劝慰痛失爱女的朋友杜伯烈律师，将自己此前的一首劝慰诗修改得到的：

你的哀痛，杜伯烈，难道就没个了时？
难道你慈父之情
在你心头引起的那许多悱恻之思
添哀痛永无止境？

你那爱女既已经不幸而归于泉路，
那也是人所同归，
难道这不幸对你竟成了一种迷楼，
使得你不能解蔽？
我知道她的童年有多少天真可爱，

① 郑克鲁：《法国文学史》（上卷），第2版，上海外语教育出版社2016年版，第113页。

我哪能颠倒是非；
我哪能只顾友谊要减轻你的悲哀，
便蔑视她的妩媚。

可是她生在人间，人间事物愈妍美，
命运就越发无情，
她既是朵玫瑰花，就只有玫瑰花的
一个早晨的寿命。

而且即使她能够照你的衷心祝愿，
获得寿命的延长，
即使她能够获得生白发死在遐年，
其结果又该怎样？

难道你就以为她年老了进到天国，
能受到更大欢迎？
或者她在棺材里能不受尘土消磨，
能不受蛆虫侵泯？

不啊，我的杜伯烈，一旦司命的巴克①
把灵魂撤出身躯，
年龄就立刻幻灭在那斯蒂克斯河②
与死者不相从属……

① 古希腊神话中的司命女神。
② 古希腊神话中的阴司界河。

死神的残酷无情绝不和一般相等；
你徒然向他哀求，
那残忍者掩着耳只当作不听不闻，
任从我们去号哭。

穷人在他矮屋里有茅檐为他掩蔽，
不能逃他的掌心，
卢佛宫的禁卫军密布在宫阙周围，
也难保君王性命。

若对他口出怨言，愤激而不能涵忍，
就未免不识高低，
上帝之所欲，欲之，这才是不二法门，
使我们精神宁息。①

这首诗洋洋洒洒，在保持整洁匀称的诗行的同时，除了运用若干古希腊神话的典故外，较少使用意象，理性的成分远大于抒情，用举例和对比等论说的方式劝慰友人不必过于悲伤，也不要太过流露情感，因为那也于事无补。诗歌最终落脚于听从上帝的安排，使人们精神宁息，有典型的古典主义诗风。

① 飞白主编：《世界诗库　第 3 卷　法国·荷兰比利时》，花城出版社 1994 年版，第 115—116 页。

第二节　高乃依:古典主义悲剧奠基人

经过马莱伯及其弟子的铺垫,法国古典主义前期的代表人物、古典主义悲剧的奠基人高乃依登上了历史舞台。

1606 年,高乃依出生于鲁昂,家中有 5 个兄弟姐妹。9 岁时,他进入耶稣会的中学读书。1622 年,高乃依开始攻读法律,1624 年成为鲁昂法院的律师,走上律师的职业生涯。高乃依喜欢阅读古罗马时期的政治家、悲剧作家塞涅卡和散文作家卢奇安的作品,这为他后来的戏剧创作打下了基础。

高乃依的创作生涯分为 3 个阶段,第一个阶段是 1629—1636 年。1629 年,高乃依的戏剧处女作《梅丽特》在巴黎演出成功,他凭借这部剧移居巴黎,成为法国舞台的主要剧作家之一。这部剧讲的是:埃拉斯特对梅丽特单相思,他把心事告诉了朋友蒂尔西斯并请他帮忙。但是蒂尔西斯看到梅丽特后也爱上了她。埃拉斯特醋意大发,为了打击蒂尔西斯,他假托梅丽特之名写了 2 封信给菲朗德尔,而菲朗德尔正在追求蒂尔西斯的妹妹克洛莉丝。蒂尔西斯得知后悲痛欲绝,以为意中人背叛了自己。梅丽特得知蒂尔西斯快要死了时昏了过去。埃拉斯特被告知梅丽特和蒂尔西斯两人都已死去时,一下子失去了知觉,他在昏迷中梦到自己被复仇三女神追赶。其实,梅丽特和蒂尔西斯都没有死,他们结了婚,原谅了埃拉斯特。埃拉斯特后来娶了克洛莉丝。

《梅丽特》是一部喜剧,但剧中没有滑稽可笑的人物,一切喜剧笑料都是由矛盾冲突导致的,这标志着法国喜剧脱离了闹剧的俗套,开始进入巴黎上层社会观众的视野。高乃依对《梅丽特》也非常满意,认为它堪比历史上的名作,能让自己在宫廷中成名。受到处女作成功的鼓舞,高乃依一鼓作气地推出一系列喜剧作品——《克利唐德》《法院长廊》《寡妇》《皇家广场》等。与当时充斥巴黎喜剧舞台的闹剧作品相比，高乃依的剧本风格简朴，时代气息较强，反映了当时巴黎社会的风貌，显示出与众不同的特色。1634 年对高乃依来说是意义非凡的一年，红衣主教黎塞留到鲁昂访问，高乃依被选中向黎塞留献诗，他的作品引起了黎塞留的注意，于是他被选入黎塞留的五人创作小组。高乃依由此领到一笔丰厚的年俸，有了财力和官方背书，他开始涉足上流社会的沙龙。然而，高乃依喜欢独立创作，不习惯被束缚，他认为黎塞留的要求过于苛刻，缺乏创作自由。由于与黎塞留意见不合，高乃依在首份合约到期后便退出了创作小组，回到鲁昂。1635 年，高乃依创作了第一部悲剧《美狄亚》，但这一次尝试并不成功。次年，他回归喜剧，创作了一部巴洛克风格的作品《可笑的幻觉》，此剧宣告高乃依第一阶段创作的结束。

高乃依的早期创作以喜剧为主，这一时期的创作让他积累了知名度和财富，并熟悉了法国戏剧舞台的现状和当时观众的口味。他善于观察社会现状，能将社会现状、社会上人物的言行自然地融入剧情中来，并自由地发挥自己的想象，设置矛盾冲突，这些优秀的特质为其第二阶段的创作做了准备。

1636—1652 年是高乃依创作的第二阶段，这个阶段的戏剧创作以悲剧为主。这一阶段是他创作生涯的成熟期，是以《熙德》的出现为开端的。这部剧创作于 1636 年，1637 年在玛雷剧场上演，第一个版本的《熙德》被称为“悲喜剧”①。《熙德》的故事取材于文艺复兴时期西班牙剧作家卡斯

---

① 悲喜剧(tragicomedy)：又称“正剧”，是一种将悲剧和喜剧交融并延伸的文学体裁。正剧是出现较晚的戏剧类型，起初不被广泛接受，18 世纪随着戏剧启蒙而被正名。正剧是戏剧艺术平民化的产物，在戏剧结构、人物塑造上与古典主义戏剧有本质不同。在 17 世纪古典主义的高峰期，所谓悲喜剧指的是在古典悲剧中加入喜剧元素，通常设计看似圆满的结局，但在广义上仍属于悲剧的范畴。

特罗的喜剧《熙德的青年时代》，主人公的原型是西班牙民族英雄罗德里戈·迪亚斯·德·维瓦尔（人称“熙德”，即阿拉伯语对男子的尊称，意为“君王”）。《熙德》的故事发生在塞维利亚的卡斯蒂利亚王国。唐·罗德里格与施梅娜相爱，施梅娜是罗德里格的未婚妻。罗德里格的父亲——功臣唐·狄埃格当上了太傅，激怒了另一位功臣——施梅娜的父亲唐·高迈斯。高迈斯一怒之下打了狄埃格一记耳光。这种行为对于罗德里格的家族而言是奇耻大辱，罗德里格不得不找高迈斯决斗，为父亲雪耻。决斗的结果是罗德里格杀死了高迈斯。这样的结局对施梅娜的家族而言又是深仇大恨，她必须请求国王主持公道，惩罚罗德里格。公主唐娜·于拉克暗恋罗德里格，唐·桑西爱着施梅娜，两人都有自己的小算盘。罗德里格找到施梅娜，要她亲手杀死自己为父报仇，他认为只有这样做才配得上她，而施梅娜也只有惩罚罗德里格才能使他配得上自己。正当这对情侣进退维谷时，摩尔人入侵了。罗德里格临危受命，奋勇杀敌，俘虏了两个国王，阻击了摩尔人的图谋，成为国家的英雄，获得“熙德”的称号。施梅娜要求罗德里格和唐·桑西决斗，表示她将嫁给胜利者，但私下却在国王面前流露真情，要罗德里格取胜。于是，国王成人之美，命两个有情人一年后成婚。

《熙德》在巴黎公演，获得空前的成功，被公认为高乃依最成功的剧作，“像《熙德》一样美”也成了法国的一句俗语。但是，当时法国的官方戏剧界已经逐渐接受了“三一律”的创作规则，而《熙德》在结构上并不严格符合“三一律”：故事的情节没有遵循统一性。比如当时的剧作家乔治·德·斯居戴里①认为：卡斯蒂利亚公主于拉克爱慕罗德里格，桑西为情舍命的情节属于多余的“穿插”，破坏了主要情节的整一性；在时间方面，将

① 乔治·德·斯居戴里：法国小说家、剧作家和诗人。他因反对高乃依而受到黎塞留青睐，曾写过《暴虐的爱》一剧讽刺高乃依的《熙德》。他的妹妹是法国小说家玛德琳·德·斯居戴里，通常被称为斯居戴里小姐。

发生好几年的历史事件积压在一天内，违背了时间的统一性；在地点方面，表演中用同一个场面来表示多个地点，地点的变化引起观众的困惑，违背了地点的统一性。

《熙德》出现了决斗的情节，触犯了黎塞留禁止决斗行为的命令。因为决斗是贵族的一项独有的活动，是贵族展示崇高美德的权利，是显示贵族地位的习俗，带有尊严的意味。在历史上决斗屡禁不止，要有效禁止决斗，就要鲜明地表明国王的权力。① 此外，该剧的故事取材于西班牙的题材，当时法国正与西班牙开战，《熙德》却赞美了西班牙的民族英雄。这一系列的缘由导致高乃依遭到来自法兰西学院的一些创作者和评论者的严厉批评，引发了一场关于戏剧创作应该遵循怎样的规律的论战，史称"《熙德》的论战"。批评者指责《熙德》是一部存在"瑕疵"的戏剧。斯居戴里在他的《对〈熙德〉的观察》中严厉批评《熙德》，并写信要求法兰西学院对《熙德》进行审查。高乃依写作为自己辩护，他自称其他作家的作品没有可以与之匹敌的。高乃依稍显傲慢的姿态加剧了这场论战的激烈程度。这迫使官方出面表态，黎塞留站在了批评者的一方，他让法兰西学院对该剧进行审查，并授意夏普兰写了《法兰西学院关于悲喜剧〈熙德〉对某方所提意见的感想》。在这篇文章中，夏普兰认为，如果仅就供人娱乐的效果和受欢迎的程度而言，《熙德》无疑是成功的。但他以亚里士多德的《诗学》的阐释者身份，指出《熙德》的题材本质上是有缺点的："它既缺乏寻常的近情理性，也缺乏非寻常的近情理性。"②以贞淑面目出场的施梅娜居然抵不住强烈爱情的诱惑，和杀父仇人结为夫妻，为了一己私情忘了天伦大

① 参见杰弗里·特雷休尔：《黎塞留和马萨林》，赵立行译，上海译文出版社 2003 年版，第 27 页。乔治·杜比、罗贝尔·芒德鲁：《法国文明史Ⅱ：从 17 世纪到 20 世纪》，傅先俊译，东方出版中心 2019 年版，第 412 页。

② 沙坡兰：《法兰西学院关于悲喜剧〈熙德〉对某方所提意见的感想》，鲍文蔚译，中国社会科学院文学研究所编：《古典文艺理论译丛》（卷二），知识产权出版社 2010 年版，第 928 页。

义，公开为私欲找掩护；戏剧最终的收场也没有巧妙的安排，而只凭国王草率的判决，国王就像舞台布景里从天而降的神一样，发一道命令让有情人终成眷属，本来这样的事情国王连建议也是不应该的。因此，夏普兰认为：

> 这是一种近乎怪诞的神奇，观众看了不是受教得益而只能感到骇怪和愤怒。正在这些地方，诗人应该重视其近情理性，而不是重视真的事实；他宁可用一件虚拟的但合乎理性的事件作为题材。如果他不得不挑选这类性质的历史故事，拿到舞台上来，他也应该使它适应礼节的限制，即使事实的真相要受些影响；这时诗人必须把事实加以彻底改造，而不能留一个与艺术的规律不相容的污点。艺术所要求的是事物的普遍性，它需要把历史由于它严格的规律而不得不容纳的特殊的缺点和非正规的东西从这些事物里排除出去。①

显然，夏普兰是将理性作为指导戏剧创作的最高标准，认为一切要素都有符合理性的安排，如果事实和真相(历史上确实发生过的)，和理性的标准发生了矛盾，那么就要改变故事情节，只有这样才能对观众进行一种理性的教育。正如他评价施梅娜的行为时谈道："我们不是说这种教益不可能从伤风败俗的行为中获得，而是说，伤风败俗的行为是不能产生什么教训的，除非它在剧终时受到惩罚，而不能如本剧本所说的那样它得到了报酬。"②

---

① 沙坡兰：《法兰西学院关于悲喜剧〈熙德〉对某方所提意见的感想》，鲍文蔚译，中国社会科学院文学研究所编：《古典文艺理论译丛》(卷二)，知识产权出版社 2010 年版，第 928 页。

② 沙波兰：《法兰西学院关于悲喜剧〈熙德〉对某方所提意见的感想》，鲍文蔚译，中国社会科学院文学研究所编：《古典文艺理论译丛》(卷二)，知识产权出版社 2010 年版，第 932 页。

接着，夏普兰从“三一律”出发指责《熙德》在形式上的不规范。“三一律”在时间上要求一出戏所叙述的故事发生在一天(一昼夜)之内，而高乃依把几年间发生的事情都压缩在一天之内，导致剧作的篇幅太长，包含的内容太多。并且，一些和主要情节无关的“插曲”太多，使剧本的矛盾不够紧凑集中。

虽然夏普兰一直自诩以亚里士多德的《诗学》为标准，但实际上他代表的是法兰西学院的标准，也就是法国官方主推的审美趣味。“我们认为，法国作家既然取用这个题材，他便有义务去掉西班牙原著所应该去掉的东西，而在自己的作品里放进必须放进的东西。”①也就是说，作家应该代表的是国家的意志，他的作品应该体现法兰西的思想和品味，而不是外国的东西。最后夏普兰代表法兰西学院总结道：

> 我们的结论是：尽管按照亚里士多德的理论，《熙德》的主题是有缺点的，结局是不完善的，剧本里无用的插曲太多，许多地方未免有伤大雅，布局也不见很好，许多诗文和措辞方式也不够精纯；但是剧中情感的真纯与热烈，许多思想的超拔和精妙，而且和这些毛病结合在一起的无法解释的令人喜爱的地方使它比直到今天为止所有在法国舞台上露过面的诗剧都要明显地胜过一筹。②

黎塞留的站队无疑代表官方的权威意见，这对于高乃依而言是一场重大打击，他一度退出了公众视野，回到鲁昂，隐居 3 年。1640 年，高乃

① 沙波兰：《法兰西学院关于悲喜剧〈熙德〉对某方所提意见的感想》，鲍文蔚译，中国社会科学院文学研究所编：《古典文艺理论译丛》(卷二)，知识产权出版社 2010 年版，第 947 页。

② 沙波兰：《法兰西学院关于悲喜剧〈熙德〉对某方所提意见的感想》，鲍文蔚译，中国社会科学院文学研究所编：《古典文艺理论译丛》(卷二)，知识产权出版社 2010 年版，第 947 页。

依复出，回归巴黎戏剧界。经过《熙德》一事的教训，高乃依明白了文艺界的大势所趋，为了证明自己有能力和意愿遵循“三一律”，作为对法兰西学院的回应，他接下来的三部作品《贺拉斯》《西拿》和《波利厄克特》都严格地遵循了“三一律”，这三部作品和《熙德》并称为高乃依的“经典四部曲”。

《贺拉斯》取材于古罗马历史，根据古罗马历史学家李维乌斯的记载改编。罗马人与阿尔巴人发生冲突，双方僵持不下，鉴于双方多有姻亲关系，为避免大规模的流血牺牲，双方商定各派三位勇士进行决斗，失败一方臣服另一方。罗马这边抽中的是贺拉斯三兄弟，阿尔巴这边抽到的是居里亚斯三兄弟。居里亚斯恰巧是贺拉斯的小舅子。居里亚斯的未婚妻又是贺拉斯的妹妹卡米尔，两人正准备结婚。贺拉斯家族斗志高昂，呼吁要为国家而战。在痛苦中，贺拉斯和居里亚斯都选择了决斗而不顾爱人的感受。决斗开始时，居里亚斯三兄弟占优势，杀死了贺拉斯的两个兄弟，贺拉斯假装不敌逃走，把先后追过来的居里亚斯三兄弟一一杀死，取得决斗的最后胜利。贺拉斯的妻子萨皮娜为失去弟弟而感到痛苦，贺拉斯的妹妹卡米尔为失去爱人而感到痛苦，她们都诅咒这该死的战争。尤其是卡米尔，悲痛之下诅咒贺拉斯和罗马。贺拉斯一怒之下杀死了卡米尔。正在追求卡米尔的瓦莱尔要求严惩贺拉斯，但贺拉斯的举动得到了包括他父亲老贺拉斯在内的罗马人的理解和支持，国王出面为死者举办葬礼，以此替贺拉斯赎罪。《贺拉斯》表现出自我克制、国家至上的道德原则、价值取向，与自私自利、个人至上的道德原则、价值取向对立，虽然讲的是古罗马的故事，但实际上传达的是法国君主制的国家理想。正如贺拉斯对居里亚斯的表态：

> 壮士向往的就是喋血疆场；
> 身后的哀荣绝不容泪水汪汪，
> 牺牲若有利于罗马和整个国家，

我会挺身而出，还要感谢造化。①

《贺拉斯》是高乃依复出后的首部作品，他将此剧献给黎塞留，表明对宫廷的忠心。不过黎塞留对此剧比较冷淡，他不喜欢剧中人物身上残留的独立自主的精神。

《西拿》取材于塞涅卡的《论宽容》。这部剧表现个人原则和国家利益之间的调和。西拿是古罗马名将庞培之后，虽与皇帝奥古斯都有仇，但因奥古斯都待他不薄，视其为心腹，他并无复仇的意愿。西拿的恋人爱米莉的父亲被奥古斯都杀害，她一心想要复仇，表示西拿只有除掉奥古斯都，才能娶她。于是，西拿与几个共和分子密谋准备动手，但这件事被奥古斯都的另一个亲信，暗恋爱米莉的马克西姆知晓。此时，奥古斯都已经厌倦了权力，向西拿与马克西姆咨询是否应该退位。西拿认为如果奥古斯都退位，那么他的复仇就名不副实，他就无法实现对爱米莉的承诺，这将使其配不上爱米莉，于是他主张皇帝不应退位。马克西姆则建议皇帝还罗马人自由，应该退位。西拿向马克西姆透露了自己的犹豫，他想让爱米莉放弃复仇，但爱米莉固执己见。马克西姆为了除掉情敌，向奥古斯都告密，这使奥古斯都陷入是否惩处西拿的纠结中。皇后出面劝说，提醒皇帝宽容才是上策。奥古斯都向西拿挑明自己已知情，要西拿回忆自己赐予他的恩宠。爱米莉承认自己是主谋，马克西姆也承认自己背叛了朋友。皇帝克制住愤怒，宽恕了这些人，让他们臣服。据说孔代亲王在观看《西拿》的首演时，当演员念到奥古斯都的下面这段话时，钦佩得热泪盈眶：

我能主宰乾坤，也能克制自己。

① 高乃依：《贺拉斯》，马振骋译，高乃依、拉辛：《高乃依 拉辛戏剧选》，张秋红等译，人民文学出版社2001年版，第123页。

现在如此，但愿将来也能如此。啊！时光和记忆，
请永远铭记我这新的胜利。
今天，我战胜了最正义的怒火，
这将永远传之后世，留传在人们的记忆里。
让我们成为朋友吧，西拿，是我在请求你。

《西拿》既表现出对法国贵族封建主们的不满，也表现出对冰冷的国家机器和国家利益高于一切的价值观的一丝犹豫。高乃依借奥古斯都展现了一位理想中的仁君形象，既是对帝王的颂扬，又有影射手段狠辣的黎塞留之嫌，因为在《西拿》问世不久前，黎塞留刚刚残酷镇压了在高乃依的故乡诺曼底首府鲁昂爆发的赤足汉起义①。

《波利厄克特》取材于10世纪的《圣徒传》。故事发生在公元250年的亚美尼亚，基督徒奈亚尔克催促改宗的亚美尼亚领主波利厄克特受洗。波利厄克特的妻子波莉娜告诉亲信，自己从前爱过一个名叫塞维尔的罗马骑士，只是由于他没有财产，所以他们的关系遭到父亲菲利克斯的反对，塞维尔在悲痛中走上战场，只求战死，两人失去了联系。来到亚美尼亚后，波莉娜被父亲许配给波利厄克特，她以为塞维尔已死，和波利厄克特产生了感情，但又梦见塞维尔杀死了波利厄克特。其实，塞维尔并没有战死，还因为在战场上立了功，成为罗马皇帝的宠臣，不久便要率军到亚美尼亚消灭异教徒。菲利克斯害怕塞维尔公报私仇，便让波莉娜去探口风，得知波莉娜已婚的塞维尔伤心欲绝，两人承诺不再见面。已经皈依基督教的波利厄克特想要与塞维尔见面，毁掉神庙中的偶像。波莉娜和菲利克斯劝阻未果，波利厄克特反而要波莉娜也皈依基督教，他在殉道前将她交托给塞维尔。波莉娜看到丈夫的牺牲大为震撼，改宗基督教，塞维尔

① 赤足汉起义：又称赤脚者起义、赤足党起义，指1639年在法国诺曼底爆发的农民起义。

答应设法结束对基督徒的迫害行动。《波利厄克特》出现了爱情与宗教禁欲主义之间的冲突,在歌颂虔诚的宗教信仰的同时,也流露出爱情的力量。爱情是高乃依作品中的常见元素,但也因此引起过很多争议。这部剧和《熙德》一样,受到黎塞留的非难。

在黎塞留去世时,高乃依拒绝表示哀悼。17 世纪 40 年代中期,高乃依陆续创作了悲剧《庞培之死》《罗德古娜》《纯洁的泰奥多尔和殉道者》《埃拉克留斯》,以及喜剧《说谎者》。《庞培之死》是高乃依描写罗马国民英勇形象的最后一部剧。《罗德古娜》是一部应酬之作,取材于古罗马史学家阿庇安的《罗马史》。红衣主教马扎兰出任首相后,曾给予高乃依每年 2000 利弗尔津贴,为了表示感谢,高乃依创作了这部剧。高乃依将这部剧视为自己最偏爱的作品,它讲的是:叙利亚王后克莱奥巴特拉杀害了丈夫,囚禁了丈夫要娶的第二任妻子罗德古娜。由于克莱奥巴特拉的双胞胎儿子都爱上了罗德古娜,克莱奥巴特拉向儿子们声称:登上王位的儿子必须将罗德古娜的头献给她。而罗德古娜向克莱奥巴特拉的两个儿子声称:谁杀死王后,她就嫁给谁。克莱奥巴特拉假装承诺让大儿子继承王位,继而迎娶罗德古娜,想挑起两个儿子之间的矛盾,却未能得逞,于是决定用毒酒让两个儿子和罗德古娜一起死去。哥哥还未饮下毒酒,弟弟已服毒死去,在三人对峙中,克莱奥巴特拉无奈地喝下毒酒,在对儿子和罗德古娜的诅咒中死去。这部剧展现了个人野心对理性的胜利,反映出高乃依古典主义世界观的危机——理性在个人自私的力量面前无能为力。

《说谎者》是一部性格喜剧,取材于西班牙剧本,采用的是古老的身份错位题材。多朗特来到巴黎的杜伊勒里宫,认识了克拉丽丝和她的表妹吕克蕾丝,他用虚构的战斗故事迷住了她们。但是多朗特分不清姐妹俩,他以为自己爱的是吕克蕾丝,实际上爱的是克拉丽丝。阿尔西普也爱克拉丽丝,这引起了多朗特的嫉妒。多朗特的父亲吉龙特想让儿子和克拉丽丝结婚,而多朗特总是制造误会,让父亲误以为他已经结婚,甚至快要有孩子了。多朗特对克拉丽丝说自己愿意为吕克蕾丝而死,这激怒了克拉丽丝。最后多朗特把克拉丽丝让给了阿尔西普,他以为自己爱着吕克蕾丝。《说谎者》通过多朗特说谎所引起的一系列啼笑皆非的误会编织情节,遗憾的是高乃依并未能像莫里哀那样成功地创作出真正的性格喜剧。

17 世纪 40 年代中期,高乃依的声望达到了顶峰,他的剧作合集也在这时出版。1647 年,高乃依入选法兰西学院,坐第十四把交椅,此位置在高乃依去世后由他的弟弟——同是剧作家的托马斯·高乃依接任。入选院士后,受马扎兰之托,高乃依创作了歌剧《安特洛梅德》和喜剧《唐·桑乔·德·阿拉贡》。《安特洛梅德》是马扎兰于 1648 年委托高乃依创作的剧本,但直到两年后才完成,1650 年 2 月 1 日在小波旁剧场首次演出。故事取自奥维德的《变形记》,演出时采用了精致的巴洛克式布景样式,借助机关道具和机械装置,营造出壮观华丽、变化多端的舞台效果。不过,高乃依对这部剧的音乐部分不太满意,认为有些地方使用的音乐喧宾夺主。《唐·桑乔·德·阿拉贡》讲述了这样一个故事:唐娜·莱奥诺尔·德·阿拉贡被剥夺王位后,同女儿艾尔薇躲到卡斯蒂叶女王唐娜·伊莎贝拉的宫廷里。伊莎贝拉正要从三个伯爵中挑选夫君,但被一个叫卡洛斯的骑士吸引。卡洛斯向三个伯爵挑战,只有阿尔瓦接受。但阿尔瓦爱的是艾尔薇,伊莎贝拉要他放弃挑战。这时人们纷纷传说阿拉贡的合法继承人并没有死去,他就在伊莎贝拉身边,其实指的就是自称渔民之子的卡洛斯。人们在一个匣子里发现了一封信和一些肖像,证实了卡洛斯就是唐·桑乔·德·阿拉贡。最终有情人终成眷属,伊莎贝拉嫁给了卡洛斯,艾尔薇嫁给了阿尔瓦。

进入 17 世纪 50 年代,高乃依写出了《尼科梅德》。该剧取材于古罗马历史,故事的发生地是罗马统治时期西亚地区的俾提尼亚王国。俾提尼亚国王普鲁西阿斯昏庸无能,听信妻子阿尔茜诺娅的话,疏远和前妻的儿子尼科梅德。阿尔茜诺娅还想要暗杀尼科梅德,目的是扶持自己的儿子阿塔尔上位，还威逼尼科梅德的情人、亚美尼亚女王拉奥迪丝嫁给阿塔尔。拉奥迪丝被她的父亲委托给普鲁西阿斯监护，被尼科梅德和阿塔尔两兄弟爱恋，但她更爱尼科梅德。为了保护她，尼科梅德回到宫廷，这让国王普鲁西阿斯很恼火，他命令尼科梅德去接待罗马大使弗拉米尼乌斯。大使更喜欢从小在罗马长大的阿塔尔，不喜欢尼科梅德，尼科梅德也不喜欢罗马。大使要帮助阿塔尔向拉奥迪丝求婚，尼科梅德则向大使表示，拉奥迪丝有权选择自己的丈夫，由此遭到来自国王和大使的强大压迫。尼科梅德在国王面前揭露了阿尔茜诺娅的阴谋，阿尔茜诺娅请求尼科梅德的原谅。国王命令尼科梅德在王位和拉奥迪丝之间做出选择，尼科梅德放弃王位，让拉奥迪丝自由选择。国王一气之下将王位传给了阿塔尔，将尼科梅德交给罗马做人质。此时，罗马大使不支持阿塔尔和拉奥迪丝的结合，因为他认为参议院会反对一个人掌控两个国家。这激起了阿塔尔的愤怒，他转而支持尼科梅德，并解救了他。人民也开始起义，拥戴尼科梅德当国王。尼科梅德接管王位后赦免了普鲁西阿斯和阿尔茜诺娅。《尼科梅德》反映了贵族与政治理想之间的冲突——英雄与国家之间的冲突，歌颂作为一种崇高理想的观念——勇气，隐晦地反映出投石党运动。这部剧成为高乃依巅峰期的余晖，但遭到贵族阶层观众的抵制。次年，他创作的《佩尔塔里特》遭遇失败，评论界和观众都反应冷淡。遭受沉重打击的高乃依再次淡出戏剧界，搁笔近 8 年。高乃依创作的第二阶段至此结束。

在此期间高乃依也对《熙德》进行了几次修改，使其更接近古典主义悲剧的标准。因此在 1648 年、1660 年及 1682 年的版本中，《熙德》不再被称为“悲喜剧”，而被称为“悲剧”了。

1659 年，高乃依在他人的劝说下重新执笔，开启了他创作的第三个阶段。创作的《俄狄浦斯》，受到路易十四的赞赏，但在市场上未获成功。一年后，高乃依出版了“戏剧三论”，也称“高乃依戏剧三论”，由《论悲剧以及根据必然律与或然律处理悲剧的方法》《论戏剧的功用及其组成部分》《论三一律，即行动、时间、地点的一致》三部作品构成。高乃依发表“戏剧三论”时已经成为闻名法国戏剧界的巨擘，他已经有足够的影响力就悲剧发表自己的观点，以及为当年的《熙德》问题进行自我辩护。当然，他还有一个隐含的目的，那就是抵御宗教势力对法国戏剧界的钳制：天主教会试图控制法国戏剧的思想内容，而詹森派也视戏剧为伤风败俗的媒介。高乃依一方面承认古典主义戏剧规则的重要性，另一方面认为亚里士多德的戏剧理念不应该按字面意思被狭隘地理解，而应该由剧作家自己来阐释。否则，过于严苛的规则会束缚当代作家的创新尝试。这一阶段的高乃依仍然高产，连续 14 年保持着每年推出一部作品的速度，作品多数是悲剧，比如《塞尔多琉斯》《索福尼斯比》《奥通》《阿格西莱》《阿提拉》等。

《塞尔多琉斯》的故事发生在罗马共和国末期，塞尔多琉斯将军前往西班牙发动人民反对执政官苏拉。塞尔多琉斯的副官佩尔培那因为嫉妒他的威望和王后薇丽亚对他的爱情，打算暗杀塞尔多琉斯。其实，塞尔多琉斯虽然爱着薇丽亚，但出于政治原因，他想娶庞培的前妻阿莉丝蒂，把王后让给佩尔培那。薇丽亚看不起佩尔培那，但又需要佩尔培那帮她甩掉阿莉丝蒂。庞培向塞尔多琉斯提议回到罗马，向苏拉臣服。塞尔多琉斯不从，还要庞培和自己联合反叛。苏拉退位后，佩尔培那派人暗杀了塞尔多琉斯。最终，庞培处死了佩尔培那，与阿莉丝蒂再婚。

《奥通》讲述了这样一个故事：老皇帝加尔巴要选择一个继承者，禁军首脑拉库斯主张皇帝选择容易驾驭的皮宗。身为元老院议员的奥通想追求执政官之女普洛蒂娜，但执政官则跟他说皇帝的侄女卡米尔爱着他，鼓动奥通去追求她。皇帝想把卡米尔赐给皮宗，被卡米尔拒绝，皇帝又想让她与奥通结合，被奥通拒绝。被解放的奴隶马蒂安爱着普洛蒂娜，普洛蒂娜想同马蒂安结合，让奥通执政，但奥通宁愿同她一起死去。士兵哗变，反对皇帝将权力交给皮宗，支持奥通。在哗变中，皮宗、执政官、皇帝都死于非命。

《阿提拉》讲的是:匈人帝国领袖阿提拉想分裂法兰克人和罗马人,以便战而胜之。他在法兰克国王的妹妹伊尔多娜和罗马皇帝的妹妹奥诺丽之间摇摆不定。他向小国国王阿尔达里克和瓦拉米尔咨询,但他们已经和两位公主相恋。两位公主则分别出于骄傲和仇恨,希望征服阿提拉。阿提拉在情感上爱的是伊尔多娜,却从政治角度选择了奥诺丽。奥诺丽得知阿提拉心有所属,对他进行威胁。阿提拉提出让阿尔达里克和伊尔多娜结婚,条件是杀死瓦拉米尔。阿尔达里克不从,和瓦拉米尔携手反抗阿提拉。阿提拉最终暴毙,两对有情人终成眷属。

在这一阶段,法国戏剧界的新人不断涌现,剧坛已经是吕利、基诺、拉辛和莫里哀这些人的天下了。高乃依的这些作品都不如以往那样成功,他于 1670 年上演的《蒂特和贝蕾妮丝》在和拉辛的《贝蕾妮丝》的打擂中败下阵来。1674 年,在最后一部作品《苏雷那》演出后,高乃依彻底退出剧作界,宫廷也停止给他发津贴,直到 7 年之后才恢复。

《苏雷那》取材于罗马帝国时代的历史学家、作家普鲁塔克的《希腊罗马名人传》中关于古罗马政治家克拉苏的事件。讲述了这样一个故事:帕特人的国王奥罗德靠大将军苏雷那保住王位。奥罗德的儿子帕柯吕斯要娶亚美尼亚的公主厄丽蒂丝。厄丽蒂丝已经属意苏雷那,喜欢帕柯吕斯的是苏雷那的妹妹帕尔米丝。帕柯吕斯得知有情敌存在,但不知是谁,他哄骗帕尔米丝:只要她透露情敌的名字,他就只爱她。帕尔米丝不愿出卖自己的哥哥。国王害怕苏雷那功高盖主,为了拴住他,计划将自己的女儿芒达娜公主许配给苏雷那,但遭到苏雷那拒绝。厄丽蒂丝和帕尔米丝的相互指责使苏雷那身处险境。为了抗拒国王的安排,苏雷那宁愿流放,终被国王暗杀。厄丽蒂丝得知这一消息,悲痛而死。

在退隐生活中,高乃依的悲剧仍然没有被遗忘。1676 年,凡尔赛宫就上演了他的 6 部悲剧。他的影响力也辐射海外,西班牙、意大利、英国的观众都为之倾倒。1684 年,高乃依在巴黎的家中去世。

高乃依一生共写过 32 个剧本,他拉开了 17 世纪法国古典主义戏剧高峰的帷幕,悲剧在高乃依手里已经成为一种高尚卓越的艺术。路易十四就常常阅读高乃依的悲剧,并逐步培养自己的鉴赏能力和感受能力。高乃依后期的作品写得比较仓促,未经细细打磨,有些是急就章,他又陷于和人辩论,分散了专注力,消耗了创作的灵感。莫里哀曾评价道:“我的朋友高乃依,拥有与生俱来的灵感,帮助他写成世界上最美丽的诗句。有时这份灵感离开了他,他就变成了原来的自己,这时,他的一切表现,就会很差了。”[①]高乃依的戏剧符合当时渴望“休闲”、追求“文雅”的“上流社会”的文化需求。他笔下的主人公往往是理想化的形象,主人公凭借自身的清醒和对荣誉、信仰、尊严的渴望来面对难以克服的矛盾,从而引发责任与权力之间的冲突,带有一种崇高的“骑士精神”。“致人迷失自我的欲望、激情的力量与追求自由之间的冲突”[②]是高乃依式戏剧冲突的核心。高乃依尝试过许多戏剧类型,主要有喜剧、悲喜剧、悲剧、宗教剧和历史剧,戏剧风格从多姿多彩的巴洛克过渡到中正理性的古典主义,为 1665 年后拉辛的横空出世奠定了基础。

高乃依在对待“三一律”和悲剧的净化作用等问题上并不以古人为绝对标准。他放大了时间和地点整一的内涵,突破了情节整一对于单一行动的限制,认为诗人在面对实际情况时应该有更多的变通权利,反对墨守古人字面上的成规,指出古代人的爱好并不一定符合当时法国观众的口味。他以自己的作品《安特洛梅德》为例指出,降神的桥段就不适用于 17 世纪法国的观众,观众会觉得不可信。在谈到悲剧的净化作用时,高乃依认为亚里士多德的净化观点并不完全适用于当今的实际,因为古希腊和

---

① 威尔·杜兰特、阿里尔·杜兰特:《世界文明史:路易十四时代》,台湾幼狮文化译,天地出版社 2017 年版,第 116 页。

② 格扎维埃·达尔科:《法国文学史》,张兆龙译,中央编译出版社 2019 年版,第 180 页。

17 世纪的法国在各个方面都有很大不同,“如果悲剧可以净化激情的话,我认为只能按照我解释的方式进行;但是我不相信它做得到,甚至于具有亚里士多德所要求的条件的那些悲剧,也做不到”①。他以《熙德》的成功演出为例,认为“许多作品不遵守这条法则,却也得到了成功”②。在阐释亚里士多德关于“诗人的职责不在于描述已发生的事,而在于描述可能发生的事,即按照可然律或必然律可能发生的事”的说法时,高乃依认为亚里士多德有时自己也分不清“可然律”和“必然律”的主次,他对此的理解是有时候应当重视可然律,有时候应当重视必然律,应该尽力遵守可然律,实在做不到,才重视必然律。尤其当谈到必然律时,高乃依认为必然律“只是诗人为达到他的目的或者使他的人物达到他的目的的需要。……它并不总意味着绝对的必然”,诗人应当“有更多的变通权利”③。当回应别人对《熙德》不符合“三一律”规定的时间的整一性的批评时,高乃依表示,在处理国王让罗德里格打败摩尔人之后休息一两个小时再和桑西决斗的桥段时,自己正是因为受到“三一律”的掣肘,才不得不这样处理,把时间都压缩在 24 小时之内,倘若他不必为了凸显时间的整一性,大可不必强调时间,就把这场决斗解决了,观众或许压根儿不会注意到这个问题。高乃依进而指出,与喜剧的题材往往时间跨度较短不同,悲剧往往表现公众事务,“公众事务通常是和上场的显贵的个别利益交织在一起的;这里有战争、城市的陷落、重大的危难、政变等等。法则要我们在台上迅速把这一切演出,显然是不容易办到的”④。可以说,高乃依在面对古典诗学和

---

① 高乃依:《论悲剧》,王晓峰译,吴兴华校,中国社会科学院文学研究所编:《古典文艺理论译丛》(卷二),知识产权出版社 2010 年版,第 1033 页。

② 高乃依:《论悲剧》,王晓峰译,吴兴华校,中国社会科学院文学研究所编:《古典文艺理论译丛》(卷二),知识产权出版社 2010 年版,第 1034 页。

③ 高乃依:《论悲剧》,王晓峰译,吴兴华校,中国社会科学院文学研究所编:《古典文艺理论译丛》(卷二),知识产权出版社 2010 年版,第 1053、1054 页。

④ 高乃依:《论悲剧》,王晓峰译,吴兴华校,中国社会科学院文学研究所编:《古典文艺理论译丛》(卷二),知识产权出版社 2010 年版,第 1055 页。

古典作品时，保持了一定的灵活性，他意识到诗人的目的是按照他的艺术法则使人喜欢，而不是不唯古人马首是瞻。

他还提出要对亚里士多德的《诗学》进行解说并加以适当改良："我这样加以有利的解释，不是为了反对亚里士多德，而是希望从他所排斥的第四种行动方式，找出一种比他所推荐的三种方式还要优美的新型悲剧。如果他当时看到的话，毫无疑问，他会特别赞赏的。这给我们的世纪增加光荣，并且毫不损伤这位哲学家的权威。"①由此可以看出，高乃依具有一种强烈的现实意识和历史精神，他的诗学观念都是基于自身所处的时代土壤得出的，而不是照搬古人的现成说法。并且他已经意识到，改进古人的观点，使其适应现实，既不是对古人不敬，也不是全盘否定古人，反而保持并增强了古代传统的活力，这是一种更高层次的继承。而那些表面虔诚的对古人亦步亦趋的做法，恰恰败坏了传统，"在喜欢这一类或不喜欢那一类的看法上，我们的时代爱好和他的时代绝不相同。至少他的雅典人所最喜欢的，法兰西人就不一定喜欢，我不这样做，就无法解决我心里的怀疑，也无法对亚里士多德关于《诗学》的著作表示我们应有的全部的敬意"②。

高乃依还以同样的态度对待悲剧诗体的韵律问题。当时法国的悲剧一般都是运用亚历山大诗体写成的诗体剧，高乃依也能熟练地运用这种诗体，但他不局限于此，在传达主人公情感的剧烈起伏时，他能灵活运用抒情的八行韵律诗句，并采用很多形象化的、富有变化的、鲜明的语言，尤其喜欢运用简短有力的格言警句，增加台词的机锋。高乃依的创作有时会偏离正统的古典主义法则，比如：用华丽的舞台效果满足观众的感官，

---

① 高乃依：《论悲剧》，王晓峰译，吴兴华校，中国社会科学院文学研究所编：《古典文艺理论译丛》(卷二)，知识产权出版社2010年版，第1040页。

② 高乃依：《论悲剧》，王晓峰译，吴兴华校，中国社会科学院文学研究所编：《古典文艺理论译丛》(卷二)，知识产权出版社2010年版，第1041页。

而不是用节制的情感来启迪理性；塑造平民化的形象作为戏剧的主人公；等等。这些都为他引来了诸多批评，但也表现出他的个性。

第三节　基诺：古典芭蕾戏剧天才

菲利·基诺是法国剧作家、诗人，1635 年出生于巴黎，父亲是一个面包商人，家境并不富裕。在宫廷作家、法兰西学院院士弗朗索瓦·莱尔米特（也称为“特里斯坦”）的资助下，基诺自幼受到良好教育。他擅长的剧作是歌剧，法国 17 世纪的歌剧舞台原本是意大利歌剧的天下，基诺的出现使法国歌剧能够和意大利歌剧分庭抗礼，为法兰西民族艺术的崛起做出了贡献。1653 年，勃艮第酒店上演了基诺的第一部喜剧作品《竞争对手》，这一年他只有 18 岁。这部剧收获了极好的反响。次年，基诺又推出了一部五幕喜剧《轻率的情人，或盲目的主人》以及两部五幕悲喜剧作品《慷慨大方》和《爱情与财富的打击》。

1660 年，基诺与一位有钱的寡妇结婚，婚后进入司法部门工作。17 世纪 60 年代是基诺在法国文坛确立自身名誉地位的阶段，这得益于他的 3 部作品：悲剧《阿格里帕，或假的提贝里努斯》、悲剧《阿斯塔特》和喜剧《风骚的母亲》。其中，五幕喜剧《风骚的母亲》是基诺为法国剧院创作的所有作品中最受人们欢迎的一部。路易十四赐给基诺 2000 利弗尔的津贴。1670 年，基诺进入了法兰西学院。1671 年，基诺开始涉足歌剧，参与创作了《普赛克》，从事编曲和填词的工作。《普赛克》是五幕喜剧芭蕾，喜剧芭蕾也称“芭蕾喜剧”，是一种法国戏剧类型，将口语戏剧与音乐、舞蹈、机械布景和烟花等元素混合在一起，接近现代音乐剧，昭示着法国歌剧的诞生。《普赛克》主创众星云集，莫里哀担任导演，莫里哀和高乃依撰写诗剧的对白部分，作曲家吕利和夏彭蒂埃负责谱曲，意大利风景设计师卡罗维加拉尼设计舞台背景和特效，还在最后一幕设计了 300 人悬于舞台上空的恢宏场面。这部剧是路易十四为使用杜伊勒里宫的机械舞台而专门命人创作的，前后耗时 3 年，由路易十四亲自编舞。

通过《普赛克》的成功演出，基诺展现出非凡的歌剧创作天赋，也遇见了艺术生涯中最重要的搭档：吕利。吕利是 17 世纪法国作曲家、乐器演奏家和舞蹈家，被认为是法国巴洛克音乐的大师。他出生于意大利佛罗伦萨，1646 年来到巴黎，很快便小有名气。1653 年，吕利赢得了年轻的路易十四的青睐，路易十四邀请他来宫廷的皇家芭蕾舞团一起跳舞。很快，他便成为宫廷舞蹈表演和音乐演奏的教头。1661 年路易十四掌权时，任命吕利为皇家音乐总监和王室音乐大师，并赐予他法国国籍。他一生中大部分时间都在路易十四的宫廷工作，为王室提供服务。吕利最负盛名之处是歌剧音乐创作。在 17 世纪上半叶，法国的音乐还处于摇篮时期，当时只有几首小提琴、吉他、双颈诗琴演奏的曲子，而且其中大部分是西班牙人创作的。① 吕利的音乐创作生涯在 17 世纪下半期开启，当时流行的是巴洛克音乐。巴洛克音乐的典型特征是使用连续低音作为音乐的驱动力，节奏强烈、短促，讲究复调，加入大量装饰性音符，富丽奢华。吕利以其音乐的力量、快节奏的活泼和慢节奏的深刻情感等特征被人称为法国巴洛克音乐大师。他是法国第一个创立低音对位、中音部和音型的人。通过与剧作家莫里哀的合作，吕利在 17 世纪 60 年代设计出喜剧芭蕾这一新的戏剧/舞蹈形式，它带有奢华的舞台效果。吕利的音乐和芭蕾舞设计，使 17 世纪后期宫廷的审美风格发生了一场深刻的变革，节奏欢快活泼的舞台动作效果取代了当时盛行的缓慢而庄严的舞台动作效果。

自《普赛克》演出以后，基诺和吕利紧密合作，吕利负责音乐，而基诺

---

① 参见伏尔泰：《路易十四时代》，吴模信、沈怀洁、梁守锵译，商务印书馆 1982 年版，第 491 页。

负责填词(诗文)。两人在创作实践中摸索出一个道理:意大利式歌剧不适合法语。两人一起在意大利威尼斯歌剧的基础上创造了一种悲剧风格——“抒情悲剧”(也称“音乐悲剧”)。抒情悲剧一般采用序幕加五幕的形式,是一种特殊的法国戏剧类型,恢复了法国古典主义悲剧舍弃的歌队,并大量加入芭蕾舞,在歌词上沿用古典悲剧常用的十二音节、六步抑扬格的“亚历山大诗体”,以适应当时法国观众的欣赏习惯,形成一种非常“自然”的效果。抒情悲剧盛行于17、18世纪的法国,一般由皇家音乐学院演出。基诺和吕利放弃了意大利歌剧中将适合于朗诵的宣叙调与适合于歌唱的咏叹调相分离的做法,而是将两者结合起来,以获得更强的戏剧效果。他们还选择了更快的情节推进节奏,更具文学性,符合法国公众的口味。在基诺和吕利开创的法式歌剧中,歌词并不是音乐的点缀,哪怕去掉音乐,歌词部分仍然是经过精心编排设计的典雅的韵文,歌词并没有成为音乐的附庸。剧情靠戏剧性的矛盾冲突推进,仍然属于文学的范畴,相比于意大利歌剧,具有更加严谨有序的剧本结构。

第一部完整呈现该“抒情悲剧”风格的歌剧《卡德摩斯与赫敏》于1673年4月27日上演。这部剧的歌词部分是基诺在奥维德的《变形记》基础上改编的。在序言部分,基诺极力赞美了路易十四,把他形容为杀死巨蟒的阿波罗。该剧讲述了希腊底比斯的传奇国王卡德摩斯和爱神维纳斯与战神马尔斯的女儿赫敏之间的爱情故事。之后基诺陆续推出了《阿尔赛斯特,或阿尔西德的胜利》①、《忒修斯》等抒情悲剧和《阿提斯》《伊西丝》等歌剧。

《阿尔赛斯特》于1674年1月19日在皇家宫殿剧院上演,是为庆祝路易十四打胜仗而创作的,之后于1677年和1678年再度演出。该剧本是在欧里庇得斯的同名悲剧基础上改编的,讲的是:西克洛斯国王利科米

① 下文简称《阿尔赛斯特》。

德在他的妹妹——海神忒提斯和风神埃俄罗斯的帮助下绑架了奥尔斯公主、色萨利王后阿尔赛斯特。在营救阿尔赛斯特的战斗中，爱着阿尔赛斯特的阿尔喀德斯(即大力神赫拉克勒斯)取得了胜利，但阿尔赛斯特的丈夫阿德墨托斯受了致命伤。阿波罗承诺，如有人替阿德墨托斯死去，就可以换回阿德墨托斯的性命。阿尔赛斯特想要自尽以救阿德墨托斯，但被阿尔喀德斯从冥界救回。最终，阿尔赛斯特复活并回到丈夫身边。

《忒休斯》根据奥维德的《变形记》改编，剧情围绕多角恋展开：埃格想娶他的养女艾格莱公主，而女巫梅迪希望嫁给年轻的战士忒休斯，但忒休斯和艾格莱相爱。梅迪试图让这对恋人放弃彼此，她施展魔法让艾格莱受尽折磨，游说埃格杀死忒休斯。但在忒休斯喝下毒酒之前，埃格意识到忒休斯是他失散的儿子。埃格将艾格莱交给忒休斯，在梅迪想要报复之际，智慧女神密涅瓦及时阻止了她。

《阿提斯》在巴黎演出时遭到了冷遇，但因路易十四的喜爱而被称为“国王的歌剧”，并多次重演。

《伊西斯》同样取材于奥维德的《变形记》，故事围绕朱庇特对女神宁芙和民间美女伊娥的爱恋以及朱诺的嫉妒展开。

此前，法国歌剧像西欧其他国家歌剧一样总是处于意大利歌剧的模仿者地位，自此以后，法国歌剧有了自己的风格。值得一提的是，《阿尔赛斯特》上演后，一些评论家对该剧的评价非常消极，这引发了拉辛和佩罗对已发表观点的辩论，此次辩论成为第一次“古今之争”的一部分。

进入17世纪80年代，除了一部芭蕾舞剧《爱情的胜利》外，基诺的创作仍然以古典抒情悲剧为主，如《珀耳塞福涅[1]》《珀尔修斯[2]》和《法埃

---

① 珀耳塞福涅：古希腊神话中的冥后，主神宙斯和农业之神得墨忒耳的女儿，冥王哈得斯的妻子。

② 珀尔修斯：古希腊神话中的英雄，主神宙斯与阿尔戈斯王阿克里西奥斯的女儿达那厄所生的儿子。

顿》。自此之后，他的创作开始转向浪漫传奇剧，如《高卢的阿玛迪斯》，不再以古希腊-罗马神话为题材，而是取材于骑士传奇，描绘了骑士阿玛迪斯和奥丽亚娜的忠贞爱情，表现了虔诚、忠诚、专一的骑士精神。这个题材是路易十四钦点的，反映了作为赞助人的国王本人审美趣味的变化。晚年的路易十四受到虔诚的基督徒德·曼特农夫人的影响，想在法国重新树立虔诚的天主教信仰。在博絮埃的布道词中，路易十四还被称为“新查理曼大帝”。

《罗兰》改编自文艺复兴时期意大利诗人卢多维科·阿里奥斯托的《疯狂的罗兰》。由于《疯狂的罗兰》取材于中世纪法国骑士史诗《罗兰之歌》，《罗兰之歌》又是根据公元778年查理曼大帝统治时期发生的隆塞斯瓦耶斯隘口战役的历史事件创作的，是现存最古老的法语文学，因此，基诺的《罗兰》实际上还追溯了法兰西民族的光荣传统。这部歌剧以寓言式的序幕开场，仙女之王德莫戈尔贡歌颂路易十四，并要求观众了解圣骑士罗兰的故事：查理曼大帝的侄子罗兰爱上了契丹国王的女儿安格丽克，但他不知道安格丽克已经爱上了非洲军队的士兵梅多尔。罗兰送给安格丽克一个魔法手镯作为他爱的信物。安格丽克在森林中走近爱之泉，当她看到罗兰时，她用魔法戒指让自己隐形，罗兰绝望地走开了。梅多尔随后到达，并在独白中透露他也非常爱安格丽克，愿意为她而死。那一刻，安格丽克现身并承认她也爱梅多尔，但她担心的是罗兰知道后会被激怒。梅多尔和安格丽克计划在仓促的婚礼后逃离罗兰。另一边，罗兰还在寻找安格丽克，在寻找她的过程中罗兰偶然发现了雕刻在洞穴墙壁上的安格丽克和梅多尔的名字。接着，罗兰听到附近村庄举办婚礼的声音，村民们告诉他梅多尔和安格丽克逃跑的事，并向他展示了罗兰的手镯，这是梅多尔和安格丽克为感谢他们的收留而送给他们的。罗兰陷入了疯狂。最后一幕，在仙女罗杰丝蒂尔的施法下，沉睡的罗兰在梦中见到古代的英雄们，他们敦促他放弃对安格丽克徒劳的爱，回到基督教军队。罗兰醒来，恢复了理智，恢复了对荣耀的渴望，踏上了征战之路并大获全胜。

1687年，随着老搭档吕利去世，基诺也停止了创作，次年在巴黎逝世。

基诺的诗剧作品文笔优美，朗朗上口，甚至有人能整幕整幕地背诵下来，伏尔泰评价道："以致在整个欧洲还得到熟谙我国语言和比较有文化素养的人士的喜爱。"①

第四节　布瓦洛：古典主义诗学的总结者

尼古拉·布瓦洛是法国古典主义诗人，更是阐释古典主义的理论家，他的理论对法国和英国的古典主义发展影响很大，他也是法国历史上第一位有世界影响力的文艺理论家。

1636年，布瓦洛出身于巴黎的一个法院书记官家庭，母亲在他出生2年后去世。布瓦洛自幼身体不好，终身未婚。青年时代，他到索邦学院研读神学，预备走上神学的道路。可能受家庭影响，他后来改变了方向，转而攻读法律，20岁当上了律师。1653年，布瓦洛开始诗歌创作。1657年，父亲去世，靠着从父亲那里继承的一笔遗产，他获得了比较稳定的生活保障。通过哥哥的关系，布瓦洛结识了当时巴黎的一些文化人，进入了创作圈子。

布瓦洛的创作大致分为3个阶段，第一阶段为1657—1668年。这一时期的布瓦洛多模仿古罗马讽刺诗人尤维纳利斯写作讽刺诗。在此期间，布瓦洛发表了诗集《讽刺诗》(前九首)。在这部诗集中，布瓦洛讽刺和批判了当时巴黎社会上的一些现象，展示出17世纪"法兰西盛世"华服上

---

① 伏尔泰：《路易十四时代》，吴模信、沈怀洁、梁守锵译，商务印书馆1982年版，第484页。

爬行的虱子。同时，布瓦洛在其中开始表达自己对文学的理解，显露出在文学评论方面的才能。他讽刺的对象都是当时法国文坛有名的人物，如让·夏普兰、查尔斯·科廷神父[①]、菲利·基诺、乔治·德·斯居戴里等人。布瓦洛选择这些文坛上的名人是有目的的，一方面是为表现自己的文学理念，另一方面是为"蹭热点"，迅速提高自己的知名度。比如在第二首《韵与理之配合——赠莫里哀》中，他以鲜明的对比手法，突出文学中的天才，嘲笑自以为是的庸才，通过赞美莫里哀的《太太学堂》来批评基诺、斯居戴里等人。在第五首《论高贵》中，他对上流社会的种种恶习进行了嘲讽。在第七首《论讽刺诗》中，他模仿贺拉斯的笔锋，自称有论战家的天赋，认为自己善于用诗讽刺别人，而无法赞美别人，一旦激情涌来，便无法遏制。第九首《致头脑》是对夏普兰等论战对手的回击，诗人表达了对自己的讽刺诗的正当性的肯定，认为讽刺诗为理智和美德效劳，讽刺和批评不是为了获得名利，而是行使一种神圣的权利，不容侵犯。诗人表示自己的批评是公正的，不是谩骂。布瓦洛提升了法国讽刺诗的艺术水准，使之既能简洁有力地表达思想，又具有和谐的韵律结构。他还和哥哥吉尔·布瓦洛[②]合作发表了《脱帽的夏普兰》，以模仿夏普兰曾经批评过的《熙德》的某些场面的形式，反过来讽刺夏普兰的作品，认为他是文坛的暴君。《讽刺诗》为布瓦洛赢得了路易十四的青睐，使他从此改变了人生的命运，为第二个创作阶段的到来做好了准备。总体而言，这一阶段的布瓦洛就像一个满腹牢骚但眼界不高的年轻人，冲劲有余而功力不足。

布瓦洛创作的第二阶段是 1669—1677 年，这一阶段是他创作的成熟期。这一阶段以《论蒙娜丽莎》的发表为标志，这个作品体现了他在美学

---

① 查尔斯·科廷神父：法国诗人、哲学家，担任过路易十四的顾问，1655 年当选为法兰西学院院士。

② 吉尔·布瓦洛：翻译、学者，曾翻译古希腊哲学家第欧根尼和爱比克泰德的散文以及古罗马史诗《埃涅阿斯纪》等作品，1659 年入选法兰西学院。

和诗学上的思考，为后来他在诗学领域的建树奠定了基础。也正是在《论蒙娜丽莎》发表的同年，布瓦洛开始构思成名作《诗的艺术》。为适应君主政治的需要，布瓦洛总结了高乃伊、拉辛、莫里哀等作家的创作经验，形成了一套完整的古典主义戏剧理论和美学体系。由于当时的许多创作者习惯于先在沙龙里朗诵自己的作品，听听大家的意见，布瓦洛的《诗的艺术》从 1672 年起就已陆续在沙龙中传播，直到 1674 年正式出版。在这一阶段，布瓦洛还陆续发表了《诗简》(9 首)、《唱经台》，翻译了朗吉努斯的《论崇高》，使朗吉努斯的思想为更多人接受，并影响了英国美学家埃德蒙·伯克的美学思想。通过这些作品，布瓦洛正式确立了自己古典主义文论家的角色。

布瓦洛《诗的艺术》是对贺拉斯的《诗艺》在新的历史阶段的重新阐释与发展。《诗的艺术》共分为 4 部分，约 1100 行。第一部分为总论，布瓦洛以笛卡尔的理性主义为哲学基础，强调“理性”是文艺创作的准绳，写诗要遵循理性原则，避免情感和情绪的干扰，写作要注意形式和语言，不断修改。他同时回顾了法国诗歌的传统。第二部分论述次要的诗歌体裁，包括牧歌、哀歌、颂歌、十四行诗、箴铭、回旋诗、讽刺诗、揶揄调、歌谣等 12 类。第三部分论述主要的诗歌体裁——悲剧、史诗和喜剧，并提出“三一律”“逼真”“合适”等概念。第四部分是关于理性与品格的忠告，论述道德品质对诗人的重要性，建议诗人不要陶醉于赞美之词，也不要害怕批评，写作要以不断提高读者的道德水平为目标之一。《诗的艺术》通过约翰·德莱顿与英国翻译家、外交官威廉·索姆爵士的翻译，以及亚历山大·蒲柏的模仿之作《论批评》的发表，对英国的古典主义思潮产生了重要影响。

布瓦洛在《诗简》中歌颂了路易十四的文治武功，感谢国王的赏识和提携，也提到了道德的重要性，表达了对自然的喜爱：“不加雕琢的朴素令人愉悦。”他在其中一首作品中安慰被论敌批评的拉辛，当时拉辛由于《费德尔》遭到失败，处于低谷。布瓦洛仗义执言，认为拉辛具有真正的才能，所以会招致别人的嫉妒，但终将得到后世的认可。布瓦洛还提到了关于艺术真实的重要性问题，他在《没有比真更美了——赠塞尼莱侯》一诗中提出的“没有比真更美了，只有真才是可爱”[①]的观点，是他在《诗的艺术》中强调模仿自然、模仿古人观点的延续。

由于在诗学理论上的巨大影响和贡献，布瓦洛于 1676 年获得了 2000 利弗尔的津贴。次年，他当选为国王的史官，年薪达到 6000 利弗尔。路易十四曾对布瓦洛说：“记住，我永远有半个小时的时间是给你的。”[②]自此之后，布瓦洛的作品数量减少了。

17 世纪 70 年代后期，布瓦洛进入创作生涯的第三阶段。1684 年，他当选为法兰西学院院士。随着社会阶级、身份地位的变化，晚年的布瓦洛在思想上趋于保守，在 1687 年爆发的“古今之争”中，布瓦洛作为崇古派的领袖攻击厚今派，坚定地维护古典主义的荣光。这一阶段，布瓦洛写作了《攻陷纳慕尔颂》、《论朗吉努斯》、《诗简》的后三首、《讽刺诗》的后三首、《唱经台》的后两首，并为《诗的艺术》写了一篇引言。1711 年 3 月 13 日，布瓦洛在巴黎逝世，两年后，他的遗作《小说人物对话》出版，这部讽刺性的散文作品创作于 1664—1665 年间，是对他的老对手夏普兰和乔治·德·斯居戴里代表的附庸风雅、咬文嚼字的文风的讽刺，但据说为了表示对玛德琳·德·斯居戴里的尊重，一直未公开出版。

布瓦洛不是最早的古典主义理论的提出者，在他之前，已有人试图建构古典主义理论，比如：夏普兰在 1638 年发表的《法兰西学院关于悲喜剧

① 布瓦洛：《没有比真更美了——赠塞尼莱侯》，《诗的艺术》，第 3 版，范希衡译，人民文学出版社 2010 年版，第 103 页。

② 威尔·杜兰特、阿里尔·杜兰特：《世界文明史：路易十四时代》，台湾幼狮文化译，天地出版社 2017 年版，第 114 页。

〈熙德〉对某方所提意见的感想》中，就尝试提出古典主义标准；多比涅克[1]早在 1640 年就在黎塞留的敦促下开始构思，于 1657 年出版《戏剧教程》，论述戏剧的创作方法和戏剧结构的规律问题；纪尧姆·科莱特[2]在文集《诗歌艺术》中以古典主义的立场探讨了道德诗、十四行诗和牧歌的标准；高乃依的《论三一律，即行动、时间、地点的一致》通过讨论“三一律”问题使其深入人心。此外还有作家勒内·拉潘[3]的《论亚里士多德的〈诗学〉和古今诗人》，从亚里士多德《诗学》的观念审视古今诗人的创作。然而，这些著述与布瓦洛的《诗的艺术》相比显然在完整性和系统性上都有差距。

布瓦洛的《诗的艺术》并不是一部在当时的文坛起到指导文学创作作用的“宝典”，因为在它问世之前，马莱伯、高乃依、拉辛、莫里哀、拉封丹等人的作品就已经风靡全国了，《诗的艺术》更像是一部对法国古典主义的创作规律和规范进行观察总结，从而将法国的艺术经验传承下去的作品。尽管后来的浪漫主义思潮已经冲垮了古典主义这座大山，也对布瓦洛的思想和理论发起了犀利的攻击，但不可否认，《诗的艺术》是 17—18 世纪 100 多年间的文艺思想宝藏，并且一些观念对今天的文艺创作仍然具有启发意义，比如“模仿自然”“刻画人性”等。

模仿自然是《诗的艺术》的基调之一，是布瓦洛从亚里士多德的《诗学》中继承的观点，也是西方客观主义美学和模仿论诗学坚持的观点。一般而言，“自然”可以理解为“真实”。但艺术中的“真实”又是什么？每个时代有不同的理解。布瓦洛借由他喜欢和支持的莫里哀的作品指出，要模仿自然就应好好研究宫廷和认识城市，莫里哀作品的成功便由此而来，他的艺术才能冠绝古今。宫廷和城市，无疑对应着当时法国的国家意志，既凸显宫廷的威严、奢华和典雅，也表现城市资产阶级和市民阶层蒙受的

---

① 多比涅克：原名弗朗索瓦·赫德林，法国作家、评论家、神职人员。

② 科莱特：法国诗人，法兰西学院的创始成员之一。

③ 拉潘：法国作家、耶稣会士。

雷霆雨露、王权恩泽,前者是核心,后者是附庸。事实上,城市就是巴黎,巴黎无疑是围绕着宫廷外围的更大的王权辐射地。外省、乡村、大自然都不会是古典主义关注的对象,因为它们远离王权,体现不出王权专制的浩荡威严以及国王治下社会的繁荣昌盛。

因此,布瓦洛的“自然”指的就是宫廷和城市,“模仿自然”即“真实地表现宫廷和城市”。如何能够达到“真实”呢?布瓦洛对“生活的真实”与“戏剧的真实”做了区分:“切莫演出一件事使观众难以相信:有时候真实的事很可能不像真情。我绝对不能欣赏一个悖理的神奇,感动人的绝不是人所不信的东西。”[①]在这句话里,“真实的事”指的是生活的真实,与艺术中的真实不是一回事;“真情”指的是艺术的真实,即在艺术中给人营造的逼真感。两者不能混淆,简单地照搬生活的真实不一定能让观众感觉逼真。这是很有价值的观点。表现宫廷和城市也是17世纪法国古典主义的现实观的共识,拉布吕耶尔在《品格论》中也告诫作家和学者,不要一味崇古而对当代现实无动于衷,要了解宫廷和城市:

> 宫廷或者是不了解城市,或者出于对城市的蔑视而不屑于指出城市的可笑之处,以至于对这种可笑事情所可能产生的形象熟视无睹;反过来,人们描绘宫廷的词汇则总是理所当然的惶惶然崇高无尚,城市从这种简略的描述中得不到满足好奇心的东西,从而得不出对国家的一个正确概念,而这甚至是必须亲身经历才能够了解的。[②]

由于西方文艺的基础观念是表现“人”“人性”,自诩为古典正统文艺

---

① 布瓦洛:《诗的艺术》,第3版,范希衡译,人民文学出版社2010年版,第33页。

② 拉布吕耶尔:《品格论》(上),梁守锵译,花城出版社2013年版,第4页。

观念“继承者”的布瓦洛的“自然”也包含“人性”的概念,“模仿自然”还包含“真实地表现人性”的意思。布瓦洛又是如何理解“人性”的呢?他认为人性是复杂的,“人性本陆离光怪,表现为各种容颜,它在每个灵魂里都有不同的特点”①。诗人的职责之一就是去探索人性,使之清晰地呈现出来。他指出,谁能善于观察人,鉴识精审,对种种人情衷曲能一眼洞彻幽深,把握住风流浪子、守财奴的性格,准确展现笃实、荒唐、糊涂、吃醋等形态,谁就能成功地把他们搬到台上,在台词和动作上给每个人物保留自己的性格,为观众妙呈色相。这样的观点类似于后来的文论家总结出的要把握“典型形象”。为此,作家要研究各国、各时代的风俗,因为不同的风格孕育不同的性格。

布瓦洛将“理性”推崇到至高无上的地位,认为诗人模仿自然、刻画人性要小心谨慎地遵循理性原则,他告诫作者,“首须爱理性:愿你的一切文章永远只凭着理性获得价值和光芒”②。布瓦洛喜爱莫里哀,但惋惜他戏剧中的闹剧元素;他也喜欢拉辛,但不赞成拉辛过分突出爱情的力量,更不喜欢那些被情欲支配的女性形象。在布瓦洛看来,这些描写都偏离了理性的轨道。但是由于理性的概念太形而上,不好把握,而且人性有局限性,导致尊崇理性、以理性为准绳在实际的创作中是非常困难的,一旦偏离理性的轨道,作家所有的努力都会前功尽弃。他说道:“一切要合乎常情,但要达到这一点,路是滑而难行的,很不易防止过偏;你稍微走差一步就堕落不能自救。理性之向前进行常只有一条正路。”③为了帮助作家建立一种直观的、可操作的、便于理解的理性原则,布瓦洛重申了(以他自己的理解)古人论述的“三一律”:戏剧舞台要呈现的是一个地点、一天之内的一个故事。在布瓦洛看来,有些作家可能会笨拙死板地执行“三一律”

---

① 布瓦洛:《诗的艺术》,第3版,范希衡译,人民文学出版社2010年版,第53页。
② 布瓦洛:《诗的艺术》,第3版,范希衡译,人民文学出版社2010年版,第5页。
③ 布瓦洛:《诗的艺术》,第3版,范希衡译,人民文学出版社2010年版,第6页。

的规则，从而破坏了戏剧的效果，但对于大多数人而言，遵循这个规则的性价比是最高的，总体是最有效的，只有通过规则才能达到完美。这也很容易理解，因为古典主义文论是理性主义思维的一种表现，即追求一种放之四海而皆准的金科玉律。它追求的是共性而非个性，考虑的是一般而非个别，照顾的是集体而非个体。

作为古典主义理论的总结者和倡导者，布瓦洛的诗学理论以理性为价值基础，主张效仿古典作品的规范，文学创作要遵循严谨的技巧，突出自然、真实的审美旨趣，拒绝一切不合实际和不真实的荒诞、矫饰与浮夸。当然作为一位诗人，作为一位参与创作实践的作家，布瓦洛并非死板地只顾规则，他也重视创作的实际效果，他认为文学创作的奥秘首先是使人愉悦和感动，合格的作家要能提供使读者喜悦的作品。可见布瓦洛还是非常重视欣赏者的感受的，他认同如果作品无法打动欣赏者，所谓“模仿自然”、表现真实都是空谈的说法。“因此第一要诀是动人心、讨人欢喜。”①这是非常难得的。

第五节　拉辛：古典主义戏剧大师

1639 年 12 月 22 日，让·拉辛出生在法国北部埃纳省的米隆堡。拉辛的童年并不幸福；在他 2 岁时，母亲不幸去世；4 年后，父亲也离他而去。拉辛由笃信詹森派②教义的外祖母抚养长大。拉辛自幼在詹森派知

① 布瓦洛：《诗的艺术》，第 3 版，范希衡译，人民文学出版社 2010 年版，第 31 页。

② 詹森派：17 世纪上半叶在法国流行的基督教派。创始人为荷兰神学家、伊普尔主教詹森。信奉的教义与加尔文教派基本一致，是持有加尔文主义神学观点的天主教派，在“天恩”等问题上与天主教正统派相左。詹森派信徒中有许多学者和作家，深受法国哲学家笛卡尔理性主义的影响。除进行宗教改革外，还从事学术研究、文学创作和教育活动。

识分子的阵地波尔-罗亚尔修道院学习，接受拉丁文和希腊文的教育，阅读古希腊悲剧、罗马史诗等古代经典。拉辛非常勤勉好学，在阅读索福克勒斯（Sophocles，公元前 496 年—公元前 406 年）和欧里庇得斯的作品时会做批注，点评哪里写得美，哪些场景不够精彩和悲壮，哪些段落不合逻辑，哪些人物没有保持性格一致。这段时间的学习提高了拉辛的艺术品位，为他后来的创作打下了基础。不过，这个学校和詹森派一样，被当时法国的官方天主教会斥责为异端。作为詹森派的大本营，随着拉辛、帕斯卡尔等社会名流的加入，波尔-罗亚尔修道院逐渐成为抵抗法国天主教会和王权专制的象征。但是由于寡不敌众，修道院最终被罗马教皇和路易十四联合封禁。

1658 年，拉辛来到巴黎学习法律，但他更喜欢一种艺术化的、自由的生活方式，常常去剧院看戏，有空还写写诗。他曾写过十四行诗献给马扎兰；为庆贺国王结婚，他赋诗《塞纳河的水仙》献给王后；后又写作颂诗《缪斯礼赞》献给国王。拉辛一系列的行为终于被布瓦洛注意到了，布瓦洛非常看好他，高度赞扬他的作品，两人成为好友。布瓦洛常常称自己是这位崭露头角的年轻人的支持者。

1663 年，拉辛定居巴黎，尝试戏剧创作。他的处女作《阿玛奇》曾想在玛雷剧团演出，遭到拒绝，并且再没有在舞台上演出的机会。经布瓦洛牵线搭桥，拉辛认识了莫里哀。莫里哀的剧团在 1664 年上演了拉辛的第一部悲剧《底比斯故事或兄弟阋墙》。这部剧借鉴了索福克勒斯、欧里庇得斯的创作，以及同时代的高乃依的《俄狄浦斯》和约翰·罗特鲁[①]的《安提戈涅》，该剧讲述的是俄狄浦斯的两个儿子厄特俄克勒斯和波吕涅刻斯争夺王位的斗争。根据传说，在俄狄浦斯退位后，忒拜由厄特俄克勒斯和波吕涅刻斯两兄弟轮流执政，而在君主专制的法国，轮流执政的观念很难

① 约翰·罗特鲁：法国诗人和戏剧家。

被观众接受，拉辛就将两兄弟设计为孪生子以便解决政治身份问题。“俄狄浦斯”和“安提戈涅”的故事也是当时法国戏剧家比较喜爱表现的题材。次年，莫里哀的剧团在皇宫剧院搬演了拉辛的第二部剧《亚历山大大帝》，这部剧取材于罗马历史学家鲁弗斯写的亚历山大大帝的历史，主题是亚历山大大帝和印度公主克利奥菲尔的爱情，以及公主的兄弟塔克西勒斯的阴谋。这部剧获得了观众的好评，同时也引起了莫里哀剧团的主要竞争对手——勃艮第酒店剧团的注意。勃艮第酒店剧团实力雄厚，在当时的悲剧演出中是巴黎的第一块牌子，也是第一家在巴黎取得演出资格的剧团，在《亚历山大大帝》前四场演出大获成功后，他们和拉辛私下商量取得了演出的授权，并承接了拉辛后来作品的主要演出权，还挖走了莫里哀剧团的主要女演员，导致了莫里哀和拉辛关系的破裂。

由于詹森派持加尔文式的禁欲主义观念，对文艺非常抵触，尤其是戏剧表演，因此拉辛走上戏剧的道路是克服了他的原生家庭和环境施加给他的较大阻力的。《底比斯故事或兄弟阋墙》和《亚历山大大帝》的演出，遭到詹森派的攻击，说其荼毒了公众的心灵，污染了信徒的思想。拉辛在布瓦洛的鼓励下愤而回击，与詹森派断绝了关系，直到晚年才后悔当时的冲动。1667 年，拉辛推出了真正使他扬名剧坛的五幕悲剧《昂朵马格》，大获成功。这部剧完美地符合“三一律”的原则，确立了拉辛作为法国古典主义戏剧大师的地位，让拉辛一举接过了高乃依古典主义戏剧大师的交接棒，开启了长达 10 年的创作巅峰期。《昂朵马格》取材于古希腊神话，该剧讲的是：爱比尔国王卑吕斯杀死了特洛伊主将赫克托耳，俘虏了赫克托耳的遗孀昂朵马格。他被昂朵马格的美貌迷得神魂颠倒，展开疯狂的追求，坚持要娶她为妻，不惜取消与未婚妻——爱兰娜皇后的女儿爱妙娜的婚约。昂朵马格坚定地保持着对前夫的忠贞，卑吕斯为了逼她就范，不顾全希腊人的反对，保全了昂朵马格的儿子阿斯佳纳的性命，又以阿斯佳纳的性命为条件要挟昂朵马格与自己结婚。为挽救儿子的性命，昂朵马格假意答应婚事，私下决定一旦卑吕斯在神庙前向诸神宣誓，把特洛伊的遗孤当成自己的亲子，她便自杀以免受辱。爱妙娜嫉妒得发疯，她以爱情为诱饵，指使疯狂地爱着她的希腊使节奥赖斯特去暗杀卑吕斯。但当奥赖斯特告诉她自己已鼓动希腊人将卑吕斯杀死时，她又怒斥奥赖斯特不该听信一个失意的情人的话，干下这卑鄙的勾当。爱妙娜跑向神庙，抚尸大恸，以利剑自刎，死在卑吕斯身边。奥赖斯特也神经错乱，疯癫失常。昂朵马格最后被爱比尔国民拥戴为王。

1668年，拉辛的喜剧《讼棍》上演，这部剧模仿的是阿里斯托芬的《黄蜂》。该剧塑造了贪财的律师、做伪证者和腐败的法国官员形象，颇具讽刺意味。这个剧本来源于拉辛的一场涉及修道院收入所有权的官司，他觉得在官司上吃了亏，对司法不满，于是创作该剧。在首演时，观众并不觉得特别搞笑。后来，该剧在宫廷里上演，逗得国王哈哈大笑，普通观众也就改变了看法。次年，悲剧《勃里塔尼古斯》上演，讲的是：罗马皇帝尼禄上台后，想要撇开曾经扶持过他的母后阿格丽品娜和弟弟勃里塔尼古斯。尼禄收买了勃里塔尼古斯身边的人，他要霸占勃里塔尼古斯的情人朱妮，命令朱妮和勃里塔尼古斯断绝关系。由于尼禄的监视和控制，朱妮无法向勃里塔尼古斯说明情况。尼禄的太傅浦路斯劝说尼禄不要做得太过分，但尼禄并不听从。勃里塔尼古斯的太傅纳西被尼禄收买，他劝说勃里塔尼古斯放弃朱妮，不要再见面，但勃里塔尼古斯还是和朱妮相会了。尼禄发现后逮捕了勃里塔尼古斯，并命令浦路斯看住母后阿格丽品娜。阿格丽品娜劝说尼禄善待勃里塔尼古斯，还他自由，成全他和朱妮，尼禄假意应允。但浦路斯发现尼禄仍然要除掉弟弟，纳西也助纣为虐，激怒尼禄，使其下定决心除掉弟弟。最终，尼禄毒死了勃里塔尼古斯，谎称弟弟突发顽疾而死，阿格丽品娜揭穿了真相，并预言自己会成为下一个受害者，而尼禄则会成为一代暴君。朱妮利用见阿格丽品娜的机会，逃离宫廷，弃绝尘世，献身于神，让尼禄霸占她的计划落空。该剧改编自古罗马历史学家、文学家塔西佗的作品，取材于古罗马暴君尼禄与培养自己的生母阿格丽品娜决裂并将她处死的历史事件。拉辛认为它是耗费自己心血最多的作品。塔西佗是古典政治自由主义的思想典范，他痛恨暴君，同情共和制，但并不相信民主制具有万能的普世价值，而是寄希望于集高贵精神和男子气概于一身的治国之才。他的历史著作中多是以类似春秋笔法的方式记叙的政治事件和历史教训，以期对国民进行政治哲学教育。在“太阳王”路易十四治下，这样的题材非常适合被改编成古典悲剧，因为“一代明君”已然是既成事实和政治正确，对古代暴君的描写就被抽空了讽喻的意味，只剩下面对暴君的无人性时，“后人哀之而鉴之”的凭吊之意。

1670年，拉辛又推出《贝蕾妮丝》。前文谈到，高乃依也有一部同题材剧《蒂特和贝蕾妮丝》，两部剧存在竞争关系，但高乃依的剧作不及拉辛这部剧受观众欢迎。《贝蕾妮丝》讲述了这样一个故事：柯马热纳国王安蒂舒斯多年来一直暗恋巴勒斯坦女王贝蕾妮丝，但罗马皇帝蒂图斯在其父亲去世后，没有了家庭的阻碍，准备迎娶贝蕾妮丝。在举行婚礼之前，安蒂舒斯向贝蕾妮丝表明爱意，另一边，罗马元老院认为这种与外邦女王的婚姻并不符合国家的利益，蒂图斯因为元老院的反对而对婚事犹豫不决，贝蕾妮丝感到十分不安。蒂图斯暂停了婚事，得知消息的安蒂舒斯欣喜若狂。蒂图斯去同元老院理论，但没有成功，他最终选择了对罗马的责任而不是对贝蕾妮丝的爱。在这场三角关系中，两位君王都表现出了理性、克制、国家至上，进退有据，没有被情感冲昏头脑，做出不冷静的事。贝蕾妮丝在两位君王的榜样的感召下，拒绝了蒂图斯请她留下来的恳求，离开了罗马，接受了孤独的命运。

《贝蕾妮丝》的成功鼓舞了拉辛，他乘胜追击，2年后推出了以17世纪土耳其奥斯曼帝国的当代事件为题材的悲剧《巴雅泽》。该剧根据法国驻君士坦丁堡(今伊斯坦布尔)大使提供的真实故事改编，讲的是：在苏丹阿姆拉离开时，首相阿柯马准备密谋反对他。阿柯马挑动后妃罗克珊娜对巴雅泽疯狂的爱，并让爱着巴雅泽的公主阿塔莉德知悉此事，因为阿柯马自己想娶公主。公主和巴雅泽相互爱恋，这既让公主内心纠结，也让后妃十分嫉妒。巴雅泽夹在公主和后妃之间，三人产生误会，争风吃醋。苏丹派黑奴奥尔康带着密札来到后妃身边，原来苏丹就要回来，要取巴雅泽的首级。公主看到后妃出示的信后昏了过去，而后妃在从她身上找到的信中证实了两人相爱。嫉妒的后妃想要报复，她想看到公主受折磨。巴雅泽愿意以自己的性命交换公主的性命，后妃便把他交给杀手。后来奥尔康按苏丹之命杀死了后妃，公主伤心同赴黄泉，阿柯马也准备逃走。

接连的成功让拉辛达到了声望的顶点，1672 年，在国王的力挺下，拉辛当选为法兰西学院院士，并掌握学院的许多行政权力。次年，悲剧《米特里达特》上演，该剧取材于古罗马历史，讲的是：本都王国王子克西法雷斯刚得知老国王米特里达特去世，就看上了父亲的宠姬莫妮姆，想要得到她，并继承王位。但克西法雷斯害怕哥哥法尔纳斯的威胁，法尔纳斯的实力不容小觑，他是罗马人的盟友。其实国王没死，他回来后看到莫妮姆情绪的变化，心生怀疑，便把克西法雷斯叫过来询问。莫妮姆也喜欢克西法雷斯，希望和他一起远走高飞。米特里达特让两个儿子同罗马作战，并让法尔纳斯娶帕提亚国王的女儿。法尔纳斯不从，克西法雷斯自告奋勇出战。米特里达特下令逮捕法尔纳斯，法尔纳斯说出了克西法雷斯和莫妮姆的恋情。米特里达特设陷阱，假装同意莫妮姆嫁给克西法雷斯，套出她的心里话。这时又传来消息，法尔纳斯出卖国家，助罗马人来犯。米特里达特被罗马人杀害，克西法雷斯击退了入侵者，老国王死前同意克西法雷斯和莫妮姆结合。

同样是 1673 年，路易十四从弗朗什・孔泰战役凯旋，接着签订奈梅亨条约，西班牙拱手把瑞士边境的这一大片土地让给法国，确立了法国在欧洲的霸主地位，路易十四也被尊为“路易大帝”。为庆祝凯旋，路易十四踌躇满志，在凡尔赛宫大宴群臣，拉辛的《伊菲革涅亚》被选中在宫里演出，后来又在巴黎演出，这使拉辛的名声盖过高乃依。在一系列历史题材剧之后，拉辛在《伊菲革涅亚》中回归了神话题材。该剧改编自欧里庇得斯的悲剧，讲的是：阿伽门农把女儿伊菲革涅亚召到奥利德与阿喀琉斯完婚，真实目的是要将她献祭，因为阿喀琉斯的军队被海风阻挡，祭司卡尔萨斯透露，只有献祭“伊菲革涅亚”，才能平息女神的愤怒。但是阿伽门农中途反悔，派仆人阿尔加斯去阻止已经在路上的伊菲革涅亚和她的母亲克莉唐奈斯特，并召回阿喀琉斯的军队。可是阿尔加斯没有完成任务，母女二人到了奥利德。在尤利西斯的催促下，阿伽门农只能准备献祭。女俘爱丽菲尔爱着阿喀琉斯，憎恨情敌伊菲革涅亚。伊菲革涅亚得知婚礼延期，指责爱丽菲尔横插一脚，阿喀琉斯在克莉唐奈斯特的鼓动下准备保护伊菲革涅亚，但伊菲革涅亚要完成父亲的使命。阿伽门农摇摆不定，下令暂停献祭。爱丽菲尔则希望伊菲革涅亚死去，她向祭司卡尔萨斯透露献祭计划有变，引起了军队的愤怒。伊菲革涅亚准备赴死，在阿喀琉斯挑起的混乱中，巫师宣布献祭者不是阿伽门农的女儿，而是海伦的后代——爱丽菲尔，她才是真正的“伊菲革涅亚”。爱丽菲尔在祭坛上自杀成了祭品。在欧里庇得斯的原作中，狩猎女神阿耳忒弥斯用一头公鹿取代了伊菲革涅亚的位置，而拉辛的年代已经不提倡使用“降神”的手段了。拉辛将这一桥段改为真假“伊菲革涅亚”的调换，并将古希腊神话中伪善的阿伽门农形象改写为在命运的裹挟中不得已而为之的无辜者形象，突出个人为国家利益牺牲的悲壮感。

除了在文坛上的成功，拉辛在政坛上也春风得意，越来越受到路易十四赏识。1674 年，拉辛被任命为法国司库。1677 年，路易十四任命拉辛为宫廷史官。同年，拉辛再从希腊神话中寻找题材，创作了《费德尔》。这部剧改编自欧里庇得斯的悲剧《希波吕托斯》，拉辛也自诩为欧里庇得斯的传人。拉辛还从古罗马的塞涅卡[1]的同名悲剧《费德尔》那里获得灵感。拉辛版《费德尔》的背景设定在希腊南部伯罗奔尼撒海岸的特罗岑皇家宫廷,讲述了王子依包利特要去寻找父亲忒赛。王后,也是依包利特的后妈费德尔,心里有难言之隐,她向乳母厄诺娜透露自己爱王子,这种不伦之恋让她羞愧。她想要自杀,但又欲罢不能,她对乳母坦白,当自己见到依包利特:

> 我什么也看不见,连话也讲不出,
> 我感到四肢僵硬,全身发烧。
> 我领悟到维纳斯和她那可怕的欲火,
> 我摆脱不掉爱情的纠缠与折磨,
> 我以为苦苦哀求可以丢掉烦恼,
> 我为女神建立神庙,尽力把她装扮好。
> 在她四周我无时不摆满祭牲,
> 我想以此追回失去的理性,
> 我那火热的爱情简直无药可救,
> 我白白地在祭台上祈求保佑。
> 虽然我嘴里呼唤着女神的名字,
> 心里却扔不下亲爱的依包利特。[2]

这时传来国王已经去世的消息。厄诺娜告诉费德尔,她的爱不再是罪恶。公主阿丽丝和依包利特相爱,费德尔来见依包利特,向他吐露真情,这让依包利特难以接受,费德尔也更觉无地自容,险些自杀。雅典人

---

① 塞涅卡:古罗马斯多葛学派哲学家、政治家、剧作家。

② 拉辛:《费德尔》,华辰译,高乃依、拉辛:《高乃依 拉辛戏剧选》,张秋红等译,人民文学出版社 2001 年版,第 496—497 页。

希望费德尔的儿子当国王，但有消息说国王忒赛还活着。费德尔试图用王位感动依包利特，还祈求爱神维纳斯让依包利特爱上自己。这时厄诺娜来报，说国王忒赛要回来了，费德尔顿觉性命难保。厄诺娜出主意，让她在忒赛面前指控依包利特引诱费德尔，费德尔在心烦意乱中应允。国王听信了诬陷，请求海神惩罚儿子，将他赶走。冷静下来的国王向阿丽丝求证真相，后者向国王坦白一切。厄诺娜畏罪投海自尽，费德尔也服毒而死。国王向海神收回祈求，但为时已晚，依包利特已被海怪杀害。《费德尔》是拉辛的《昂朵马格》之后的第二个创作高峰，该剧以完整的悲剧结构、深刻的人物观察和典雅的诗句被伏尔泰认为是“人类心灵的杰作”①，堪称法国新古典主义戏剧的扛鼎之作。

正当拉辛如日中天时，他遭到了政敌的攻击，还被牵扯进一桩下毒案中，导致搁笔 12 年。在此期间，他修复了与詹森派的关系。由于和国王关系良好，1690 年，拉辛被封为国王侍臣，1694 年又担任国王的私人秘书。经路易十四的情人德·曼特农夫人的劝说，拉辛才重返剧坛，带来了取材于《圣经》的《以斯帖》和《阿塔莉》，这两部作品都具有浓厚的道德训诫色彩。

三幕剧《以斯帖》取材于《圣经》的《以斯帖记》，讲的是：犹太姑娘以斯帖嫁给了波斯国王亚哈随鲁，但国王不知道她的犹太人身份。国王的宠臣哈曼仇视犹太人，他建议国王迫害犹太人。以斯帖在叔叔马尔多歇的请求下准备向国王求情。国王在梦中见到马尔多歇向他透露有个针对他的阴谋。以斯帖请国王参加一个宴会，她向国王坦白了自己的犹太人身份，揭露哈曼的残暴。国王将哈曼处以极刑，让马尔多歇当首相，大赦犹太人。该剧在 1689 年 1 月 25 日首演，路易十四是少数在场观赏的男性

---

① Simon Critchley:“I Want to Die, I Hate My Life——Phaedra's Malaise”, in Rita Felski ed.: *Rethinking Tragedy*, Johns Hopkins University Press, 2008, pp. 170-198.

之一。后来，该剧在圣西尔学院演出 12 次。这部剧是曼特农夫人用来在贵族女子教会学校进行神学教育的，但有些教会人士不认可，认为会教坏少女。因此，该剧直到 1721 年拉辛去世后才得以公演。

在《以斯帖》遭到教会的批评和阻挠后，拉辛又创作了一部五幕悲剧《阿塔莉》。《阿塔莉》是拉辛的最后一部剧作，被认为是拉辛最成熟的作品。该剧讲的是：犹太国王的遗孀阿塔莉掌权，在王国内建立了异教，要杀光王室成员，包括老国王的孙子约阿施。大祭司约德准备支持约阿施继位，他的妻子罗扎贝特在大屠杀中救出了约阿施，将其改名为埃利亚散。虔诚的犹太教徒阿布纳来到耶路撒冷的神庙庆祝圣灵降临节，碰巧阿塔莉冲进神庙，见到了埃利亚散，这让她很不安，因为她在梦中见到一个孩子用匕首刺穿了她的心，这个孩子很像埃利亚散。她想将埃利亚散掳走，但遭到抵抗。约德决定实施自己复兴教会的计划，准备与包围神庙的阿塔莉战斗。约德假装同意交出约阿施和犹太王大卫的宝藏，把阿塔莉骗进来。当阿塔莉进来时，看到约阿施坐在王位上，身边簇拥着武装的利未人，约德下令处死了阿塔莉，约阿施继位。

拉辛曾一度受国王宠信，但晚年的他和路易十四渐行渐远。1699 年，拉辛死于肝癌，在离世前，他对抱病前来探望他的布瓦洛说："我欢喜快乐，因为可以死在你之前。"[①]本来按照拉辛的遗愿，死后葬在波尔-罗亚尔修道院，但路易十四在 1710 年将那里夷为平地，拉辛的遗体被移至巴黎的圣艾蒂安杜蒙教堂。

一直以来，拉辛都被视为法国古典悲剧的最高代表，布瓦洛认为拉辛是最合理想的古典主义诗人。不同于高乃依作品的随和、雅正的乐观主义倾向，为了恢复真正的悲剧传统，拉辛刻意排斥当时剧坛流行的审美趣

---

① 威尔·杜兰特、阿里尔·杜兰特：《世界文明史：路易十四时代》，台湾幼狮文化译，天地出版社 2017 年版，第 127 页。

味,如奢华的歌剧芭蕾、复杂的机械布景、珠光宝气的演员服饰、精美的舞台装饰等,力求朴素的舞台美学效果。和高乃依相比,拉辛在古典主义戏剧,尤其是悲剧领域的建树更高,更符合“三一律”的标准。比如他曾提出自己的戏剧理想:“简单的情节,材料很少,就像在一天之内发生的情节所应有的那样,逐渐朝结局发展,只受到人物的利益、感情和激情的支撑。”[①]这无疑是对“三一律”最大的肯定。因此,拉辛的戏剧情节都非常简要集中,他反对复杂的情节,认为作家的注意力应该放在处理单一的问题上,当然这一问题可以贯穿几条矛盾线索,但这些线索必须环环相扣,相互作用,不要有大量无关紧要的插曲。他曾在《贝蕾妮丝》序言中说:“有的人认为这种简单是创造少的标志。他们没想到,相反,一切创作在于写微不足道的一点事,大量的插曲总是这样的诗人的栖息地:他们在自己的才能中感受不到足够的才能和功力,以便在五幕戏里通过简单的,得到激烈的情感、优美的情操和雅致的表达所烘托的情节抓住观众。”[②]拉辛的戏剧总是从矛盾冲突将近爆发的时刻开场,把时间限制在几个小时之内。事发突然,形势紧迫;人物也不多,相互之间的关系清楚明了。

乱伦、弑父、兄弟反目、难挡的情欲……拉辛的戏剧往往围绕这些伦理禁忌的失衡展开,通过矛盾冲突营造一种庄严、残酷、痛苦、令人绝望的气氛。正所谓英雄倒下的位置越高,悲剧就越大,拉辛借鉴希腊悲剧将人置于残酷神意和无情命运的控制之下,主人公陷入一种令人难以遏制、失去理智的激情之爱的旋涡中,人物在无可逃避、无法转圜的情境中激发出强烈的激情、坚定的意志,甚至凶横的残酷,突出与自我、他人、环境抗争的悲壮,体现出浓烈的庄严感和崇高感。比如《昂朵马格》表现了蛮横残暴的情欲和占有欲,卑吕斯软磨硬泡利诱昂朵马格就范不成,就展开了威

---

① 郑克鲁:《法国文学史》(上卷),第2版,上海外语教育出版社2016年版,第171页。

② 郑克鲁:《法国文学史》(上卷),第2版,上海外语教育出版社2016年版,第171页。

胁，丝毫不顾一个国王的体面尊贵："是的，我的爱情发展得太猛烈了，决不能无动于衷地平息下去。请你好好想一下，自今以后我的心应该是：假如不是强烈的爱，必定是疯狂的恨。"被妒忌冲昏理智的希腊使节奥赖斯特为了实现对爱妙娜的占有毫不顾及政治后果："我的生活，我的罪孽拖延得太久了：我非把她抢走不可，不然我就死。这主意是打定了，我一定要做成它。是的，我一定要把这件事情做成。"[①]他甚至认为一旦失去爱妙娜，整个希腊的赞美又有何用呢？《费德尔》通过王后抑制不住的情欲呈现通奸和乱伦的强烈欲望："我丧失了理智，我在哪儿？我讲了些什么？我要干些什么，想些什么？我失去了它，神灵从我手里夺走了它。"[②]但她仍一意孤行，失去了国母应有的理智，最终害人害己。又如《勃里塔尼古斯》刻画了一个充满算计、欲望和血腥的世界，《巴雅泽》展现了后宫的纷扰和血腥。对此，伏尔泰认为，拉辛在体会感情方面，远远超过希腊人和高乃依。[③] 拉辛的批评者们则认为和高乃依早期作品中的英雄格调和高贵气质相比，拉辛放大了角色内心的疯狂情欲，他笔下的主人公时而忧郁消沉，时而狂暴疯狂，角色之间不断威胁、嫉妒、侮辱、迫害，充斥着由嫉妒和激情发酵而产生的愤怒、专横和恐惧。从结构主义和精神分析视角来看，拉辛作品中的情爱/情欲模式是俄狄浦斯式的，角色往往需要通过犯罪或乱伦才能得到爱慕对象，因此，所谓的男女关系成为父子关系的注脚，男女之间情爱张力的内核是父子之间的对抗，象征了强大的父权制(王权之变体)对国民潜意识的压抑。父亲潜在地出现在拉辛的所有悲剧中："当父亲(暂时)缺失，就摆脱了一切；当父亲归来，就丧失了一切。父

① 拉辛：《昂朵马格》，齐放译，高乃依、拉辛：《高乃依 拉辛戏剧选》，张秋红等译，人民文学出版社 2001 年版，第 311、331 页。

② 拉辛：《费德尔》，华辰译，高乃依、拉辛：《高乃依 拉辛戏剧选》，张秋红等译，人民文学出版社 2001 年版，第 491 页。

③ 参见伏尔泰：《路易十四时代》，吴模信、沈怀洁、梁守锵译，商务印书馆 1982 年版，第 481 页。

亲缺席会构成紊乱，父亲回返会建立错误。……血统，在拉辛的形而上学中占有突出地位，是父亲的延伸替代物。……血统就是法则，即关联和合法性。”①

拉辛对亚历山大诗体的运用非常纯熟，达到了炉火纯青的地步。在语言上追求精确、典雅、合适，并剔除了不必要的舞台动作。拉辛的创作目的之一是替法国上流社会塑造谈吐和风度的典型。为实现这个目的，他把日常用语排除在外，把词语限制在4000个以内，他所有的台词绝不包含那些在宫廷和沙龙中不合适的语言，如果有一个词会使法兰西学院的人皱一下眉头，他马上就弃之不用，因为他认为拉丁语和法语的作品完全可以做到精练考究。但是拉辛受到的批评比高乃依更为猛烈。如果说高乃依早期的悲剧如《熙德》受到的批评只是在技巧层面、细节层面，那么拉辛受到的批评则更多和内容相关。比如：《勃里塔尼古斯》和《米特里达特》被批评不尊重历史事实，缺乏历史真实性；《贝蕾妮丝》被批评缺乏震撼人心的事件；等等。与高乃依笔下的主人公自始至终都能清醒地认识到自己的处境和坚定地做出选择不同，拉辛为了追求震撼人心的崇高感，总是极力表现人性中自私、嫉妒、虚伪、阴险、狠辣、好色的一面，主人公沉溺于情欲和占有欲无法自拔，不惜玉石俱焚、破坏一切，为了政治斗争不惜涂炭生灵、泯灭人性。因为他的戏剧背景往往设置在宫廷，人物往往是帝王将相，所以难免会引起政治圈中的对手攻讦，说他影射现实。当然，这与拉辛离宫廷的权力中心太近有关。

在路易十四统治期间，法国逐渐成为欧洲最强盛的国家之一，政治上的成就催生了法兰西民族的自我认同，形成一种法兰西精神。法国人相信法国是最伟大的国家，拥有最伟大的国王、最伟大的军队、最伟大的人民，当然也拥有最伟大的艺术。在这种民族主义的心理投射下，拉辛和他

① 罗兰·巴尔特：《论拉辛》，汤明洁译，西北大学出版社2020年版，第65页。

的作品在某种程度上被神化了，进而成为一段时期内文艺批评的标准。拉辛是法国古典主义戏剧“三一律”的忠实实践者，可以说，“三一律”成就了拉辛，拉辛也发扬光大了“三一律”，众多古典主义的拥趸将拉辛当成模仿对象。从历史上看，这样的现象也阻碍了法国文艺的进步。随着古典主义趣味的退场，莎士比亚的戏剧重新获得重视，18 世纪以降，越来越多的人开始批判拉辛，德国美学家席勒和歌德等人就认为拉辛的戏剧构思囿于宫廷的礼仪和惯例，无法展现人类真实的激情，将其批判为“höfisches（德语：彬彬有礼）戏剧”，或“宫廷戏剧”，浪漫主义的支持者也将拉辛当成攻击的“靶子”。

第六节　莫里哀：古典主义戏剧的另类

莫里哀本名让·巴蒂斯特·波克兰，莫里哀是他的艺名，意为“常春藤”。他出身于巴黎的一个资产阶级家庭，父亲让·波克兰是一位具有“王室侍从”身份的室内装饰师，负责为国王整理寝宫物品，看管家具。虽无什么权力，却也有机会接触国王，获得贵族称号。母亲在莫里哀 10 岁时就去世了，外祖父成为抚养他长大的最亲密的人。莫里哀就读于克莱蒙中学（今天的路易大帝中学），受到了很好的文化教育，掌握了拉丁文，接触了罗马喜剧家普劳图斯、泰伦提乌斯的作品。他也积极参与学校组织的戏剧演出。1642 年，他在奥尔良大学获得法律学位。父亲希望莫里哀继承父业，将他的“王室侍从”身份传给莫里哀，但莫里哀的兴趣既不在法律上，也不在经商上，他不愿继承父业，而是向往剧场，这可能是受到他外祖父影响的缘故。在孩童时期，外祖父经常带莫里哀去看戏，于是他从小酷爱戏剧，经常到圣日耳曼集市观看闹剧演出。

1642 年，让·波克兰让莫里哀代替自己去侍奉国王南巡，想让莫里哀感受一下侍奉国王的荣耀，从而继承父业。未承想莫里哀办完差事以后不但没有产生对王室侍从的半点兴趣，反而更热衷于戏剧了。同年，莫里哀结识了喜剧女演员玛德莱娜·贝雅尔。贝雅尔家境殷实，受过教育，本身也有文学天赋，她能写诗，出入过沙龙。后来家道中落，她开始从事演员行业，补贴家中经济，并带动家里人一起从事戏剧行当。1643 年，莫里哀同贝雅尔一家组建了“光耀剧团”，并担任团长，同时也是演员，次年，他以“莫里哀”为艺名。但当时巴黎的演出市场被布戈涅剧团和玛雷剧团垄断，光耀剧团不是对手，到了 1645 年，剧团便无力为继，许多演员辞职退出，剧团宣告破产，还欠下了 2000 利弗尔的债务，莫里哀因此入狱。父亲指望他能回心转意，哪知莫里哀从事戏剧事业的决心更加坚定。莫里哀与贝雅尔一家决定去外省闯荡，试试运气，这一走就是 13 年之久。在外省的闯荡让莫里哀接触到各个阶层的人物，听到各种各样的趣闻和故事，对人性有了更多的观察和体验，积累了丰富的创作素材。可以说在外省的闯荡对莫里哀的创作生涯具有非同一般的影响，莫里哀的思想观念和戏剧经验在这段时期慢慢形成。

1645—1650 年，莫里哀与贝雅尔联合杜弗雷斯纳剧团在外省巡回演出。在当时的法国戏剧界，剧团只有得到某位权贵的资助和支持才能立足，他们获得了奥尔良公爵菲利普一世的支持。在这个阶段，莫里哀开始尝试剧本创作。最初的剧本基本都是意大利式的闹剧、丑角剧，如《冒牌医生》《小丑吃醋记》。这些剧作多数只有基本的剧本梗概，凭演员在舞台上即兴创作。

1650—1658 年，莫里哀担任剧团领导，剧团得到了朗格多克总督孔蒂亲王的资助，亲王成为剧团的保护人。剧团最初也在外省演出，后来才在巴黎立足。多年的外省演出经历为莫里哀提供了观察社会生活、接触各阶层人物、交流演出经验、积累创作题材、打磨剧本写作技巧的机会。莫里哀剧团也演出悲剧，莫里哀担任主角，但由于他有口吃的问题，非常不适于庄严肃穆的悲剧，演出喜剧反而有意想不到的效果。剧团便利用悲剧演出的空档顺势推出喜剧演出，大获成功。莫里哀对于当时流行的具有极强闹剧色彩的比较粗糙的“意大利式喜剧”(又称“艺术喜剧”)①进行了研究和改良，这些闹剧通常在悲剧演出后或剧团演出间歇上演，大多只有一个模糊的情节大纲，依靠演员即兴创作。莫里哀包揽了剧团所有演出剧本的写作，这个阶段流传下来的主要是两部作品：《冒失鬼》和《爱情的怨气》。《冒失鬼》在里昂首演，故事发生在意大利墨西拿，讲的是：年轻的贵族莱利奥爱上了吉卜赛姑娘西莉亚。西莉亚是商人特鲁法尔丁的女奴，因为她的家人欠特鲁法尔丁一笔债务。莱利奥先前已经准备和希波吕忒结婚，于是要求他机灵的仆人马斯卡里勒想个计划，以解除他与希波吕忒的婚约，并帮助他得到西莉亚。马斯卡里勒建议莱利奥帮助西莉亚偿还债务，但莱利奥在经济上仰仗他的父亲，父亲在这件事上不愿提供帮助。马斯卡里勒只能另谋计策，但他一系列聪明的计划总是被冒失和笨拙的莱利奥搞砸。最终，莱利奥的情敌安德雷要帮助西莉亚偿还债务。正当安德雷想带西莉亚离开时，机缘巧合之下大家得知了真相，原来西莉亚小时候是被吉卜赛人拐走的，安德雷和西莉亚都是特鲁法尔丁的孩子，莱利奥和西莉亚终成眷属。《冒失鬼》的故事灵感来源于意大利喜剧《意外》，《意外》中聪明的仆人斯卡皮诺是马斯卡里勒的原型，莫里哀在剧中扮演了这一角色。《冒失鬼》是莫里哀外省演出期间最成功的剧作，标志着他逐渐摆脱了闹剧的阶段，走上大型喜剧的创作轨道。《爱情的怨气》在贝济耶首演，同样借鉴了意大利喜剧，莫里哀对其进行了较大的改动。该剧讲的是：阿尔贝想要获得叔叔的遗产，但前提是他得有儿子。阿尔贝

---

① 意大利式喜剧：commedia dell'arte，又称 commedia alla maschera、commedia improvviso、commedia dell'arte all'improvviso，起源于意大利威尼斯的狂欢节，在16—18世纪间流行于欧洲。戏剧角色通常是一些固定的人物，如愚蠢的老人、狡猾的仆人，或虚张声势的军官，表演风格夸张。演出场地一般在广场。

只有女儿，为了获得继承权，他把女儿拿去交换来一个女店主的儿子。但这个男孩死了，阿尔贝的妻子要回女儿，让她女扮男装，取名阿斯卡涅。阿斯卡涅爱上了瓦莱尔，瓦莱尔爱的是吕西尔。阿斯卡涅假扮吕西尔嫁给了瓦莱尔，吕西尔则嫁给了她喜欢的埃拉斯特。《爱情的怨气》情节较为复杂，爱情故事和财产继承故事两条线交织在一起，表明当时莫里哀已经具有处理复杂线索的创作能力。

已经在外省取得成功的莫里哀剧团筹划回到巴黎。1658 年，他安排剧团在鲁昂演出，顺便打探巴黎演出市场。当时，玛雷剧团已濒临破产，只有布戈涅剧团仍占据着巴黎演出市场的中心地位。莫里哀明白，要和布戈涅剧团竞争，光靠剧团自身的实力是不够的，还得寻找保护人。莫里哀在鲁昂演出期间获得了观众的认可，也得到高乃依兄弟和一些达官显贵的赏识，口碑传到巴黎。1658 年 10 月 24 日，莫里哀剧团应召回到巴黎，在卢浮宫为路易十四演出了高乃依的悲剧《尼科梅德》和他自己编的喜剧《多情的医生》。前者不是莫里哀剧团的强项，表演不算成功，不过路易十四并没有计较；后者让在座的王公贵族感到眼前一亮，莫里哀因此获得赏识。路易十四下令把卢浮宫旁边的小波旁剧场给莫里哀的剧团使用。小波旁剧场是宫廷举行庆典的场所，举办过多场庆典舞会，原本是给意大利剧团使用的，路易十四下令由意大利剧团和莫里哀剧团一起使用。对于莫里哀来说，这是极大的赏赐，他终于在巴黎站稳了脚跟。

回到阔别十几年的巴黎，莫里哀感到一切都发生了变化。但最令他惊异的是，原先在贵族沙龙中流行的那种咬文嚼字、故作风雅的习气，已经蔓延到社会上，进入市民阶层中。一些原本极其普通的日常用语，他们却偏要用一种矫揉造作、装腔作势的方式表达，令人无从琢磨。瞧不惯这种现象的莫里哀推出了独幕散文剧《可笑的女才子》。该剧嘲讽了那些附庸风雅、沉迷于文艺沙龙的女性。路易十四非常喜欢这部剧，并对莫里哀的剧团进行了资助。该剧讲述了外省的女才子玛德隆和喀豆姐妹来到巴黎，渴望进入上流社会。玛德隆的父亲高尔吉毕斯对两个女儿的表现很不满意，两个女儿也不喜欢高尔吉毕斯，认为他俗不可耐，一副资产阶级做派，缺乏贵族的高雅风度。贵族青年拉·格朗吉和杜·克瓦西分别向两姐妹求婚但遭到她们拒绝，理由是他们不会使用沙龙中高贵典雅的词语来表达爱意，显得太平庸。两个男青年气不过，决定报复，他们让各自的仆人乔装出现，假扮成马斯卡里叶侯爵和姚得赖子爵勾引两姐妹。他们写剧跳舞，吟诗作对，言谈举止高贵典雅，很对两位女才子的胃口，很快吸引了她们。“马斯卡里叶”提议找几个提琴手来，办一个舞会，此时，拉·格朗吉和杜·克瓦西突然出现，揭穿了仆人的骗局，两姐妹羞得无地自容。这部剧是根据塞缪尔·恰普佐写于 1656 年的《太太的圈子》[①]改编的，明显讽刺了当时盛行的外省沙龙习气，具有不少闹剧的元素：打耳光、舞棍子、乔装打扮、身份错位、讲黄色笑话等。但莫里哀放弃了那些经不起推敲的情节，他观察当时的人心走向和社会风气，敏锐地抓住了精髓，客观上赋予喜剧干预生活的作用。正如莫里哀在这部剧的序言中以戏谑的口吻喊道：“呕，时代！呕，风俗！”这部剧开创了风俗戏剧的先河。由于讽刺外省的文化圈，《可笑的女才子》获得了巴黎文化圈的喜爱，伏尔泰称莫里哀是巴黎“上流社会的礼仪的创造者”[②]，但莫里哀也因此获得了许多人的嫉妒和攻击。赞美和谩骂一夜之间都向莫里哀袭来，使他迅速成为巴黎戏剧圈的红人，巴黎戏迷蜂拥而至，都想一窥此剧的精彩，莫里哀剧团的演出一时洛阳纸贵，票价疯涨。

1660 年，小波旁剧场被拆除，以便为卢浮宫的东面扩建工程让路，莫里哀的剧团被允许进入位于巴黎圣奥诺雷街的皇家宫殿剧院演出，使用期一直持续到 1673 年。经过一段时间的休整，他们于 1661 年 1 月 20 日

---

① 塞缪尔·恰普佐：法国学者、诗人、剧作家。《太太的圈子》的主要讽刺对象是法兰西学院。

② 伏尔泰：《路易十四时代》，吴模信、沈怀洁、梁守锵译，商务印书馆 1982 年版，第 483 页。

在那里开业。莫里哀相继推出了独幕剧《斯加纳雷尔，或想象的绿帽》①、五幕诗剧《堂·加尔西·德·纳瓦尔或妒忌的王子》②、三幕诗剧《丈夫学堂》、三幕诗剧《讨厌鬼》和五幕诗剧《太太学堂》。

《斯加纳雷尔》讲的是传统的年轻人爱情受阻，最后终成眷属的故事。赛丽的父亲为了将女儿嫁给有钱人，要毁掉赛丽和莱利的婚约。斯加纳雷尔见到伤心晕倒的赛丽，将她扶进屋，不料被自己的妻子撞见，误以为丈夫有了外遇。而斯加纳雷尔的妻子捡到赛丽手中掉落的莱利的肖像，被斯加纳雷尔看见，他一把夺过肖像，指责妻子背叛了自己。莱利得知婚约有变，又发现自己的肖像在别的男人手中，醋意大发。赛丽从斯加纳雷尔那里得知莱利与他的妻子私通，气愤不已。最终多亏女仆出面澄清真相，矛盾化解。这些情节原本是传统闹剧中常用的套路，但是莫里哀将套路放在现实的环境中，矛盾的出发点是当时人们对金钱、婚姻的现实考量，斯加纳雷尔被塑造为小心眼、胆小、纠结的普通市民形象，容易引起观众的共鸣。

《堂·加尔西·德·纳瓦尔》取材于西班牙，讲的是：纳瓦尔王子堂·加尔西追求落难公主埃尔维拉，但堂·加尔西有很强的妒忌心，对公主疑神疑鬼，总是怕公主喜欢他的情敌堂·阿尔方斯，为此他总是对公主大发脾气。公主忍无可忍拒绝了堂·加尔西。最后，堂·加尔西的痴心让公主回心转意，而堂·阿尔方斯发现自己和公主是兄妹，爱情的难题迎刃而解。作为一部大型英雄喜剧，莫里哀为它准备了很久，但上演后反而不尽如人意。莫里哀意识到这样的题材不是他擅长的，观众喜爱的是他那带有鲜活民间色彩的风俗喜剧，他吸取教训，开始酝酿《丈夫学堂》。

《丈夫学堂》取材于泰伦提乌斯的《两兄弟》，讲的是：两兄弟斯葛纳雷

---

① 下文简称《斯加纳雷尔》。
② 下文简称《堂·加尔西·德·纳瓦尔》。

尔和阿里斯特都有一个养女,准备将来娶为妻子。阿里斯特对养女莱奥诺尔比较宽容,给了她较大的自由,因此得到了莱奥诺尔的喜爱,尽管他已经 60 岁了。斯葛纳雷尔心眼较小,他想拥有一个百依百顺的妻子,对养女伊莎贝尔看得很紧,给她灌输贤妻良母的道德观念和"摩西十诫"的宗教思想,想把她培养成为奴隶式的妻子。他尽管比阿里斯特年轻 20 岁,却被伊莎贝尔轻视,被她耍弄。伊莎贝尔喜欢的是瓦莱尔,她假装对瓦莱尔很恼火,却利用斯葛纳雷尔和瓦莱尔暗通款曲。最终伊莎贝尔冲破阿尔诺耳弗的严密提防,和瓦莱尔结了婚。这是一部风俗戏剧,批判了封建父权和夫权意识,提出了爱情、婚姻、教育以及其他社会问题。这部剧也标志着莫里哀开始接受古典主义的"三一律"法则,时间控制在一天之内,故事集中在广场,矛盾集中紧凑,并将自然和理性融入创作之中,赢得了评论界的赞赏。

《讨厌鬼》的副标题是"Comédie faite pour les Diversissements du Roi",意为"为国王的娱乐而作的喜剧"。这部剧是在尼古拉斯·富凯①为路易十四举办的宴会上演出的,讲的是:埃拉斯特和恋人奥尔菲丝约会,却不断受到包括侯爵、乐师、舞蹈家、决斗者、赌徒、女才子、学者等"讨厌鬼"的阻挠。埃拉斯特大费周折才摆脱他们。在这部剧中,莫里哀开始将芭蕾舞引入喜剧,初衷是讨喜欢芭蕾舞的路易十四的欢心,没想到取得了意外的成功,之后他的多部喜剧都采用喜剧芭蕾的形式。拉封丹也参加了富凯的宴会,在欣赏《讨厌鬼》后对莫里哀大加赞赏,认为他遵循了模仿自然的原则。

1662 年 2 月,莫里哀与演员阿尔芒德·贝雅尔结婚。同年 12 月,他

---

① 尼古拉斯·富凯:在 1653—1661 年间担任路易十四的财政大臣。1653 年任财政总监,进行许多金融投机活动,大发横财。1661 年,富凯邀请年轻的路易十四到他的沃勒维孔特城堡参加宴会,并且骄傲地展示家中的 250 座喷泉。路易十四被他的炫富行为激怒,几周后便令人将富凯以贪污罪逮捕,判处他终身监禁,没收了他的财产。

推出第一部大型喜剧《太太学堂》，轰动巴黎，连续演出18场，大获成功。该剧取材于保罗·斯卡龙[①]根据西班牙故事改编的喜剧《防不胜防》。《太太学堂》是莫里哀用古典主义创作规则写就的一部成功之作，被后世誉为古典主义喜剧的开山之作。该剧讲的是：资产者阿尔诺耳弗是个夫权主义者，为了培养一个百依百顺的妻子陪自己度过晚年，他买了一个4岁的小女孩阿涅丝，把她送进修道院，以便使她懵懂成长。他说，作为一个太太，"懂得祷告上帝、爱我、缝缝纺纺，也就够了……我宁可爱一个傻里傻气的丑八怪，也不爱一位才华出众的俏佳人"[②]。对阿尔诺耳弗来说，傻女人不会破坏妇道。13年后，阿涅丝被接出了修道院，果然驯服温顺，被培养成资产阶级的体面太太。阿尔诺耳弗的朋友奥隆特之子奥拉斯爱上了阿涅丝，这引起了阿尔诺耳弗的警觉和愤怒，他决定尽快办理婚事，还让阿涅丝阅读《婚姻格言》并与奥拉斯断绝往来。然而，阿涅丝一旦同社会接触，青春的觉醒就使她爱上了奥拉斯。愚人的教育完全不是爱情的对手，她马上变得聪明起来。"爱情是一位伟大的导师，教我们重新做人；由于它的教诲，我们的习性，往往在刹那之间，就完全改观；它摧毁我们天性中的故障，马到成功，仿佛奇迹一般；它让守财奴立时乐善好施，胆小鬼勇不可当，粗人彬彬有礼；它让最迟钝的人心思灵活，最无知的人也能随机应变。"[③]这对恋人与阿尔诺耳弗斗智斗勇，最终，阿涅丝的父亲从美洲回来，将女儿嫁给了奥拉斯。莫里哀在《太太学堂》中抨击了封建道德对人的愚弄，赞美了爱情的力量，呼吁个性的解放和自由，影射并嘲讽那些贵族家庭对女儿的教育。《太太学堂》的五幕诗体剧是古典主义推崇的戏剧形式，在结构上也遵守了"三一律"，故事设计为单一的情节线

---

① 斯卡龙：法国诗人、剧作家、小说家，德·曼特农夫人的丈夫，因病身体瘫痪，只有双手能动。

② 莫里哀：《莫里哀喜剧全集（第二卷）》，李健吾译，湖南文艺出版社1982年版，第8—9页。

③ 莫里哀：《莫里哀喜剧全集（第二卷）》，李健吾译，湖南文艺出版社1982年版，第42页。

索,在一天之内的同一地点发生。在这部剧之前,法国还没有出现这样工整的古典主义喜剧,可以说《太太学堂》是法国古典主义喜剧正式形成的标志。

《太太学堂》延续了《丈夫学堂》的主题,并比后者要丰富和深刻得多,具有极强的现实主义色彩,演出后引起了很多争议,让·多诺·德·维塞①、埃德梅·布尔索②、安托万·雅各布③等批评者攻击《太太学堂》一剧,指责它轻薄、不严肃、亵渎宗教,并借故诋毁莫里哀与妻子的私生活,暗示阿涅丝的故事是对莫里哀本人的讽刺(阿尔芒德·贝雅尔与莫里哀结婚时年仅 19 岁)。在路易十四的支持和授意下,莫里哀写了《〈太太学堂〉的批评》和《凡尔赛宫即兴》2 部具有论战色彩的独幕散文剧。《〈太太学堂〉的批评》是一部散文体论战作品,理论性较强,但也有戏剧冲突,看起来不枯燥。全剧不分幕,共 7 场,讲述一群人在沙龙里围绕《太太学堂》展开热烈讨论的故事。女才子克莉麦娜攻击《太太学堂》既粗俗又诲淫,简直伤风败俗;道琅特骑士和余拉妮反驳这种假道学的观点;侯爵和诗人李希达斯认为这部剧非常轻佻,目的在于逗乐观众,迎合坐在剧场后面的普通观众,难登大雅之堂;道琅特则反驳说喜剧使人愉悦且更为真实,不比悲剧逊色;余拉妮的堂妹艾莉丝表面上鼓励该剧的批评者,暗地里却在捉弄他们。

《〈太太学堂〉的批评》又引发了一系列针对莫里哀的批评,莫里哀在一个星期内写出了另一部迎战之作《凡尔赛宫即兴》。该剧共 1 场,不分幕,描写了莫里哀以剧团领导和剧作者的身份指挥彩排,并滑稽地模仿布戈涅剧团的表演的情景,他指出自己的创作意图是描绘风俗而不是具体的人。

---

① 维塞:法国评论家、历史学家和剧作家。

② 布尔索:法国剧作家。

③ 雅各布:法国剧作家、演员,艺名蒙特弗勒里。

在这两部作品中，莫里哀一面继续挖苦那些批评他的人，一面集中提出自己的喜剧见解：喜剧具有独特的社会功能，主要任务就是表现人们的缺点，主要是本世纪人们的缺点，其价值不亚于悲剧；戏剧应该面向大众，而不是去迎合什么标准法则或上流社会。“伟大的艺术是叫人欢喜，这出喜剧是为看戏的人写的，看戏的人既然喜欢，我觉得在它这就够了。”①如果按照法则写出来的戏观众不喜欢，而观众喜欢的戏不是依照法则写出来的，那么只能说明法则本身有问题。与《〈太太学堂〉的批评》侧重对编剧理论的阐释相比，《凡尔赛宫即兴》更侧重于对表演艺术的阐述。莫里哀认为，喜剧表演要呈现鲜活的角色，演员要进入角色，想象自己就是所扮演的人物，把握角色的性格特点，达到“自然”的演出效果。应当说，莫里哀对喜剧的理解到达了新的层面，这标志着他的创作风格从闹剧转向风俗喜剧，又转向性格喜剧，越来越具有现实主义的特质。莫里哀与批评者们围绕喜剧的话题展开了被称为“喜剧战争”的文艺界论战。尽管树敌不少，但莫里哀获得了国王的支持，国王赐予他“优秀喜剧家”的称号和宫廷津贴，并同意成为莫里哀长子的教父。布瓦洛也站在莫里哀这边，对莫里哀的支持在《诗的艺术》中可见一斑。

1664 年，莫里哀与吕利联手为国王奉献了《逼婚》和《埃莉德公主》，这两部作品是专为宫廷娱乐庆典活动而作的喜剧芭蕾。同年 5 月 12 日，在凡尔赛宫名为“魔岛派对”②的盛大游园会中上演了三幕诗剧《达尔杜弗，或骗子》③。该剧触怒了巴黎大主教，主教向路易十四施压，国王没想到它会引起如此强烈的反应，不得不下令暂停该剧的演出，有神职人员还

---

① 莫里哀：《莫里哀喜剧全集（第二卷）》，李健吾译，湖南文艺出版社 1982 年版，第 104 页。

② 魔岛派对，也称“魔岛嬉戏”，这场活动的场景布局取材于阿里奥斯托的长篇叙事诗《愤怒的奥兰多》。按照路易十四最初的想法，这次游园会的规模应该控制在较小的范围内，但最终邀请了 600 位廷臣，活动的奢华程度大大超乎人们的预想。

③ 下文简称《达尔杜弗》。

要求将莫里哀处以火刑。由于受到巨大的攻击和严厉的禁令，这个版本的《达尔杜弗》从未公开出版过，也没有留下任何文字记录，这引发了关于剧本到底有没有完成的猜测。许多人认为这个版本的剧本只是最终版本的前三幕。莫里哀不甘心被禁演，他向路易十四写了第一份陈情表，指出该剧对虚伪的嘲讽完全符合喜剧移风易俗的使命，请求国王主持公道，不要被“达尔杜弗们”蒙蔽。莫里哀修改了剧本，让达尔杜弗脱下教袍，改穿交际家装束，修改了一些锋芒太露的台词，还把剧名改为《帕纽尔弗，或骗子》，主人公由“达尔杜弗”变为“帕纽尔弗”，剧本由三幕变为五幕。但是，这些妥协并不能换来反对者的同情。利用路易十四出兵佛兰德斯的契机，莫里哀在 1667 年 8 月 5 日第一次公演该剧，随即遭到反对，巴黎高等法院院长下令禁演此剧，撕去所有海报。8 月 11 日，巴黎大主教下令禁止在任何场合观看这部剧，凡是观看此剧者皆逐出教门，第二版《达尔杜弗》只演出一场便夭折。莫里哀遭受打击病倒，剧团也一度关门。莫里哀向路易十四写了第二份陈情表，措辞更为恳切，他指出如果“达尔杜弗们”占了上风，那他就再也不写喜剧了。1669 年，趁着国王镇压耶稣会①之际，莫里哀写了第三份陈情表，并再次对剧本做出修改。在国王的支持下，加上莫里哀的批评者们逐渐失去了影响力，当年 2 月 5 日，《达尔杜弗》终于在凡尔赛宫再次演出，获得巨大成功，当年就上演了 50 多场。

这个五幕版本的《达尔杜弗》是如今普遍遵循和认可的版本，前几幕讲的是：富商奥尔贡在母亲白尔奈耳太太的支持下收留了宗教骗子达尔杜弗，还想把他变成自己的家人。家里的其他人认为达尔杜弗是伪君子，只有奥尔贡执迷不悟。他不惜把女儿玛丽亚娜嫁给达尔杜弗，强迫玛丽

---

① 耶稣会：天主教主要修会之一，1534 年由西班牙人圣依纳爵·罗耀拉等人在巴黎创立，旨在反对欧洲的宗教改革运动。耶稣会仿效军队纪律制定严格会规，故亦称“耶稣连队”。耶稣会重视神学教育，要求会士除严守“绝财”“绝色”“绝意”“三愿”外，还应无条件效忠教宗，降服一切“异端”，执行其委派的一切任务。

亚娜解除和瓦莱尔的婚约。侍女道丽娜出谋划策，请玛丽亚娜的哥哥大密斯和后妈艾耳密尔帮忙。艾耳密尔请达尔杜弗面谈，劝他别从中阻挠一对青年的婚事，不料达尔杜弗竟乘机调戏她：

> 我是信士，却也是人，我看见您的仙姿妙容，心荡神驰，不能自持，也就无从检点了。我知道我说这话，未免不伦不类，可是说到最后，夫人，我不是神仙。您要是怪我不该同您谈情说爱，就该责备自己貌美迷人才是。我一看见您这光彩奕奕的绝世仙姿，您就成了我内心的主宰；我未尝不想抗拒，可是您水汪汪的眼睛，投出一道明媚的神光，摧毁抗拒，战胜斋戒、祷告、眼泪、一切我的努力，您的魅力吸去我全部的愿心。我的眼睛和我的呻吟有一千回向您说破我的心事，如今我借重声音再把我的情况向您交代。您对您这不称职的奴才的苦难稍有恻隐之心，愿意慈悲为怀，加以安慰，俯就微末，哦！秀色可餐的奇迹，我将永远供奉您，虔心礼拜，没有第二个人可以相比。跟我在一起，您的名声绝无挂碍，您也不必害怕从我这方面受到任何羞辱，妇女喜爱那些出入宫廷的风流人物，其实他们个个儿办事粗心，语言轻薄，不断夸耀他们的进展，逢人张扬他们得到的好处。人家相信他们口紧，不料他们舌无留言，竟然玷污他们供奉的圣坛。不过像我们这样的人，谈爱小心谨慎，永远严守秘密，女方大可放心。我们爱惜名声，对所爱的女子先是最好的保证，所以接受我们的心，她们就能从我们这边，得到爱情而不惹是生非，得到欢乐，也不必害怕。①

---

① 莫里哀：《莫里哀喜剧全集（第二卷）》，李健吾译，湖南文艺出版社 1982 年版，第 223—224 页。

这段令人作呕的无耻言论将宗教骗子达尔杜弗的流氓本性暴露无遗。他的行为被躲在套间里偷听的大密斯撞破，大密斯立即在奥尔贡面前告发，孰料父亲认为是儿子造谣，一怒之下将其赶出家门，剥夺了他的财产继承权，并马上去办了法律手续，将全部家产赠予达尔杜弗，而且宣布当天晚上就让女儿与达尔杜弗订婚。艾耳密尔设计让丈夫躲在桌子底下，然后假意迎合达尔杜弗的调戏，这才使丈夫清醒过来。奥尔贡想赶走达尔杜弗，但达尔杜弗亮出了奥尔贡的把柄，法院依据奥尔贡赠送财产的契约，通知奥尔贡一家天亮前全部搬走；达尔杜弗还到司法机关状告奥尔贡私藏流放犯朋友的密件，领了侍卫官前来捕人。多亏国王察微知隐，知晓伪君子的恶行，奥尔贡因在投石党事件中勤王有功而逃过一劫。最终恶人受惩，好人获恕。结尾是奥尔贡感谢皇恩浩荡，决心促成女儿和瓦莱尔的婚事。《达尔杜弗》的 3 个版本跨度 5 年，遭遇重重波折，却也成为莫里哀最有影响力、最受欢迎和上演次数最多的剧目。《达尔杜弗》全剧矛盾冲突集中、情节整一，地点集中在奥尔贡的家里，时间在 24 小时之内，体现了鲜明的古典主义戏剧的特点。

在陷入《达尔杜弗》上演风波的 5 年间，莫里哀并没有停止创作，他笔耕不辍，共创作了 10 部喜剧，其中不乏名作。1665 年 2 月 15 日，他推出五幕散文剧《堂·璜，或石像盛宴》①。该剧的题材来自西班牙浪子堂·璜的传说，剧情则根据意大利作品改编，该剧在剧本立意和艺术风格上有所创新，将神奇性与现实性结合，悲喜混杂。《堂·璜》没有遵循当时已盛行的“三一律”原则，该剧的时间跨度至少 3 天，地点按照剧本提示的五幕戏分别为城市宫殿、水边乡村、森林、堂·璜的客厅、一个村镇，用五幕共 39 场戏展现了丰富的情节和极为矛盾的戏剧冲突。剧中人物涵盖了社会的各个层面，塑造了社会群像。莫里哀也借该剧反击《达尔杜弗》的反

① 下文简称《堂·璜》。

对者们，并将讽刺的矛头指向贵族阶级。剧本讲的是：登徒子堂·璜喜新厌旧，善于勾引女人，他被别人的未婚妻迷住，马上抛弃新婚妻子艾耳维尔，还准备尾随抢亲，并命仆人斯嘎纳耐勒雇船跟他执行任务。由于不幸遭遇暴风雨，他未能如愿，还险些丧命。他被农民皮猴儿救上水，却意外发现两个美貌村姑，堂·璜对她们发起攻势并分别允诺娶她们为妻，其中一个还是皮猴儿的未婚妻。此时，有人告诉堂·璜，艾耳维尔的兄弟前来为妹妹报仇，堂·璜与仆人在逃跑过程中搭救了一个被强盗围攻的人，没想到此人正是艾耳维尔的另一个兄弟堂·卡尔劳斯。堂·卡尔劳斯非常仁义，以报恩之心力劝赶来的兄弟堂·阿龙斯暂留堂·璜一命。有惊无险的堂·璜老毛病又犯了，被路边美丽的石像吸引，要仆人邀请石像共进晚宴，石像竟点头表示赞同。受到惊吓的仆人随堂·璜回到家，先后迎来了前来讨债的狄芒舍先生、盼望儿子改邪归正继承祖上荣光的父亲堂·路易，以及已经决定出家修行的艾耳维尔，还有石像。这一切使堂·璜决定虚与委蛇，以宗教的外袍掩盖自己的风流韵事。父亲堂·路易被堂·璜的假面迷惑而喜出望外。仆人斯嘎纳耐勒却极为震惊，再次进言希望主人信教忏悔，否则会遭报应。结果真让他说中，女子打扮的鬼魂和石像先后出现在堂·璜面前将他拖入地狱。由于该剧表现出对神的不敬和不信，莫里哀又一次惹怒了宗教界，哪怕莫里哀在首演后修改了某些太过冒犯之处，批评的声音仍无法平息，该剧被指责为“即便在异教时代，也没有比之更不虔诚的了”①。莫里哀不得不修改部分被认为亵渎神灵的台词，依靠国王的庇护，《堂·璜》才在当年保留上演的资格。此后该剧一直停演，直到莫里哀去世 4 年后才得以再度演出，重演的版本经过了托马斯·高乃依的修改。原版已经流失，直到 1813 年，才在阿姆斯特丹发现原版

① 威尔·杜兰特、阿里尔·杜兰特：《世界文明史：路易十四时代》，台湾幼狮文化译，天地出版社 2017 年版，第 105 页。

的盗印版。

1666 年，莫里哀带来了五幕诗剧《恨世者，或脾气暴躁的情人》①。恨世者阿尔赛斯特在年轻的寡妇塞丽梅娜的客厅里指责上流社会的虚伪，发泄对世界的憎恨。阿尔赛斯特由于侮辱了塞丽梅娜的情人奥特隆而官司缠身。阿尔赛斯特爱着塞丽梅娜，侯爵阿卡斯特和克利唐德尔也在追求她，但多情的塞丽梅娜显然不愿意确定一段稳定的感情。阿尔赛斯特指责塞丽梅娜用情不专，要她确定恋爱关系。阿尔西诺埃暗恋阿尔赛斯特，为了能和他在一起，在阿尔赛斯特和塞丽梅娜之间挑拨关系，受到塞丽梅娜的讽刺。阿尔赛斯特看到塞丽梅娜写给奥特隆的情书，塞丽梅娜好不容易才澄清误会。阿尔赛斯特输了官司，想要带塞丽梅娜一起离开上流社会，但被她拒绝。阿尔赛斯特同她决裂，准备隐居。这部剧把贵族社会的虚伪和腐朽描写得淋漓尽致，在语言方面达到了莫里哀的最高水平。全剧严格遵守古典主义法则，没有插科打诨式的笑料，被认为是“高级喜剧”的典范，但是在戏剧市场上遭到了挫败。

同年，莫里哀还推出了三幕散文剧《屈打成医》，取材于法国中世纪韵文故事《农民医生》。讲的是：不成器的樵夫斯嘎纳耐勒与妻子失和，妻子为图报复把丈夫说成是有怪癖的名医，推荐给两个为患不治之症的小姐找大夫的下人，并蒙骗他们说自己丈夫的怪癖是不挨打绝不承认自己是医生。一顿毒打后，下人强行将斯嘎纳耐勒带回去向老爷交差。为了不挨打，斯嘎纳耐勒只好把谎言继续下去，强装医生给装病的小姐看病。未承想他还真的找到了姑娘的“病根”，而且使其如愿以偿地与所爱青年结成眷属。这部剧讽刺了当时的医学界和科学界，莫里哀将他那个时代的医生描绘成自负且无用的人，他们用虚假的博学给别人留下印象，只知道灌肠和放血的招数。事实上，莫里哀在多部剧中讽刺当时的医生和医学，

① 下文简称《恨世者》。

这可能是因为莫里哀认为医生对他儿子的死负有责任，而且医生对他自己的结核病一筹莫展。

1667年，由于病重，身体难以支持，莫里哀的剧团只能闭门歇业。直到1668年才推出两部新剧——《昂菲特里翁》《乔治·唐丹，或困惑的丈夫》[①]。三幕喜剧《昂菲特里翁》首演于1668年1月13日，取材于普劳图斯的同名作品，这是莫里哀第一次取材于古代神话故事，讲的是：天神朱庇特爱上忒拜将军昂菲特里翁的妻子阿尔克梅娜，朱庇特趁昂菲特里翁远征之际变成他的模样和阿尔克梅娜缠绵。众神的使者墨丘利则变身昂菲特里翁的仆人索齐。当真的索齐带着主人的信回来时，他却被墨丘利赶走，而真正的昂菲特里翁回来后和妻子产生了误会。《昂菲特里翁》借神话来反映宫廷生活，这是古典主义悲剧的惯用手段。该剧上演后广受好评，在1668年复活节前共上演了29次，莫里哀在首演时还扮演了"墨丘利"一角。这部作品的受欢迎程度使得仆人"索齐"的名字"Sosie"成为后来法语中"分身""替身"的代名词，对应了剧中墨丘利化身为索齐的桥段。《乔治·唐丹》是三幕喜剧芭蕾，是莫里哀和吕利合作的又一作品，描写了这样一个故事：暴发户乔治·唐丹娶了一个乡绅的女儿，得到落寞贵族的身份，但是岳父母和妻子都看不起他，认为妻子对于乔治·唐丹来说并不是适合一起生活的人。拜金主义和虚荣心可以说是当时法国资产阶级的重要特性，资产阶级非常羡慕王权和贵族，许多商人用金钱买取官职，跻身贵族阶层，而贵族阶级已经没落，空有地位而无财富，两个阶级通过婚姻各取所需成为当时法国上层社会婚姻观念的真实写照，《乔治·唐丹》讽刺的就是这种局面。后因莫里哀和吕利闹掰，这部剧在11月9日开始面向公众演出时就取消了音乐和芭蕾舞。

---

① 下文简称《乔治·唐丹》。

同年,莫里哀带来了杰作《吝啬鬼,或谎言学校》[①],这部五幕散文剧取材于普劳图斯的作品《一坛黄金》和意大利闹剧。主人公阿尔巴贡是个典型的守财奴,他吝啬成癖,为金钱六亲不认,认为"世上的东西,就数钱可贵",不仅对仆人及家人十分苛刻,自己也常常饿着肚子上床,以致半夜饿得睡不着觉,跑去马棚偷吃荞麦。阿尔巴贡有两个孩子:女儿艾莉丝和儿子克莱昂特。艾莉丝钟情于法赖尔,法赖尔为了接近艾莉丝,到阿尔巴贡家当管家。克莱昂特爱的是没有财产的孤女玛丽亚娜。但阿尔巴贡不顾儿女各有自己钟情的对象,执意要儿子娶有钱的寡妇,要女儿嫁给有钱的且不要嫁妆的老爷昂塞耳默,他自己则要娶玛丽亚娜。克莱昂特为了结婚,通过仆人阿箭搭桥牵线了一个放高利贷者,没想到这人就是阿尔巴贡。阿尔巴贡把玛丽亚娜接到家里后,对她和克莱昂特的关系起了疑心。他佯装把玛丽亚娜让给儿子,套出儿子的真心话,咒骂了儿子一顿。阿箭为了给阿尔巴贡施加压力,偷走了阿尔巴贡处心积虑掩埋在花园里的一万埃居[②],他呼天抢地,痛不欲生,仿佛失去了一切:

> 我神志不清啦,我不晓得我在什么地方,我是谁,我在干什么。哎呀!我可怜的钱,我可怜的钱,我的好朋友!人家把你活生生从我这边抢走啦;既然你被抢走了,我也就没有了依靠,没有了安慰,没有了欢乐。我是什么都完啦,我活在世上也没有意思啦。没有你,我就活不下去。全完啦,我再也无能为力啦,我在咽气,我死啦,我叫人埋啦。[③]

阿尔巴贡误以为钱是法赖尔偷的,将其告上法庭。机缘巧合下,昂塞

---

① 下文简称《吝啬鬼》。
② 当时的法国铸币。
③ 莫里哀:《莫里哀喜剧全集(第三卷)》,李健吾译,湖南文艺出版社1984年版,第351页。

耳默老爷发现法赖尔和玛丽亚娜是他的子女，两人在海船遇难时失散。矛盾化解，两对年轻人喜结良缘，阿尔巴贡也找回了钱。作为一个资产者的形象，阿尔巴贡对金钱的迷恋已经到了病态的程度，这使他既失去了理性，又失去了亲情。和《乔治·唐丹》类似，《吝啬鬼》讽刺的对象是资产阶级原始积累时期与生俱来的劣根性。

在《吝啬鬼》之后，莫里哀作品的讽刺力度开始减小。这可能和莫里哀在《达尔杜弗》上的遭遇有关，也可能和他的身体状况越来越差有关。1669—1670 年，他为宫廷连续推出了几部喜剧芭蕾：《普索涅克先生》《大方的情人》和《贵人迷》。喜剧芭蕾《贵人迷》的创作背景是路易十四为了揶揄一个无礼的苏丹特使，令莫里哀写一部具有土耳其风情的作品。该剧讲的是暴发户汝尔丹先生梦想做个有身份的人，他请了音乐、舞蹈、剑术和哲学教师辅导自己。他的行为遭到太太和仆人的嘲笑，被认为失去了理智。汝尔丹爱上了多丽梅娜侯爵夫人，对她展开追求。汝尔丹还想让女儿嫁给贵族，拒绝了克莱昂特向女儿的求婚。克莱昂特的仆人柯维埃尔设计让主人扮作土耳其大贵族的儿子，于是克莱昂特求婚成功。此剧也是对资产阶级的讽刺，虽然他们在财富上超过了贵族，但由于政治地位的不平等造成的先天自卑心理的作祟，他们在谈吐和穿着上刻意模仿贵族的样子。

1671 年，莫里哀、高乃依、基诺合作创作了五幕散文芭蕾舞剧《普赛克》，该剧取材于古罗马阿普列尤斯的《金驴记》中丘比特和普赛克①的故事，讲的是：维纳斯嫉妒凡间女子普赛克的美貌，更愤怒于她对追求者的高冷，于是派儿子丘比特去惩罚普赛克。结果丘比特看到普赛克的时候，也迷上了她，反而向她求爱。维纳斯大怒，强行拆散了他们。最后在朱庇特的仲裁下，一对有情人才幸福地在一起。该剧的特点在于使用了大量

① 罗马神话中的灵魂女神。

华丽且富有创意的机关布景。这部剧不仅标志着莫里哀与吕利合作关系的结束,也宣告了喜剧芭蕾时代的终结。同年,莫里哀奉献了三幕散文剧《司卡班的诡计》。“司卡班”(Scapin)这个人物来自意大利喜剧中的听差(Scappino)形象,是个足智多谋的聪明人。《司卡班的诡计》是莫里哀创作生涯晚期的佳作,讲的是:两个那不勒斯的年轻人奥克塔夫和莱昂德尔趁他们的父亲不在时,一个娶了不明身份的穷姑娘雅散特,一个向吉卜赛人赎出泽尔比奈特。当他们的父亲回来时,两人陷入了麻烦。奥克塔夫的父亲阿尔冈特不愿承认这门婚事,而莱昂德尔的父亲热特龙也反对他娶泽尔比奈特的决定。莱昂德尔的仆人司卡班诡计多端,他要两位父亲拿出钱来。他一面让阿尔冈特相信雅散特的兄弟是一个杀手,想要取阿尔冈特的性命,这至少要 200 披斯托尔①才能息事宁人;一面又让热特龙相信,莱昂德尔被土耳其人劫走了,赎金要 500 埃居。司卡班的诡计最终暴露,热特龙认出雅散特是他的续妻所生的女儿,而阿尔冈特认出泽尔比奈特是他失散的女儿。两对有情人终成眷属。这部剧是莫里哀专为平民写的,因此他可以放手写作,不用顾及宫廷的诸多禁忌,整部剧活泼生动,充满民间生活气息,但遭到布瓦洛等持宫廷立场的评论者批评。

1671—1673 年,莫里哀的病情继续恶化,他一生的搭档玛德莱娜·贝雅尔也离世而去,他备受打击。已经走到生命尽头的莫里哀仍然坚持创作了几部作品:独幕散文剧《艾斯喀尔巴雅斯伯爵夫人》、五幕诗剧《女学究》和三幕散文剧《无病呻吟》。《女学究》讲的是资产者克里扎尔的妻子菲拉曼特是一位女学究,她有两个女儿:学究气的阿尔芒德和可爱的昂丽艾特。克里唐德尔追求阿尔芒德未果,便转向昂丽艾特。他把自己的爱情告诉克里扎尔的妹妹,结果这个妹妹误以为是讲给她的情话。克里扎尔的兄弟阿里斯特站在克里唐德尔一边,但专横的菲拉曼特要把昂丽

---

① 当时在法国和西班牙流通的一种古老金币。

艾特嫁给才子特里索坦。特里索坦向女博士们朗读他的作品并把学究瓦迪于斯介绍给她们。结果特里索坦和瓦迪于斯从相互恭维变成互相争吵。克里扎尔趁妻子不在时坚持要把女儿昂丽艾特嫁给克里唐德尔。这时,阿尔芒德又转变主意,要克里唐德尔钟情于她,让他不要和妹妹在一起。菲拉曼特一意孤行,坚持要把昂丽艾特和特里索坦的婚事确定下来。克里扎尔摆出家长的权威,反对菲拉曼特的主意。这时,阿里斯特出现了,他带来了一封宣布克里扎尔破产的假信,贪婪的特里索坦溜走了。昂丽艾特最终嫁给了克里唐德尔。这部剧是莫里哀对法国上流社会的女性教育和迂腐的学究习气的讽刺,也是他最后一部诗剧。剧中的特里索坦影射了莫里哀的论敌查尔斯·科廷神父。科廷和布瓦洛是死对头,在和布瓦洛论战的时候伤及布瓦洛的好友莫里哀,莫里哀在此剧中还击。

散文体喜剧芭蕾《无病呻吟》共 11 场,外加 3 个插曲,不分幕。该剧是为庆祝路易十四在荷兰的大捷而作。主人公阿尔冈有严重的心病,他身体健康却总觉得自己病入膏肓,为了拯救自己,他硬要女儿昂日丽克嫁给医生迪亚富瓦吕斯。其实昂日丽克爱的是克莱昂特,她的叔叔贝拉尔德和女仆托瓦内特支持她的决定。但阿尔冈的续妻贝丽娜想要从中捣鬼,为的是得到一份有利于自己的遗嘱,掌握阿尔冈的财产。阿尔冈听从贝拉尔德和托瓦内特的计策,假装死去,试出了贝丽娜的贪婪和女儿的真情,同意女儿嫁给克莱昂特,有情人终成眷属,而那个无病呻吟的阿尔冈,自己成为一名医生。

在《无病呻吟》的演出过程中,莫里哀扮演阿尔冈一角。在 1673 年 2 月 17 日的第四场演出时,当念到台词“我发誓”,即阿尔冈正宣誓成为医生之际,莫里哀开始痉挛性地咳嗽,他装笑掩饰过去,把戏演完。演出结束后,莫里哀咳嗽得越来越严重,几小时后便与世长辞。教会不允许莫里哀的遗体葬在墓地,直到国王干预,巴黎大主教才允许下葬。

作为古典主义戏剧家,莫里哀剧作的思想价值取向总体上贯彻了当时社会的道德传统,尤其是王室宫廷的思想观念。古典主义奉行的一些清规戒律也在他的作品中得到体现。他通过喜剧夸张的手法斥责了过分的个人主义和利己主义,赞扬中庸之道,主张通过人的理智和建立在理智之上的智慧避免极端的行为和选择,掌握做人的分寸,含有道德说教的意味,重视喜剧寓教于乐的使命。针对那些不理性(极端性格、有怪癖)的人物,他让剧作中代表温和、克制的角色拥有更多的话语权,最后占据上风,迎来圆满的结局。“于莫里哀而言,任何过度的人为因素均会打破世界脆弱的平衡。从这一点看,他是一个保守主义者。”①但是,当创作的实际情况与古典主义教条发生冲突时,莫里哀能够跳脱条条框框的束缚,以艺术本身的规律和现实生活的逻辑安排情节,打磨人物。

莫里哀的作品多数时候是遵循“三一律”准则的,但也有例外,如《堂·璜》《司卡班的诡计》《吝啬鬼》都不完全按照“三一律”来创作。与高乃依、拉辛等古典悲剧作家不同,莫里哀的喜剧更为广阔地描绘了社会现实,用法国文学传统来说,就是描绘了社会风俗。莫里哀的戏剧人物往往不是王侯将相或神话人物,而是现实中的人,作品充满了对人情世故的细致观察。布瓦洛就称莫里哀为社会风俗的“静观人”,但也批评他太爱平民。在他的喜剧中,总是能看到生活化的语言,而少见矫揉造作、故作不凡的台词。佩罗在《古人与今人之比较》中认为莫里哀不逊色于阿里斯托芬、普劳图斯等古代喜剧作家,莫里哀给角色注入了当今的风俗,在对角色性格和语言的把握上比古人做得更好。可以说,莫里哀的喜剧作品具有强烈的现实主义风格,也正因如此,他提升了喜剧的艺术价值和审美格调,改变了旧喜剧的传统套路。

旧喜剧套路建立在一些荒唐的情节之上,比如女扮男装、多角恋爱、身份错位、最后认亲等,远离现实生活,缺乏生活基础,虽然能营造滑稽搞

① 格扎维埃·达尔科:《法国文学史》,张兆龙译,中央编译出版社 2019 年版,第 198 页。

笑的氛围,但脱离不了闹剧的“廉价感”。莫里哀把闹剧提升为真正的喜剧,也就是把单纯的情节剧改编为风俗喜剧和性格喜剧,在塑造人物性格上做文章,特别突出了角色某种性格上的缺陷,如吝啬、贪婪、伪善、好色、迂腐、愤世嫉俗、附庸风雅等,让不同的个性和性格对撞产生火花,而非依靠机缘巧合推动剧情走向,并且在矛盾冲突中强化并丰满人物的性格特征。莫里哀从模仿意大利闹剧起家,写过不少闹剧,如《冒牌医生》《小丑吃醋记》《冒失鬼》《乔治·唐丹》《逼婚》等。他成熟期的很多杰作也包含闹剧的元素,但这些元素已经化为刻画人物性格的手段。比如:《吝啬鬼》中阿尔巴贡的那些滑稽的动作透露了一个吝啬鬼的多疑、不安;阿尔巴贡在发现钱财失踪后夸张地叫喊,突出了他对钱财扭曲的占有欲。在《达尔杜弗》中,道丽娜向奥尔贡报告太太身体不适,奥尔贡却毫不关心,只顾念叨“达尔杜弗呢?”而道丽娜向他汇报达尔杜弗身体好得很,他却哀叹“可怜的人!”这样的滑稽对话来回了四次。还有奥尔贡躲在桌子底下偷听达尔杜弗勾引自己妻子的尴尬场面,以及他钻出桌底后站在妻子背后,却被只顾调情的达尔杜弗无视。被对方一嘴吻个正着的滑稽场面,都表现出奥尔贡的盲目愚蠢和达尔杜弗的善于伪装。在《可笑的女才子》中,女才子把乔装打扮的仆人误认为是贵族,还对其怦然心动,刻画出附庸风雅却缺乏见识的外省女才子形象。观察一个时代和社会最好的窗口就是具体的人,通过塑造不同性格特点的人物群像,莫里哀让读者和观众们触摸到17世纪法国社会的风貌。

第七节　拉封丹:“法国的荷马”

让·德·拉封丹是17世纪法国寓言诗人,也是法国古典主义的代表作家之一。他的寓言作品经后人整理为《拉封丹寓言》。

拉封丹出生于法国中部埃纳省的蒂耶里堡，父亲是湖泊森林管理处的小官吏，虽然不是贵族，但家境殷实。拉封丹幼年时常跟父亲到树林里去散步，从小就对大自然产生了无比的热爱。1641 年，拉封丹去巴黎学习神学，一年半后又改学法律，获得大法院律师的头衔。1647 年，由父亲做主娶了年仅 14 岁的玛丽·埃利卡特(拉辛的远房亲戚)为妻，但夫妻关系并不和睦。1652 年，拉封丹接替父亲的职务，但他不善管理，被迫出卖土地。1657 年，拉封丹举家迁往巴黎。

拉封丹在祖父的影响下接触到马莱伯的抒情诗，从此对诗歌产生了浓厚的兴趣。他熟读荷马、贺拉斯、维吉尔和奥维德的作品，也喜爱拉伯雷、马洛和薄伽丘的作品。1654 年，他尝试翻译并改写了泰伦提乌斯的《阉奴》，初显身手。定居巴黎后，他也寻求接近上层贵族和文学艺术圈子的机会。通过妻子的家族关系，拉封丹结识了富凯，他向富凯朗读诗歌《阿多尼斯》，富凯赐予他每年 1000 利弗尔的津贴，成为他的保护人，但他必须每 3 个月创作一篇诗歌。他为富凯写了《伏镇之梦》，并通过富凯认识了塞维涅夫人、莫里哀和拉辛。富凯倒台后，拉封丹还为他写过挽歌《哭泣吧，沃克斯的仙女》。拉封丹还曾投靠在红衣主教马萨林的侄女——意大利裔法国贵族和文化赞助人玛丽·安妮·曼奇尼门下，为她献诗，而她成为拉封丹的赞助人。1664—1672 年，拉封丹投靠奥尔良公爵的遗孀，成为她的侍官，终于获得参与上流社会沙龙的机会。

1664 年，拉封丹出版《故事诗》，该诗内容取材于薄伽丘、拉伯雷、阿里奥斯托等人的作品，虽然文笔高雅，但也有不少淫秽场面，被批评为有伤风化之作。后来拉封丹自己也觉得不妥，临终想否定它。1668 年，拉封丹带来《寓言诗》的前 6 卷，主要取材于古希腊伊索的寓言和古罗马费德鲁斯的寓言。寓言用韵文写就，冲淡了民间市井气，符合当时法国主流的文学审美观念。《寓言诗》一经问世，大获成功，1 年中就再版两次，诗中还有献给王储，也就是路易十四独生子的卷头诗，深得太子喜爱，也得到太傅博絮埃的赏识。1678 年，拉封丹推出《寓言诗》的第 7—11 卷，这部分的《寓言诗》从古印度的韵文寓言集《五卷书》中撷取了很多题材，再一次赢得了声誉，塞维涅夫人赞扬它是“神圣”的作品。

1671 年，拉封丹将收入低微的湖泊森林管理处的工作转让给了别人。1672 年，奥尔良公爵的遗孀去世，拉封丹的经济生活陷入困顿，他投靠了当时法国沙龙界的名人德·拉萨布利埃夫人，以缓解经济压力，从此以后全身心地投入文学创作中。拉萨布利埃夫人喜欢诗文和科学，还观看解剖，观察天文，做一些科学实验。她将拉封丹引入她的沙龙，她的沙龙里不乏诗人、戏剧家和科学家。拉封丹在她的沙龙里发现了新的题材，打开了眼界。后来他的《金鸡纳[①]之诗》就尝试将自然科学融入诗。这种体裁在文艺复兴时期很流行，可以追溯到古罗马哲学家卢克莱修[②]。这个时候的拉封丹已经在巴黎名声显赫了，他跻身贵族生活圈子，和拉辛、莫里哀、布瓦洛等名流交往，并且具有接近宫廷文化圈的路径。他开始迷恋王室的圈子，对路易十四献上颂歌。他奉献了《普赛克与丘比特的爱情》，这部由散文和韵文结合而成的作品是献给路易十四的礼物，将现代故事和神话故事融为一体。他还应路易十四的情妇之邀写了一些应景的歌剧，比如同吕利合作的歌剧《达芙妮》。他这样做的目的只有一个：进入法兰西学院。17 世纪 80 年代，拉封丹已经被公认为当时法国最重要的作家之一，但巴黎上流社会中的许多人对拉封丹心存戒备和轻视，因为和那些古典主义诗剧比起来，寓言诗显得过于世俗化和“小儿科”，带有异端和叛逆的倾向，无论在内容、形式上都与正统、典雅的古典主义标准格格

① 金鸡纳：又称“金奎纳”，是一种原产南美洲秘鲁的树种，17 世纪由西班牙传教士传入欧洲。树皮中含有治疗疟疾的奎宁，可用于制作开胃酒。

② 卢克莱修：罗马共和国末期的诗人和哲学家，以哲理长诗《物性论》著称于世。他继承古代原子学说，特别是阐述并发展了伊壁鸠鲁的哲学观点，认为物质的存在是永恒的唯物主义观点。他反对神创论，认为宇宙是无限的，有其自然发展的过程，人们只要懂得了自然现象发生的真正原因，宗教偏见便可消失。

不入。并且,拉封丹生活简朴,甚至到了不修边幅的地步,因而受到宫廷贵族的轻视。这种戒备和轻视影响了拉封丹入选院士。

1682 年,他第一次获得法兰西学院的提名,但由于菲利普·德·库西永①的反对而没有入选。1683 年,拉封丹再次获得提名,这次他的对手是布瓦洛,在投票中,拉封丹获得了 16 票,布瓦洛只获得 7 票,但是路易十四更倾向于布瓦洛,他没有同意投票结果,提名被搁浅。几个月后再次投票,布瓦洛顺利入选。拉封丹于是增加了对国王和柯尔培尔的歌颂力度,终于使路易十四松口,国王说如果拉封丹能做到行为正直、生活严谨,就可以让他当选院士。拉封丹如愿在 1684 年入选了法兰西学院院士。1687 年,他不顾与夏尔·佩罗的友谊,发表《给于埃的书简诗》,表明他支持古人的立场,站在崇古派的一边。1694 年,拉封丹发表了《寓言诗》的第 12 卷,次年逝世。拉封丹的寓言作品不仅为我们展现了 17 世纪法国壮阔的社会画卷,也把寓言这种古老的文体,推向了一个崭新的艺术高峰,他被后人誉为"法国的荷马"。拉封丹的寓言与伊索寓言、克雷洛夫寓言诗一起,构成了世界寓言作品中最高的三座丰碑。

拉封丹的思想同莫里哀较为接近,具有反宗教倾向,他在 1692 年才皈依基督教。他对笛卡尔的理性主义的某些论点不以为然,在寓言中他多次表达了对笛卡尔观点的否定。他对具有唯物论色彩的古希腊哲学家伊壁鸠鲁②和德谟克里特③青睐有加。比如在《德谟克里特和阿布德人》一诗中,拉封丹认为德谟克里特指出原子的存在,应该被视为一个哲人。

---

① 库西永:路易十四亲信,法国军官和作家,一些文人的赞助人,1668 年参与了法兰西学院院士的推选。

② 伊壁鸠鲁:古希腊哲学家、无神论者(被认为是西方第一位无神论哲学家),伊壁鸠鲁学派的创始人。他的学说的主要宗旨就是要达到不受干扰的宁静状态,并要学会快乐,将这种享乐主义思想与德谟克利特的原子论结合起来。

③ 德谟克里特:古希腊原子论学说的创始人之一,率先提出"万物由原子构成""原子是不可再分的物质微粒"的观念。

拉封丹在《金鸡纳之诗》中称自己为“卢克莱修的门徒”，他的《寓言诗》中有许多描写都能够和卢克莱修的观点相联系。

《寓言诗》是拉封丹最具代表性的作品，共12卷，239首，它对法国社会风貌的描绘堪与莫里哀相媲美。布瓦洛曾说：“没有比真更美了，只有真才是可爱；它应该到处称尊，连寓言也不例外。在任何的虚构里那种巧妙的假象都只有一个目的：使真理闪闪发光。”[①]古典主义诗学看重艺术的真实性，虽然布瓦洛在《诗的艺术》中并未提及拉封丹和他的寓言，但拉封丹正是这么做的。可以说，《寓言诗》尽管是寓言，却具有很强的现实主义气质，拉封丹在《老人和孩子们》中谈到寓言写作的使命——描绘如今的风尚[②]，也就是反映社会现实。“风尚”最鲜明的体现便是各种寻常人物的形象。“我要对你讲述寻常的行为，在这诗中用淡彩给你描绘。”[③]

拉封丹有过困顿的生活，这样的经历使他更能看到强国盛世背后的阴暗面。《寓言诗》站在社会底层的立场大胆地揭露了封建王朝的黑暗腐败。比如：《鼠疫》就是封建王朝的缩影；《狮王后的葬礼》讽刺了暴虐凶残的狮王，影射了独断专行的专制君主；《狮王宫》将狮王的卢浮宫描写为藏尸所，谁闻到熏天刺鼻的臭气而形于言色，谁就会遭到严厉的惩罚；《狗脖子挂主人的晚餐》《狮子、狼和狐狸》《走进谷仓的黄鼬》《马蜂和蜜蜂》《狐狸、苍蝇和刺猬》《牡蛎和争讼者》表现了官僚集团趋炎附势、徇私枉法、巧取豪夺的嘴脸。

《寓言诗》还批判了封建制度的支柱——贵族和僧侣集团。《狼和小羊》《牛羊与狮子合伙》揭露了贵族集团的“强权即公理”；《狐狸和半身像》《猴子和猫》讽刺了上流社会虚张声势、不学无术、外强中干的特点；《驮圣

---

① 布瓦洛：《没有比真更美了——赠塞尼莱侯》，《诗的艺术》，第3版，范希衡译，人民文学出版社2010年版，第103页。

② 让·德·拉封丹：《拉封丹寓言诗全集》，李玉民译，漓江出版社2014年版，第66页。

③ 让·德·拉封丹：《拉封丹寓言诗全集》，李玉民译，漓江出版社2014年版，第3页。

骨盒的毛驴》《小公鸡、猫和小耗子》指出僧侣们伪善、假虔诚、假慈悲的面孔。

《寓言诗》还表现了社会底层劳动者的悲惨。《死神与樵夫》写到农民的悲惨处境:他们要面对的是苛捐杂税和繁重徭役,还有高利贷的剥削。《老婆婆与两女仆》描写了手工业者承受的繁重劳动。《多瑙河农夫》塑造了敢于蔑视强暴的农民形象。《修鞋匠和银行家》《伐木工和墨丘利》赞扬知足常乐、不贪图不义之财的品质。《庄稼汉和他的孩子们》《商人、贵绅、牧人与王子》是对劳动的赞颂,提出劳动就是财富的思想。拉封丹站在农民和手工业者的立场上赞美勤劳的品质。

《寓言诗》还有大量关于总结、指导生活经验的道德训诫。用文学进行道德训诫,这不仅是西方人对于寓言这一形式的传统认知,也符合当时古典主义的文艺观念。拉封丹在《寓言诗》序言《献给王储殿下》中写道:"这些人物的故事虽为虚构,蕴含的真理却可引为教训。"拉封丹将道德训诫融入寓言的形式中,寓教于乐,他认为教育和娱乐谁也离不开谁,"我正是利用动物来教育人"①。《两头骡子》表达了莫因今天的得势就无视潜在风险的人生智慧;《狐狸与乌鸦》告诫人不要贪图奉承话,奉承背后蕴含着不轨的图谋;《农夫和蛇》《狼和羔羊》《雌鹰、母猪和雌猫》《装扮成牧人的狼》告诫世人要以直报怨,对坏人要坚决回击,面对坏人和骗子,和平相处的愿望只是幻想,以其人之道还治其人之身才是正途,体现了一种朴素的劳动人民的价值观。

在17世纪法国的宫廷文学中,寓言是较下品的文学体裁,和戏剧(尤其是悲剧)相比,寓言在人物形象塑造、故事题材、文学语言上显得不够纯粹、庄重和典雅,太过关注社会风俗和民间市井,因此以布瓦洛为代表的古典主义者普遍看轻寓言。虽然和古典主义戏剧相比,寓言是个小体裁,

---

① 让·德·拉封丹:《拉封丹寓言诗全集》,李玉民译,漓江出版社2014年版,第3页。

但拉封丹则为寓言正名,赋予寓言寓教于乐、针砭时弊的气质。他在《寓言的力量》中叙述了一个古希腊故事:有个演说家为了挽救危机中的民众而登台演说,但他用尽慷慨激昂的言辞仍无法打动听众,于是他讲起了寓言,马上吸引了听众的注意力,使他们意识到情况的危急。他最后得出这样的结论:"这个道理同古今,我们全是希腊人。此刻我谈这寓意,有人若讲《驴皮的故事》,我会听得津津极有味。据说世界已衰老,这话我也不反对。老了也得寻开心,返老还要葆童真。"①

拉封丹的《寓言诗》创造了近500个形象,生动活泼,构成了一个寓言的"丛林世界",19世纪法国评论家泰纳称拉封丹为"法国的荷马"。许多寓言故事的篇幅主要由对话构成,这与戏剧艺术有异曲同工之妙。拉封丹把对话写得活灵活现,诙谐风趣,既增加了寓言故事的生动性和趣味性,又体现出人物的性格特点和心理活动,还增强了嘲讽揶揄的意味,起到增加矛盾冲突、避免平铺直叙的作用。拉封丹还是个语言大师,他能灵活地将古语、贵族阶层的语言、平民俗语和前沿新词融会贯通,其语言风格极具表现力。拉封丹的诗体形式也很多变,有的诗歌采用亚历山大诗体或十音节诗,有的则使用由各种音节的诗行组成的"自由体",如:《鼠疫》基本上由十二音节和八音节诗行组成,还有一行是三音节;《一个莫卧儿人的梦》灵活运用了四行八音节的诗行,其余是十二音节。此外,作为崇古派的一员,拉封丹对古人的尊崇在《寓言诗》中已可见端倪。在他的寓言诗《老人和孩子们》中,拉封丹告诫人们不忘父辈的遗训,否则悔之不及,"父辈"其实是古人的隐喻。他视伊索为文学上的父亲,号召向伊索学习,而他自己的写作"绝无欲念同古人争高下,我的雄心远没有那么大"②。

---

① 李玉民:《文明的正能量》,让·德·拉封丹:《拉封丹寓言诗全集》,李玉民译,漓江出版社2014年版,译本前言第12—13页。

② 让·德·拉封丹:《拉封丹寓言诗全集》,李玉民译,漓江出版社2014年版,第66页。

第八节 帕斯卡尔:17 世纪的思想者

布莱士·帕斯卡尔是 17 世纪法国古典主义散文的代表作家,也是哲学家、数学家和物理学家。帕斯卡尔出生于 1623 年 6 月 19 日,他的家乡在多姆山省奥弗涅地区的克莱蒙费朗,父亲是当地法院院长,母亲在他 3 岁时去世。他 8 岁时,全家搬到巴黎。由于父亲和当时的巴黎科学界交往密切,帕斯卡尔经常偷听他们的交谈,很小便对科学产生了兴趣。帕斯卡尔没有进过学校,由他父亲教育,自幼展现出天才的潜质。他 11 岁时就能写出科学小论文,12 岁时就验证了欧几里得的 32 个基本命题,16 岁时发现著名的帕斯卡尔六边形定理:内接于一个二次曲线的六边形的三双对边的交点共线。他 16 岁时就写出论文《论圆锥曲线》,提出以他名字命名的定理,受到数学家的赞赏,成为近代几何学的先驱之一。1631 年,帕斯卡尔的父亲被任命为鲁昂的税务专员,帕斯卡尔随父亲移居鲁昂,为方便父亲工作,他在 1642 年设计并制作了一台能自动进位的加减法计算装置,被认为是世界上第一台机械计算器。1646 年,由于父亲病重,帕斯卡尔皈依詹森派,宗教信仰对他以后的生活影响很大。

1647 年,帕斯卡尔重返巴黎居住。他根据意大利物理学家托里拆利①的理论,进行了大量的实验,论证水银柱在管内的高度与空气压力的关系,证明真空状态的存在。1648 年,他发表了有关真空问题的论文。他自己说:他的实验根本指导思想是,反对“自然界厌恶真空”的传统观念。1648—1651 年,帕斯卡尔设想并进行了测量同一地区不同高度大气

---

① 托里拆利:意大利物理学家兼数学家,以发明气压计而闻名,气压单位“托”(torr)即以他的名字命名。

压强的实验，发现了随着高度降低大气压强增大的规律，成为利用气压计进行天气预报的先驱。1651年帕斯卡尔开始总结他的实验成果，到1654年写成了《液体平衡及空气重量的论文集》，提出“帕斯卡尔定律”：加在不可压缩静止流体中的压强，能够大小不变地由流体向各个方向传递。同年，他还写了《论算数三角形》，出版于1665年，首次奠定了关于数学归纳法的证明方法。

17世纪50年代开始，帕斯卡尔因为父亲去世受到沉重的打击，他开始思考死亡的问题。也正是在这一时期，他开始参与贵族沙龙，与上层社会的接触扩大了他的视野，不过由于身体的原因，他产生了避世、厌世的情绪。1655年，帕斯卡尔进入波尔-罗亚尔修道院，进行了为期2周的静修。在接下来的4年里，他定期往返于巴黎和修道院之间。17世纪50年代后期，帕斯卡尔为受到天主教正统教会攻击和制裁的詹森派辩护，写出了《致外省人信札》，因此得罪了教会和路易十四，受到牵连，一度不得不改名换姓，变换住所，以免遭迫害。在此期间，帕斯卡尔开始构思《思想录》。波尔-罗亚尔修道院也在1661年被勒令关闭。作为回应，帕斯卡尔写作了生前的最后一部作品《签署表格的文书》，鼓舞詹森派不要屈服。1659年，帕斯卡尔的身体状况持续恶化，在生命的最后几年，他一直生活在病痛的煎熬中。1662年8月19日，帕斯卡尔逝世，年仅39岁。

《致外省人信札》是帕斯卡尔化名路易斯·德·蒙塔尔特写出的18封书信（第19封信未完成，只留下片段）。写作信札是为了给詹森派和他的朋友詹森主义者安托万·阿尔诺①辩护，争取公众同情，对抗天主教权。信札大致可分为3个部分。第一至第四封信札组成第一部分，主要介绍阿尔诺和耶稣会围绕天恩和自由意志的问题展开的神学争论。第五

① 安托万·阿尔诺：法国天主教神学家、哲学家、数学家，是波尔-罗亚尔修道院的主要思想者之一，他在1656年被索邦大学神学院谴责在巴黎传播异端思想。

至第十封信札，帕斯卡尔笔锋一转，向外省人描述耶稣会士的道德观，对耶稣会士的怀疑论者进行激烈的批评和尖刻的嘲讽，指出耶稣会士的道德观所依据的一些基本原则造成了当时社会信仰淡薄、道德滑坡、世风日下的状况。如果说帕斯卡尔在开头的10封信中，以一种表面上中立的笔调讨论宗教问题，最后才转为替詹森派辩护，那么从第11封信开始，帕斯卡尔放弃了对话的形式，直接批判耶稣会士。他指出耶稣会鼓吹圣职买卖，巧取暴利，对其他不同教派蛮横霸道，在言论上前后矛盾，对不同思想禁锢封锁。他要向耶稣会宣战，揭露他们的伪善面目，并认为耶稣会以异教徒为名诽谤他人名誉只不过是害怕被撕掉遮羞布的仓皇表现。"你们欺骗整个世界、滥用人们对于你们不实指责的轻信的时间已经够久了。对于那些遭到你们诽谤的人们，现在到了恢复他们名誉的时候了。"①《致外省人信札》激怒了正统教会，他们采取了污蔑和迫害的手段，公开焚毁《致外省人信札》，并将其列为禁书。面对正统教会的霸凌，帕斯卡尔不屈不挠、不卑不亢，坚持要为真理而斗争。《致外省人信札》出版后，巴黎社会几乎人人争相阅读，这股阅读热潮从巴黎扩展至外省一些大城市，如鲁昂、奥尔良、图卢兹，再蔓延至帕米耶和博韦等较小的城市。

《致外省人信札》逻辑严密、思路清晰、亦庄亦谐、文采飞扬，确立了现代法国典雅语体散文的艺术形式。《致外省人信札》体现了帕斯卡尔在讽刺方面的艺术技巧，他采取假装天真的方式进行讽刺，塑造了一个对于双方争论甚感兴趣却一无所知的思想单纯的外省人形象，热情而天真地在詹森派和耶稣会士之间穿梭往返，试图从两派的神学争论中了解双方的思想，得出理性的结论。外省人天真地打听情况，不反驳对方的观点，让讽刺的对象完全暴露出自身的矛盾和缺陷，在看似平和客观的论述中展露自己的立场，令对手找不到攻击的漏洞。这种方式影响了后来的伏尔

① 布莱斯·帕斯卡尔：《致外省人信札》，晏可佳、姚蓓琴译，商务印书馆2012年版，第244页。

泰和卢梭等人的散文写作方式。《致外省人信札》以严密的逻辑展开雄辩，推理层层递进，议论委婉曲折，对话语言灵活贴切。伏尔泰认为它“包括各种各样的雄辩术。100 年来，书中没有一个字受到经常损害活的语言的那种变化的影响”，是“第一部用散文体写成的天才著作”[①]。博絮埃被问及如果他没有自己的著作，他愿意写出什么样的作品时，他回答说是帕斯卡尔的《致外省人信札》。[②]

散文集《思想录》是帕斯卡尔去世后经人整理的作品，延续了与以耶稣会为代表的官方神学理论论战的思想。帕斯卡尔生前曾把自己的文章分为 27 卷，但经过后人整理有不少散失。这些整理的作品有不同版本，最著名的版本是布伦斯维克和路易·拉富马的版本。帕斯卡尔设想对一个沉迷于世间欢愉而忘却思索自身处境的自由思想者说话，试图唤醒他的思考，引起他的不安，让他学会认识人的本质。人渴望得到幸福，却无法摆脱现实条件的限制，也不能通过哲学逃避痛苦，哲学家提出许多体系，每种体系都有自己的价值，但每种体系都不能充分满足人的需求。作者继而引导思想者走向上帝的教诲，在宗教中得到安慰。应当说，帕斯卡尔对人生的认识带有悲观主义的色彩，这种眼光和心态与他的人生体验分不开：父亲曾被病魔夺去生命，他自己也忍受着病痛的折磨，他所信奉的詹森派又遭到种种迫害，这一切都使他感到人世不过如浮萍，人生不过是芦苇。《思想录》集中反映了帕斯卡尔的神学和哲学思想。帕斯卡尔继承了理性主义传统，对人生、社会、哲学和宗教等问题进行了深入的探讨，又指出了理性本身的内在矛盾。帕斯卡尔认为，上帝存在、人性败坏，这是两条根本的宗教真理。否认了其中的任何一条，都会陷入无神论。他把无神论和自然神论视作基督教信仰最大的障碍。但是，人又不可能通

① 伏尔泰：《路易十四时代》，吴模信、沈怀洁、梁守锵译，商务印书馆 1982 年版，第 471 页。

② 参见伏尔泰：《路易十四时代》，吴模信、沈怀洁、梁守锵译，商务印书馆 1982 年版，第 472 页。

过理性证明上帝的存在，理性有些时候是无能为力的，“我们的理性总是为表象的变化无常所欺骗，并没有任何东西能把既包括有限但又避开有限的这两种无限之间的有限固定下来”①。人是一根会思索的芦苇，是精神和肉体的结合。人对宗教信仰的思考只是证明了人的思维能力的有限性，它不能证明上帝的存在。理性对宗教无用。人对上帝的关系是信仰的关系，信仰是上帝的恩赐。这个思想应该说是宗教神学正统思想的延续。但帕斯卡尔指出，虽然理性不能证明上帝存在，但是它可以告诉我们应该相信上帝存在。他提出了关于相信上帝存在的赌博论证：在上帝是否存在这个问题上，人们可以选择上帝存在，也可以选择上帝不存在，但不能不做选择，在人生中对此必须做出选择，必须下赌注。赌上帝存在时，如果上帝存在，信奉上帝的人会获全胜，有无限的收益，会获得幸福。如上帝不存在，也无多大损失。这就充满了理性主义的计算和权衡，与中世纪德尔图良等神学家宣扬的“因为荒谬，所以相信”的非理性神秘主义思想大异其趣。

在帕斯卡尔看来，人的理性使人认识到自身处境的悲苦，但并不会使人陷入悲观。相反，了解到人的悲苦会使人变得更加坚韧和伟大。人相对于万物的高贵就在于有理性思考的能力，人的全部尊严就在于人会思想。帕斯卡尔的思想还影响了后来的存在主义和荒诞派作家。

第九节　佩罗：法国儿童文学之父

夏尔·佩罗是法国诗人、文学家，出身于法国巴黎的一个富足的资产

① 帕斯卡尔：《思想录：论宗教和其他主题的思想》，何兆武译，商务印书馆 1985 年版，第 33 页。

阶级家庭,父亲是议员,1651年,佩罗取得律师资格证,在律师团工作,不过他并不喜欢律师的工作。夏尔·佩罗的文学研究早在他于巴黎的博维学院攻读哲学时就开始了。在此期间他阅读了大量文学作品,以及有关宗教、历史等多个领域的文献。他还模仿《埃涅阿斯纪》第六卷,创作了诗歌《特洛伊的墙——诙谐文学溯源》。1663年起,佩罗受财政部部长柯尔培尔器重,开始参与官方文学艺术方面的工作,他先是担任法兰西文学院会议秘书,后又担任修缮部(主要负责王室建筑的维护翻新工作)总督查,还参与了科学院的创建工作。当时在欧洲通过了一项旨在资助作家及学者的议案,这和夏尔·佩罗也大有关系。1669年,佩罗建议路易十四在凡尔赛宫花园的凡尔赛迷宫中建造39个喷泉,每个喷泉代表伊索寓言的一个故事。从动物的嘴里喷出的水柱给人一种动物之间在说话的印象。佩罗还制作了凡尔赛迷宫指南《凡尔赛迷宫》。1671年,佩罗入选法兰西学院。佩罗和基诺、吕利合作参与过戏剧创作,不过他在文学创作上最大的成就是为一种新的文学体裁——童话奠定了基础。随着柯尔培尔的去世,佩罗逐渐隐退宫廷,将时间精力都投入文学创作中。17世纪后期,在当时风靡一时的女性文学沙龙中,名媛之间讲童话故事的风气开始流行起来。① 他开始收集和改编当时贵族沙龙里流行的民间童话故事,他最著名的童话作品有《小红帽》《灰姑娘》《林中睡美人》《穿靴子的猫》《蓝胡子》《可笑的心愿》《驴皮公主》等传世佳作,多数作品取材于当时的民间传说。他搜集法国民间口头流传下来的一些故事并整理记录,加以改编,把口头文学所欠缺的形象刻画和对生活图景的描写引入情节之中,使其更加生动活泼,文学色彩浓重,从而更具艺术魅力。佩罗的多数童话作品被收录进《古老的道德故事——鹅妈妈的童话》中。可以说,佩罗是促使"奇

---

① See Lydie Jean: "Charles Perrault's Paradox: How Aristocratic Fairy Tales Became Synonymous with Folklore Conservation", *Trames Journal of the Humanities and Social Sciences*, Vol. 11, No. 3, 2007, pp. 276-283.

幻童话”这一民间口头文学正规化的作家之一，被誉为“法国儿童文学之父”。之后的许多童话作家借鉴了他的故事并进行加工改造，例如家喻户晓的格林兄弟。佩罗的童话故事内容多歌颂善良与光明，鞭挞邪恶和黑暗，同情被压迫者的不幸遭遇，赞扬用机智巧妙的方法进行不懈反抗和斗争的行为，向往平等和自由。从历史上看，佩罗的童话不但给孩子们带来了愉悦，唤起其美妙的想象，还熏陶了孩子们的人格，这正是优秀的童话所追求的极高境界。当然，佩罗身为古典主义时代的宫廷作家，他改编的童话作品带有鲜明的时代印记：它的目标读者是法国上流社会人士，①作者详细描写了当代的宫廷和贵族的时尚，以至于有人质疑这些故事不是为儿童准备的，因为在 17 世纪后期还不存在儿童文学。② 佩罗将粗俗的民间语言变为精致典雅的宫廷语言，有人认为“它读起来更像是一部时尚传奇，而不是民间故事”③。还有人认为佩罗在价值观上突出贵族身份地位的高贵，许多故事都表现出对当时社会的伦理道德训诫以及宗教信仰的坚持，比如《小红帽》《睡美人》《蓝胡子》等故事中的女性角色通常处于一种罪恶的状态，她们经历磨难得到了净化。在 20 世纪，许多民俗专家更加认真地分析了佩罗的作品。他们意识到，即使作者保留了民间故事的主要结构，他的作品也不能被认为是对民间故事的准确反映。④ 还有人认为这些故事的创作是为了“加强王权专制主义，捍卫天主教信仰的首

---

① See Humphrey Carpenter, Mari Prichard: *The Oxford Companion to Children's Literature*, Oxford University Press, 1984, p. 129. See Lydie Jean: "Charles Perrault's Paradox: How Aristocratic Fairy Tales Became Synonymous with Folklore Conservation", *Trames Journal of the Humanities and Social Sciences*, Vol. 11, No. 3, 2007, pp. 276-283.

② See Jack Zipes: *The Oxford Companion to Fairy Tales*, Oxford University Press, 2000, p. 379.

③ Humphrey Carpenter, Mari Prichard: *The Oxford Companion to Children's Literature*, Oxford University Press, 1984, p. 129.

④ See Lydie Jean: "Charles Perrault's Paradox: How Aristocratic Fairy Tales Became Synonymous with Folklore Conservation", *Trames Journal of the Humanities and Social Sciences*, Vol. 11, No. 3, 2007, pp. 276-283.

要地位”①。尽管存在一些非议，但不可否认，《古老的道德故事——鹅妈妈的童话》取得了相当大的成功，在佩罗生前就重印了 8 次，到了 18 世纪仍然大受欢迎，多次再版。

关于佩罗的另一重大事件便是震动法国文坛并影响深远的“古今之争”。佩罗于 1687 年 1 月 27 日在法兰西学院朗诵的诗作《路易大帝的世纪》开启了真正意义上的第一次“古今之争”，但早在 1674 年，他就卷入了关于古人与今人孰优孰劣的论战中了。当年，由基诺和吕利合作推出的《阿尔赛斯特》被批评界的保守人士斥责为背离古典戏剧传统之作而遭抵制，作为朋友的佩罗撰文《歌剧评论》称赞《阿尔赛斯特》，称这部作品的优点甚至超过了欧里庇得斯的同名悲剧。这篇文章引发了古人与现代人的争论，为 10 余年后的“古今之争”埋下了伏笔。

第十节 德莱顿：“英雄双韵体”圣手

约翰·德莱顿是英国著名诗人、剧作家、散文家和文学评论家。德莱顿一生为王室贵族写作，是王政复辟时期的主要文学家，以至于这一段在文学史上被称为“德莱顿时代”。德莱顿通过文学批评和创作实践为英国古典主义的发生、发展做出了杰出的贡献。他于 1668 年被封为英国桂冠诗人，英国小说家沃尔特·司各特称他为“光荣约翰”。1688 年“光荣革命”后，德莱顿失去了桂冠诗人的称号，便退出了英国的文学界。

德莱顿出身于清教徒家庭。1644 年，他进入威斯敏斯特学校学习，受到良好的古典文学教育。1650 年起就读于剑桥大学，获得文学学士学

---

① See Lydie Jean: “Charles Perrault's Paradox: How Aristocratic Fairy Tales Became Synonymous with Folklore Conservation”, *Trames Journal of the Humanities and Social Sciences*, Vol. 11, No. 3, 2007, pp. 276-283.

位。德莱顿的政治立场比较摇摆，他前期歌颂护国公摄政体制，曾效力于成为首任护国公的奥利弗·克伦威尔的政府。1658 年，克伦威尔逝世，德莱顿与清教徒诗人约翰·弥尔顿等人出席了葬礼，不久发表了第一首重要诗作《英雄诗章》以纪念克伦威尔，并将它献给第二任护国公理查·克伦威尔①。1660 年，斯图亚特王朝复辟，他写了《归来的星辰》一诗歌颂复辟王朝和国王查理二世，并为自己曾效力于克伦威尔政府而道歉。他在宗教信仰上也从早期信仰清教改信天主教。

德莱顿最擅长的是讽刺诗，《押沙龙与阿齐托菲尔》谴责了沙夫茨伯里伯爵企图让蒙茅斯公爵成为王位继承人的阴谋。《麦克·弗莱克诺》讽刺的是支持沙夫茨伯里伯爵的诗人托马斯·沙德威尔。《牝鹿与豹》旨在捍卫天主教教会。

德莱顿的诗歌大都采用“英雄双韵体”。英雄双韵体是一种英国古典诗体，它的雏形在英语诗歌中古已有之，乔叟、斯宾塞等人都使用过，但起源不得而知，通常被认为是受到法国十音节双行韵诗体的影响。在形式上，两行一押韵，每行五个音步，每个音步有两个音节；采用抑扬格形式，第一个是轻音，第二个是重音；句式均衡、整齐、准确、简洁、考究。英雄双韵体的发展和形成经历了很长时间，到德莱顿时基本定型，该诗体也由德莱顿命名，在德莱顿和蒲柏的带动下成为英国古典主义的主流诗体形式。英雄双韵体一般满足以下几个条件：(1)五音步抑扬格；(2)押尾韵对偶句；(3)韵尾为 AA BB CC DD……不重复；(4)风格简洁。当一首诗中仅有几个满足以上条件的对偶句，其余大部分诗句都无法满足上述条件时，这首诗就不能称为英雄双韵体。

文艺复兴运动以后，英语诗歌的格式发生了巨大变化，其中一个重要

---

① 理查·克伦威尔：英吉利共和国最后一位护国主，1658—1659 年在任，是前任护国公奥利弗·克伦威尔的儿子。

特征是无韵诗的出现。无韵诗并非完全不讲格律,它是英语格律诗的一种,只是没有韵脚。形式为每行用五音步抑扬格(一个轻音小节后紧跟着一个重音小节,五对为一行的诗体),不押尾韵。诗人还可以从固定的格式中寻求变化,使诗体灵活富于弹性。无韵诗内容丰富,被广泛运用于诗体戏剧中。无韵诗的出现将诗人的词语库丰富扩大了好多倍,使很多过去在诗歌里无法使用的词都有了用武之地,起到了为诗歌卸下枷锁的作用。到 17 世纪,德莱顿恢复了"英雄双韵体"这种诗歌体裁,使之形成完整的体系,他在歌剧《纯洁之国与人之堕落》的序言中写道:"没有人会在英雄诗风格的庄严与否上与别人持不同的意见;凡有理智的人都会得出这样的结论:崇高的主题必须用最崇高的语言来修饰。"①英雄双韵体成为之后一个半世纪英国文坛主要的诗歌体裁。

随着斯图亚特王朝复辟,清教徒统治结束,曾被清教禁欲主义视为洪水猛兽、藏污纳垢的戏剧重新发展起来,曾被克伦威尔政府下令关闭的剧场重新开张,这为德莱顿的戏剧事业打开了新的局面,17 世纪 60—70 年代,戏剧创作成为德莱顿的主要收入来源。在创作上,他主要模仿法国古典主义戏剧,恪守"三一律",德莱顿创作了 27 个剧本,包括英雄诗剧、悲剧、喜剧、悲喜剧、歌剧等多种形式。英雄剧代表了德莱顿戏剧创作的最高成就,德莱顿也是英雄剧的推广者。英雄剧是悲剧的一种,它恪守"三一律",气势恢宏,采用英雄双韵体,以爱情和荣誉的冲突纠葛为主题,塑造悲情的英雄形象,在诗体形式上模仿古希腊罗马时代的英雄诗。德莱顿曾说:"英雄剧应该是对英雄诗的一种模仿,因此爱情与勇气应该作为它的主题。"②他还说英雄诗"一向被认为是而且将永远被认为是表现人

---

① John Dryden:"The Authors Apology for Heroic Poetry and Poetic Licence", in W. P. Ker. ed.: *Essays of John Dryden*, *Vol. 1*, Clarendon Press,1926,p. 190.

② John Dryden:"Of Heroic Plays, an Essay", in W. P. Ker. ed.: *Essays of John Dryden*, *Vol. 1*, Clarendon Press,1926,p. 150.

性的最伟大作品"①。英雄剧以法国古典主义为蓝本,特别是高乃依的《熙德》,被德莱顿视为剧作家的楷模。

德莱顿在悲喜剧《情敌女士》的献词中阐释了用韵文作为喜剧语言的优势:"韵律通过声音的共鸣串联起记忆,以至于只要记住一行中的最后一个词,就常常能够回忆起两行诗句。在快速的对白中——在对话密集的场景中经常出现这种情况——有韵律的语言是如此优雅,又如此贴切,以至于机巧的回答和优美的韵律相互激发出美妙的效果。但是我经常发现,韵律的最大好处是对想象力的约束。因为诗人的想象力往往太过狂野,常常失去控制,就像一只体能充沛的猎犬,需要在腿上绑上坠子,以免它捕猎时跑过了头。"②

在德莱顿看来:戏剧台词用韵文能够营造一种优雅的音乐感和复沓的节奏感,更符合古典悲剧崇高典雅的气质;并且,在戏剧演出中演员不容失误,必须熟记台词,韵律的使用便于演员记忆;同时,韵文能够避免作者想象力的泛滥,用规则和理性将情感节制在一个合理的框架内,这同样是古典主义理念的体现。

德莱顿的英雄剧代表作有《格拉纳达的征服》和《奥伦-泽贝》等,这些悲剧的主题是爱情和荣誉的矛盾,这是古典主义戏剧的一贯主题。以《格拉纳达的征服》为例,德莱顿借鉴了17世纪法国小说家斯居戴里小姐的历史传奇小说,将这些素材改编成一部上下两部分的10幕史诗。该剧的背景是摩尔人与西班牙人之间的战役——格拉纳达之战,这场战役导致了格拉纳达的沦陷。主人公是摩尔人阿尔曼佐,他和阿尔玛伊德两情相

---

① John Dryden:"The Authors Apology for Heroic Poetry and Poetic Licence", in W. P. Ker ed.: *Essays of John Dryden, Vol. 1*, Clarendon Press, 1926, p. 181.

② John Dryden:"The Rival Ladies: Epistle Dedicatiry to the Lord of Roger Boyle", in Walter Scott ed.: *The Works of John Dryden, Vol. 2*, Archibald Constable and Co., 1821, pp. 120-121.

悦，但阿尔玛伊德已经与摩尔人的国王博阿德林订婚，不愿背叛婚约。博阿德林一面嫉妒阿尔曼佐，一面需要借助骁勇善战的阿尔曼佐对抗西班牙人，以及摆平国家内部的矛盾，因为当时格拉纳达有两个敌对的派系——阿文塞拉赫斯族和塞格里斯族。在经历了王族内部的背叛、政变的阴谋、西班牙人的进攻等磨难后，最终阴谋叛乱者被杀，国王博阿德林死去，西班牙征服格拉纳达。但机缘巧合，西班牙国王阿尔科斯公爵被证实是阿尔曼佐的父亲，在西班牙国王和王后的主导下，阿尔曼佐和阿尔玛伊德有情人终成眷属，阿尔曼佐皈依基督教。剧中还讲述了博阿德林的弟弟阿卜杜拉和阿文塞拉赫斯族的首领阿卜杜勒梅利希争夺塞格里斯族首领的妹妹林达拉哈的故事。这部剧背景宏大，矛盾冲突激烈集中，语言典雅考究，展现个人的爱情纠葛与部族、国家、信仰之间利益纷争的艰难抉择，以惨烈、悲壮的牺牲突出悲剧性的崇高感，是一部典型的古典主义英雄剧，为德莱顿带来了声望和荣誉。

德莱顿将莎士比亚的悲剧《安东尼和克莉奥佩特拉》用“三一律”的形式改写成《一切为了爱情》，将剧中人物角色从原作的 34 个压缩到 10 个，把故事的发生地集中到亚历山大，把宏大的战争场面和国与国之间的博弈当作背景置于主人公的情感纠葛背后，以便让观众聚焦于主人公理智与情感的冲突。主人公最后的悲壮结局升华了主题，使之成为一部完美的古典主义悲剧。需要指出的是，不同于法国古典主义悲剧主题的主人公，《一切为了爱情》的主人公在荣誉和爱情中选择了爱情，为了爱情可以牺牲一切，这是一种个人主义情感至上的价值取向。《一切为了爱情》的上演不仅预示着英雄剧开始走向下坡路，也预示着一个新剧种的到来，这就是后来风靡英国的感伤主义戏剧。从文学思潮的流变层面说，这是古典主义向浪漫主义思潮转型的标志。

德莱顿的大多数喜剧都以西班牙、意大利、西西里的宫廷为背景，代表作是《时尚婚姻》，这部作品是以散文、无韵诗和英雄双韵体相结合的方式写成的，被视为德莱顿最好的喜剧作品。

德莱顿关于戏剧创作的评论成为英国戏剧史上的重要诗学理论，德莱顿被视为英国第一位戏剧理论家和评论家。他的戏剧理论主要体现在他为自己的剧本所撰写的开场白和收场白中，也体现在一部分剧评中，其中最有代表性的是论著《论戏剧诗》。《论戏剧诗》以虚构的“四人对话”形式对比了古典戏剧与现代戏剧、英国戏剧和法国戏剧之间的优缺点，还探讨了戏剧诗体和莎士比亚。

关于古典戏剧与现代戏剧的问题，德莱顿强调了古典作家作品的典范意义，认为现代作家要向古典作家学习，向他们寻求帮助。但他也指出，现代作家不能仅仅模仿古人的创作，还要向自然学习，向摆在人们面前的生活学习，创造新的艺术美感。但他也认为，如果我们按照古人的规则来评判今人的戏剧，那么很少有人能经受住考验：

> 没有人比我更愿意崇拜那些伟大的希腊人和罗马人了。但另一方面，我不能如此轻视我所处的时代，或如此不光彩地看待我自己的国家，在大多数诗歌中，我们与古人平等，在某些诗歌中，我们超越了古人；我也不知道为什么我对我们这个时代的名声不那么热心，就像我们发现古人自己对那些生活在他们之前的人一样。①

德莱顿感激古人给予今人的一切艺术遗产，但他同时指出了今人如何在古人的艺术遗产面前进行自主创造：

---

① John Dryden:“Of Dramatic Poesy, an Essay”, in W. P. Ker ed.: *Essays of John Dryden*, *Vol. 1*, Clarendon Press,1926,p. 33.

我们还要依靠自己的努力，因为如果我们只是呆板地模仿古人的艺术遗产，也许就会连古代艺术的完美都无法守护，并且永远得不到任何新的成果。因此，我们不能跟在古人后面亦步亦趋，而是应该向自然学习。加入我们，向摆在面前的生活学习，哪怕成功地创造出一些超越古人经验的曲调和特色也不足为奇。①

可以看出，德莱顿的古典主义在秉持艺术“模仿自然”的前提下并不迂腐，也不认为今人就不如古人。在本国戏剧与法国戏剧的问题上，德莱顿指出，戏剧应该遵守古典主义的要素，比如诗的源泉是自然，艺术应该模仿自然，还应该寓教于乐。但德莱顿认为不应将法国古典主义戏剧凌驾于本国戏剧之上，也不能单纯因为法国戏剧比英国戏剧更遵守“三一律”就否定英国戏剧的价值。

可以说，英国戏剧继莎士比亚后再次赢得历史性的声誉，在很大程度上应归功于德莱顿。

第十一节　蒲柏：英国古典主义集大成者

亚历山大·蒲柏是18世纪英国最伟大的诗人，也是英国古典主义艺术造诣最高的作家。蒲柏是一位勤奋的天才，他出身于信仰天主教的商人家庭，由于当时英国法律规定学校要强制推行英国国教，他被剥夺了接受高等教育的机会，只能跟从家教学习或在家中自学。蒲柏在学习上颇

① John Dryden:“Of Dramatic Poesy, an Essay”, in W. P. Ker ed.: *Essays of John Dryden*, *Vol. 1*, Clarendon Press, 1926, pp. 43-44.

具天赋，年幼时就阅读了大量拉丁文、希腊文、法文和意大利文作品，并尝试翻译。蒲柏从12岁开始发表诗作，其中就有名篇《独居赋》。17岁时，经戏剧家威彻利的引荐，蒲柏结识了当时伦敦的一些著名文人，并在斯威夫特的鼓励下花了13年时间翻译了荷马史诗。21岁时，蒲柏发表《田园诗集》，展露出在诗歌领域的天赋。1711年，他发表了阐述自己文学观点的成名作《论批评》。在这首700多行的长诗里，蒲柏以音调铿锵的英雄双韵体文采飞扬地阐述了文学批评的重要性、批评家的养成、批评的常见谬误和正确原则、欧洲文学批评史回顾等原本枯燥深奥的问题。《论批评》成为阐述英国古典主义文学观念的代表作。蒲柏号召诗人模仿古人，以自然和理性为准绳指导写作：

缪斯骐骥①需引导，
切不可一味催促，
要节制它的狂躁，
别苛求它的速度；
这一匹带翼神驹，
也好比凡间烈马，
奔跑时遇到拦阻，
才尽显坚忍不拔。
前人依循的准则，
是发现而非创制，
它们依旧是自然，
只不过经过整理；

① 缪斯骐骥(The Muse's Steed)：指古希腊神话中的飞马珀伽索斯(Pegasus)，象征诗歌的灵感。

自然就好比自由，
即便受约束管辖，
终归只会受制于，
她自己所颁律法。①

也就是说，尊重理性就是尊重自然，自然是最好的评判指南。

在《论批评》中，蒲柏不仅提出要模仿自然，尊重理性，作者和批评者要具备道德修养等古典主义思想，还立场鲜明地批评了铺陈浮夸、矫揉造作的巴洛克主义倾向，推崇朴素自然的古典主义文风。英雄双韵体作为英语音节诗歌中所用的最重要音律之一，蒲柏将英雄双韵体发扬光大，使其达到高峰，展现了英雄双韵体的风采。

1712 年，蒲柏根据当时伦敦上流社会发生的两个富贵家庭的真实冲突事件创作了讽刺叙事诗《夺发记》，当时该剧仅有两章。1714 年再版时增加到五章，经增订的最终版本出版于 1717 年。形式上模仿了古典英雄诗体，批评上流社会的精神空虚和生活上的矫揉造作。《致阿巴思诺医生书》是蒲柏写给他的医生朋友的讽刺诗，反击了他的文坛宿敌，讽刺了身居高位、逍遥法外的道德败坏者。蒲柏也创作田园诗和抒情诗，形式和趣味上颇具古风。蒲柏还有一部长篇哲理诗《论人》，由四封书札组成。在这篇诗作中，蒲柏认为包括人在内的宇宙万物都有自己的位置，这是上帝的安排，人只有安于自己的位置，才能得到快乐。但人往往不安分，肆意评判上帝安排的合理性，破坏了和谐秩序，因而产生痛苦和邪恶。如果笃信上帝，就会发现一切秩序都是合理的：

① 亚历山大·蒲柏：《论批评 云鬟劫》，李家真译注，商务印书馆 2022 年版，第 10 页。下文引自同一文献时统一写作“《论批评》”。

须顺从天意安排，无论在此世他生，
心平气和地领受，承当得起的福庆：
在唯一主宰手中，安度每一个日子，
不管是初生之时，抑或是垂死之际。
所有天然无不是，你认不清的雕琢，
所有偶然无不是，你看不见的筹措，
所有矛盾无不是，你参不透的统一，
所有的局部灾殃，皆推动整体福祉：
纵使人骄矜自大，理性常犯错出格，
此理甚明：一切如何，便是该当如何。①

自然代表上帝的意志和安排，自然的法则就是一种“前定和谐”，模仿自然即听从上帝的旨意，也就是运用理性对秩序、和谐加以遵守，违背秩序就是违背了理性。蒲柏号召人们接受理性的规约和指引，这是古典主义的一个要义。《论人》是匿名发表的，连蒲柏的文坛对手都不禁赞叹。伏尔泰曾称赞《论人》“是古往今来所有语言中最优美、最有益、最崇高的讽喻诗”。另外一篇哲理诗《道德论》由四封诗体信组成，对人性、财富、社会道德等方面进行了论述，在内容上和《论人》互相联系。

蒲柏还善于模仿贺拉斯的文风，他的长篇讽刺诗《愚人志》就是模仿贺拉斯式讽刺风格的作品。这部讽刺史诗初版于 1728 年，最终版本完成于 1743 年，前后历时 15 年，是蒲柏毕生心血的结晶，也是他自认为的巅峰之作。《愚人志》以英雄双韵体的形式讽刺了那些愚蠢又低俗的批评家，还嘲讽议会、政党等上层社会的无能和腐败。蒲柏还模仿贺拉斯的笔调讨论诗艺，如《致奥古斯都》。奥古斯都对罗马文化的保护达到了前所

① 亚历山大·蒲柏：《论人》，李家真译注，商务印书馆 2022 年版，第 26 页。

未有的高度，在其治下，诗人、艺术家、雕塑家和建筑家都得到保护。奥古斯都统治时期是罗马文化的黄金时代，蒲柏借奥古斯都赞颂英王乔治二世，把当时的英国文坛状况比作第二个奥古斯都时期，借此为诗人群体发声，渴望得到乔治二世的支持。在对话诗《讽刺诗跋》中，蒲柏强调了诗歌在道德教化方面的作用，并宣布了他作为诗人的道德使命。

蒲柏还是一位古典文学的翻译者，他从 1713 年开始投入荷马史诗的翻译工作，终于在 1720 年完成了《伊利亚特》。过了两年，他又着手《奥德赛》的翻译工作，并于 1726 年出版。此外，他还在 1725 年编辑出版了《莎士比亚全集》。

蒲柏是第一位受到欧洲大陆关注的英国诗人，他的著作被翻译成欧洲许多国家的文字，可谓英国古典主义的集大成者。

第十二节　戈特舍德：为启蒙文学开道的“不合时宜者”

约翰·克里斯蒂安·戈特舍德是 18 世纪德国作家和文学理论家。1700 年，戈特舍德出身于普鲁士的一个新教家庭。他先在柯尼斯堡大学学习哲学和历史，1723 年获得文科硕士学位，后为躲避征兵来到莱比锡大学，并担任哲学教授一职，后多次被选为该校的校长。戈特舍德是莱布尼茨和沃尔夫理性主义的信徒，他的哲学著作《世界全部智慧的精髓》对沃尔夫的哲学体系做了通俗的解释。

对文学和文学理论的研究使他逐渐放下教职，专注于文学创作和批评。针对当时德国流行的巴洛克式的夸饰文风和以插科打诨为主的低俗闹剧，以及作家们以滥用外来语言为时髦、不重视本国语言的纯洁性等现象，戈特舍德以法国古典主义为工具改造德国文坛，主张德国应以法国古典主义为学习对象，文学应该服从理性和规则，反对自由风格。他致力于建立一套德国文学规范,建立统一的民族书面语,整顿17世纪以来混乱的剧坛,规定剧作家必须遵守的统一规则,消除戏剧舞台上的夸张和滑稽,为德国文学发展提供了重要的指导。1727年,戈特舍德在莱比锡创建了德意志民族剧院,大量上演高乃依、拉辛、莫里哀等法国古典主义剧作家的作品。1731年,戈特舍德严格按照法国古典主义的标准创作了悲剧《垂死的卡托》,该剧严守"三一律",并用德语创作,推出后大获成功,促使德国戏剧走上古典主义道路,成为德国戏剧的典范。戈特舍德也是一位戏剧理论研究者,他于1740—1745年间编辑了6卷本的《德意志剧场》,收集他和别人翻译的戏剧作品,还于1757—1765年间编写了《德国戏剧诗文史必录》,记录当时德国上演的戏剧作品。

戈特舍德的文学作品涵盖了各种文学体裁,包括戏剧、小说、散文和诗歌。其作品多以社会题材为主,力图反映现实世界和社会问题,他的主要贡献还是在文学批评领域。

1730年,戈特舍德以布瓦洛《诗的艺术》为蓝本写出了理论著作《为德国人写的批判诗学尝试》。这本著作使戈特舍德一跃成为当时德国文坛的权威。戈特舍德在书中将"趣味"分为好与坏两种。所谓"好的趣味"就是与理性规定的规则相一致的品味;"坏的趣味"就是和理性规定的规则不相一致的品味。"哪一种趣味能与理性规定的规则一致,它就是好的趣味。"①显然,戈特舍德提倡"好的趣味",目的是把文学审美标准纳入理性主义的轨道。他大力提倡"正剧",即符合古典主义"三一律"的悲剧。他还提出文学肩负模仿自然和道德教育的使命。事实上,就其内容而言,这本书不过是《诗的艺术》的翻版,但就对德国文学史的价值而言,该书对改造当时的德国文坛起了显著的促进作用,由于古典主义对艺术结构和

① 戈特舍特:《论诗的趣味》,朱立人译,马奇主编:《西方美学史资料选编(上卷)》,上海人民出版社1987年版,第502页。注:《论诗的趣味》标题为译者所加,只选取《为德国人写的批判评学尝试》中的一部分。

形式的严谨追求,对文学语言清晰明确的苛刻要求,其对当时混乱落后的德国文坛无疑是一贴有效的“药方”,对德国文学跟上西欧的步伐起到了客观上的积极作用,尽管古典主义的“药方”落后了西欧一个版本。当然也正因如此,戈特舍德的主张显示出落后的一面。因为古典主义的思想毕竟处在市民阶层的对立面,面对日益壮大的市民阶层的文化需求,戈特舍德的古典主义文艺主张在 18 世纪后期成为时代的绊脚石,被莱辛等人的“市民戏剧”理论取代了。由于戈特舍德对想象力的轻视,对古典主义理性的盲目崇拜,阻碍了德国文学的自由精神,所以他的理论被博德默和布赖丁格击败。此外,由于戈特舍德在文坛的权威性,他对法国文艺的膜拜导致德国文坛的崇法倾向,这一倾向也成为德国建立民族文学的巨大障碍,德国的启蒙主义和浪漫主义文学想要振兴的正是德国文学的民族特色。正因如此,虽然戈特舍德因对德国文学发展的巨大贡献一度成为文学界的权威,但从 18 世纪 40 年代起,随着德国文学的发展,他逐渐成了文学界批判的对象,晚年的戈特舍德,其名字一度成为形容教条主义之愚蠢的谚语。

戈特舍德还发起了德国语言改革运动,主张以萨克森方言为标准统一德国语言使用规范,批判非理性的巴洛克式语言。1727 年,戈特舍德将莱比锡“德语诗歌协会”更名为“德语协会”,以协会为平台创办一系列刊物来推行德语革新。1736 年,戈特舍德出版了《修辞学详解》,一度被许多学校用作教材。1748 年,他的《德语语言艺术的基础》出版,对德语风格的发展和语言的净化具有重要意义。自奥地利国王约瑟夫二世上台后,奥地利采用了戈特舍德的语法教科书,德意志的其他联邦也先后跟进,戈特舍德的德语标准逐渐在全德国被采纳。

尽管戈特舍德在他的时代是一个备受争议的人物,但他的影响力在德国文学史上是不可忽视的。他的评论和理论对德国文学的发展造成了深远的影响,并为后来的文学家奠定了基础。从初衷上看,戈特舍德想要推动德国文学的近代化,促使德国文学从中世纪转向古典主义;从结果上看,戈特舍德为代表市民阶层的启蒙主义和浪漫主义在德国的铺展打下了基础,还对德国民族文学的奠基人莱辛登上文坛起到了清道作用。可以说,戈特舍德是为德国启蒙文学开道的"不合时宜者"。

| 第四章 |

“三一律”的前世今生

“三一律”(classical unities)又称“三整一律”,是一种关于戏剧结构的规则。作为西方戏剧的重要理论,“三一律”的思想来源于亚里士多德的《诗学》。此后这一思想一度被搁置,直到文艺复兴时期,“三一律”在意大利再次迎来生机,意大利戏剧理论家、诗人钦提奥于1554年再次总结提出对“三一律”的思考,而另一位意大利批评家卡斯忒尔维特洛也在1570年用意大利语校勘亚里士多德《诗学》的时候提出“时间的一致”“地点的一致”“动作的一致”三条原则。到了17世纪,法国古典主义戏剧家进一步明确了“三一律”的具体要求,并在戏剧创作中广泛推行,他们要求戏剧创作必须在时间、地点、情节上保持整一,戏剧所讲述的故事发生在一天(一昼夜)之内,故事地点发生在一个场景,情节集中于一个主题。

第一节　“三一律”的起源

在“三一律”的范畴中,情节的一致最容易理解,也最容易执行。亚里士多德在《诗学》中认为悲剧是对一个完善、完整且具有宏大性质的行动的模仿，情节是对人物行动的模仿，是关于事件的安排。悲剧有6个组成部分——情节、性格、台词、思想、扮相、歌曲。其中，事件的安排(即情节)最为重要，因为悲剧不是对人的模仿，而是“对一种活动、生活和系于活动的幸福与不幸的模仿，目的不是模仿人物的品质，而是人物的活动”①。由人物的行动才能展现人物的性格。因此，完整的行动具有开端、中间和结尾，戏剧中情节的一致性就格外重要，必须首尾呼应，否则人物的性格就立不起来。亚里士多德指出，对于单一的情节和行动而言，最难控制的是插曲。所谓“插曲”，“是指在一种情节中，插入的情节部分与其他的情节部分既无或然的关联，又无必然的关联”②。在古希腊悲剧中，插曲是介于两首完整的合唱歌曲之间的那一完整的部分。亚里士多德认为：戏剧中使用插曲，如果剧本出自蹩脚的作者，那是他自身的缺陷导致的；如果出自优秀的作者，那是因为他想取悦演员。总而言之，对于戏剧本身而言，插曲破坏了情节的一致性，多数情况下是不必要的。当然也不能一概而论，有时为了让一个剧本更加丰满，恰当的插曲是补充。“对于故事，无论是现有的，还是由自己编撰的，都应首先加以简化并列出一个纲要，然后加进插曲使之扩展。”③当然，亚里士多德也区分了不同文学体裁对插曲的不同要求：由于悲剧和史诗长度不同，插曲对两者结构的影响也不同。比如：对于悲剧而言，插曲必须短小精悍；对于史诗而言，插曲可以适当多一些，能增加史诗的长度。“不可把史诗的情节安排写成悲剧。”④在亚里士多德看来，相较于史诗，悲剧能用比较集中的时间达到模仿的目

---

① 亚里士多德：《论诗》，崔延强译，苗力田主编：《亚里士多德全集 第九卷》，中国人民大学出版社1994年版，第650页。

② 亚里士多德：《论诗》，崔延强译，苗力田主编：《亚里士多德全集 第九卷》，中国人民大学出版社1994年版，第655页。

③ 亚里士多德：《论诗》，崔延强译，苗力田主编：《亚里士多德全集 第九卷》，中国人民大学出版社1994年版，第666页。

④ 亚里士多德：《论诗》，崔延强译，苗力田主编：《亚里士多德全集 第九卷》，中国人民大学出版社1994年版，第668页。

的，因此他对悲剧情节的精练与紧凑还是很看重的。可以说，情节的一致性在《诗学》中也能找到比较直接的论述，古希腊悲剧的情节往往都很集中，悲剧诗人“和亚里士多德所重视的只是‘三一整律’中的‘情节整一律’”，他们“并不机械地遵循其中的‘时间整一律’和‘地点整一律’”①。在这个方面，后世往往没有什么大的争议。雨果曾将“三一律”称为“二一律”：“我们说‘二一律’而不说‘三一律’，是因为剧情或整体的一致是唯一正确而有根据的，很久以来就毋庸再议了。”②

对于悲剧的时间一致性原则，亚里士多德讲得比较模糊，涉及时间问题的论述并不多，主要是在和史诗的比较中得出的：“至于长度方面，悲剧力求以太阳运转一周为其限度或略微超出这个限度，而史诗则不受时间的局限。”③戏剧的情节要精练紧凑，不宜过长，“情节也必须具有一定的长度，以便于记忆。长度的限制与竞赛和观众的观赏有一定的关系，但同诗人的理论无关。……只要保证能让观众完整地欣赏剧目”④。亚里士多德又指出，对于长度的限定，“在一系列或出于必然，或出于或然而继随发生的事件中，人物由逆境转入顺境，再由顺境转入逆境，这一长度即是比较合适的界限”⑤。可以看出，亚里士多德所论述的戏剧时间包含了演出的时间和情节发生的时间两层含义。前一种含义比较直观，便于理解，后一种更为重要的时间含义则比较抽象，亚里士多德没有做明确规定。从现实的意义考虑，由于希腊戏剧都有一个歌队作为该剧总体结构的一个组成部分，歌队从始至终都站在观众面前，它在为行动而假定的时间上

① 罗念生：《论古希腊戏剧》，中国戏剧出版社 1985 年版，第 11、12 页。

② 雨果：《〈克伦威尔〉序》，《雨果论文学》，柳鸣九译，上海译文出版社 2011 年版，第 47 页。

③ 亚里士多德：《论诗》，崔延强译，苗力田主编：《亚里士多德全集 第九卷》，中国人民大学出版社 1994 年版，第 648 页。

④ 亚里士多德：《诗学》，崔延强译，苗力田主编：《亚里士多德全集 第九卷》，中国人民大学出版社 1994 年版，第 652—653 页。

⑤ 亚里士多德：《诗学》，崔延强译，苗力田主编：《亚里士多德全集 第九卷》，中国人民大学出版社 1994 年版，第 653 页。

就要求有一定的限制，并且这种限制是大于后世的戏剧的。只是文艺复兴以来的理论家们往往没有顾及古希腊戏剧的现实情况，便一股脑儿将亚里士多德的意见全盘接受，并将其变得更为狭隘。[①] 而实际上古希腊戏剧并不严格遵守时间的一致性原则，比如在埃斯库罗斯的《俄瑞斯忒斯》三部曲(《阿伽门农》《奠酒人》《报仇神》)的第三部《报仇神》剧中，俄瑞斯忒斯由德尔斐前往雅典，路上正常要走两三天，但过了若干年月，俄瑞斯忒斯才在雅典受审。

对于地点的一致性原则，亚里士多德没有明确的论述，据传第一位明确提出地点的一致性原则的人是卡斯忒尔维特洛。后世对地点的一致性的理解更多是根据情节和时间的一致性推导出来的。并且由于古希腊戏剧的演出地点是巨大的露天剧场，演出场地受限，缺乏变换地点的条件，大部分古希腊悲剧的情节发生地点是固定的，因此亚里士多德的《诗学》未提及地点整一的问题就不足怪了。由于换景困难，古希腊戏剧往往会把不同的地点并列起来，而且有时还会安排剧中人物出现在他们本不会出现的地方。比如在欧里庇得斯的《腓尼基少女》中，波吕涅刻斯冒着生命危险进入忒拜城和厄忒俄克勒斯谈判，而此时两人正处在对王位的殊死争夺中。其实在现实里，这种谈判通常是在前线举行的。当然也有少部分戏剧例外，比如埃斯库罗斯的《报仇神》开场时，地点在得尔福。俄瑞斯忒斯为父亲阿伽门农复仇，杀死了母亲克吕泰涅斯特拉后受到报仇女神的追逐而逃往雅典，当下一场开始时，地点就换成了雅典。阿波罗指引俄瑞斯忒斯到雅典，寻求智慧女神雅典娜的裁决，雅典娜在阿瑞斯山开庭审理此案。地点又换成阿瑞斯山法庭。欧里庇得斯的剧本地点也不曾局限在一地。[②] 埃斯库罗斯和阿里斯托芬等人的戏剧中出现地点的变换，

---

① 参见阿·尼柯尔:《西欧戏剧理论》,徐士瑚译,中国戏剧出版社 1985 年版,第 41 页。

② 参见歌德:《歌德谈话录》,朱光潜译,朱光潜:《朱光潜全集 第十七卷》,安徽教育出版社 1989 年版,第 314 页。

这给后世留下了争论的空间。

对17世纪古典主义影响巨大的古罗马诗人、批评家贺拉斯未曾详细论述“三一律”问题，只是提到诗人在描写的时候“至少要做到统一、一致”，要“恰到好处”[①]。他的意思是在文学描写的内容、语言、风格上保持前后统一，从而使戏剧构成一个有机整体以体现和谐，这为17世纪古典主义制定了基本原则。

第二节 文艺复兴时期的赓续

到了15世纪末和16世纪初的意大利文艺复兴时期，由于人文主义思想和世俗精神的兴起，时间观念相对于以往产生了很大变化，以线性时间观念为代表的世俗时间意识开始深入人心，对于戏剧时间的理解也相应发生变化。此外，由于透视布景与镜框式舞台等表演形式和技术的出现，戏剧演出的形式有了很大变化，观众与演出舞台的距离变得更加近了。“17世纪时的舞台常常被处理成是观众厅的延伸。观众厅两侧的墙自然也成为衡量布景尺寸的依据，台上建筑布景的高度往往与观众厅的尺寸相匹配。”[②]戏剧演出也更加贴近和照顾观众的切身感受，这样就带来两个影响：一是观众看得更加清楚了，给那种超自然或神话题材制造了演出上的障碍，导致戏剧题材日趋现实化；二是由于舞台条件的变化，戏剧舞台也呈现出现实主义风格，人物形象塑造更多影射现实。这些转变为重新阐释“三一律”提供了可能。在此基础上，意大利文艺复兴时期的

---

① 贺拉修斯：《诗艺》，杨周翰译，中国社会科学院文学研究所编：《文艺理论译丛》(上)，知识产权出版社2010年版，第302页。

② 郑国良：《西方舞台设计史——从古希腊到十九世纪》，上海人民美术出版社2016年版，第130页。

理论家在拉丁文译本的《诗学》基础上发展了亚里士多德的许多观点，在对亚里士多德关于戏剧时间和地点问题的阐释中，百家争鸣，形成了许多颇具启发性的观点。比如，意大利语言学家弗朗西斯科·罗伯泰洛对《诗学》中的戏剧时间观点提出看法，针对“以太阳的一周为限”这个说法，提出“太阳的一周”是指从日出至日落的这段时间，而非地球自转一周的24小时，即不包含日落后的时间，相当于12小时，因为当时的人们往往不在“夜里走动或交谈”。意大利文艺批评家钦提奥在《论喜剧和悲剧》中也将戏剧情节的时间限制在12小时，对于演出时间，他提出悲剧演出的长度大约为3小时，喜剧的长度大约为4小时。意大利文艺评论家、史学家塞尼在《亚里士多德修辞学与诗学》中将戏剧情节的时间延伸到24小时。诗人、批评家明屠尔诺也将戏剧情节的时间限定在24小时之内，而实际演出时间应控制在3—4小时。

卡斯忒尔维特洛在《亚里士多德〈诗学〉疏证》中总结了时间和地点的一致：“戏剧应该是原来的行动需要多少小时，就应用多少小时来表现。……表现的事件也不应多于演出所需的时间里可能发生的事件。”[①]他进一步指出，戏剧的时间“至多不能超过12小时”[②]，但这个时间限制和太阳运动无关，而是由观众能忍受的极限决定的，因为观众无法忍受过长的演出时间，“演出的时间当然不能超过观众的方便，表现的事件也不应多于演出所需的时间里可能发生的事件”[③]。从中我们可以看出文艺复兴时期世俗时间观念的深层影响。至于地点，卡斯忒尔维特洛认为戏

① 卡斯忒尔维特洛：《亚里士多德〈诗学〉疏证》，吴兴华译，中国社会科学院文学研究所编：《古典文艺理论译丛》（卷二），知识产权出版社2010年版，第1004页。

② 卡斯忒尔维特洛：《亚里士多德〈诗学〉疏证》，吴兴华译，中国社会科学院文学研究所编：《古典文艺理论译丛》（卷二），知识产权出版社2010年版，第1008页。

③ 卡斯忒尔维特洛：《亚里士多德〈诗学〉疏证》，吴兴华译，中国社会科学院文学研究所编：《古典文艺理论译丛》（卷二），知识产权出版社2010年版，第1004页。

剧“只能表现发生在同一地点”①的行动。至于情节的一致,卡斯忒尔维特洛是配合时间的一致来解说的。他概括了亚里士多德曾提到的衡量悲剧的两种尺度:一种是可以用感官觉察的外在的时间;一种是凭理智知觉从逆境转入顺境或从顺境转入逆境的过程。显然,前者指的是戏剧的时间,后者指的是戏剧的情节。两者的关系是,感官可以觉察的可用时钟衡量的物理时间不应超过太阳在地平线上运行一次的时间。前文已指出这是照顾观众的需要,那么为什么观众有这个需要呢?因为这是受戏剧情节制约的,这种制约虽然与艺术无关,“但应该正确地由理智限制的时间加以决定并以它为衡量的尺度,因为两种尺度在时间上不能有出入”②。也就是说,观众的理智所能够接受的情节长度制约了戏剧的时间长度。显然,卡斯忒尔维特洛对“三一律”的理解,出发点是观众导向的,他的理论具有很高的现实性和可操作性,强调了戏剧的现实感与真实性。在他看来:一旦规定了这三个因素,情节的真实性就得到了保证:一旦观众觉得真实可信,符合观众的现实生活体验,进而产生信服感和代入感,那么观看悲剧特有的快感就会产生,快感就是悲剧的目的。可以说,卡斯忒尔维特洛的模仿理念是带有鲜明的文艺复兴时期世俗人本主义元素的,为“三一律”在后世的推广和执行打下了基础。古典主义戏剧提倡的“三一律”在相当程度上是建立在卡斯忒尔维特洛的理论基础上的。

在 16 世纪的英国,也有学者和批评家提倡“三一律”,16 世纪前半期的剑桥大学和牛津大学里,青年学者们纷纷研究和效仿亚里士多德和贺拉斯,上演古典剧目,其中最具代表性的是本·琼森。在讽刺剧《无人开心》序幕和《福尔蓬奈》序言中,本·琼森提到了时间和地点的整一,不过

① 卡斯忒尔维特洛:《亚里士多德〈诗学〉疏证》,吴兴华译,中国社会科学院文学研究所编:《古典文艺理论译丛》(卷二),知识产权出版社 2010 年版,第 1027 页。

② 卡斯忒尔维特洛:《亚里士多德〈诗学〉疏证》,吴兴华译,中国社会科学院文学研究所编:《古典文艺理论译丛》(卷二),知识产权出版社 2010 年版,第 1026 页。

他认为诗人不必过分拘泥于这些条条框框。到了古典主义风靡的17世纪,弥尔顿也对“三一律”表现出认同态度,他在诗剧《斗士参孙》序言中谈道:“至于全剧的风格和一致性,以及一般叫作‘情节’的东西,不论错综复杂还是一目了然的,实际上都只为的是故事的裁剪或意向能最好地反映现实和习尚……演全剧从头到尾所需时间的限制按古时候的规律和最好的范例来看不得超过24小时。”①

文艺复兴时期,随着意大利的文化辐射,亚里士多德的戏剧观念借助意大利戏剧兜兜转转来到法国和西班牙等地。《堂吉诃德》中塞万提斯借“神父”之口嘲笑一些不遵守“三一律”的戏剧,他写道:“剧情的演展应该遵守一定的时限,写戏的人是否注意这点呢?我看到的戏,第一幕在欧洲,第二幕在亚洲,第三幕收场在非洲;如果还有第四幕,那么准在美洲结局了;一出戏里就遍历世界四大洲。”②

第三节　“三一律”在法国

如果说在文艺复兴初期,法国的诗学理论深受贺拉斯的影响,那么16世纪中期以后,亚里士多德诗学理论则占有重要地位。在这个过程中,“假面喜剧”扮演了重要的角色。1571年,意大利假面喜剧团应出身于意大利美第奇家族的法国亨利二世的王后喀德琳·德·美第奇的邀请,来到巴黎进行演出,带来了意大利式的戏剧演出方式和理念,打破了巴黎受难社这一业余剧团对神秘剧和世俗剧的垄断。红衣主教马扎兰还把意大利歌剧引进法国。在国外先进戏剧的刺激下,结合国内政治需求,

---

① 弥尔顿:《斗士参孙》,金发燊译,广西师范大学出版社2004年版,序言第4页。

② 塞万提斯:《堂吉诃德》(上),杨绛译,人民文学出版社1987年版,第390—392页。

“三一律”在法国戏剧界传播开来。一位研究《诗学》的意大利学者斯卡利格写了一本《诗论》,以此表达对亚里士多德学说的捍卫。在这本书中斯卡利格没有直接提出“三一律”的概念,而是描述了他理解的“三一律”。斯卡利格在1525年来到法国,在法国定居成家,和法国学术界交流颇多。他一生的大部分时间都在法国度过,在法国写了关于亚里士多德和卡斯忒尔维特洛等人的评论,影响了夏普兰、高乃依等法国当代作家。《诗论》在斯卡利格死后出版,在黎塞留执政时期,又印了三版。有人认为,古典主义理论的发展经历了三个阶段,分别以维达、斯卡利格、布瓦洛的思想为标志。[①] 剧作家、诗人德·拉·泰尔在他的《悲剧艺术》中推崇艺术的整一性,他认为戏剧应该表现同一天、同一时间、同一地点的事件,因此他被认为是法国古典戏剧“三一律”规则的制定者。诗人让·梅雷在戏剧《西尔瓦尼尔》和《索福尼斯伯》中首先应用了“三一律”,受到了执政者黎塞留的赞许。法国的诗人兼文艺评论家夏普兰对斯卡利格等人的“三一律”学说非常支持,作为法兰西学院的秘书长,他对“三一律”的推崇迎合了法国高层的政治需要。

布瓦洛把“三一律”总结为:“剧情发展的时间也需要固定,说清。比利牛斯山那边诗匠能随随便便,一天演完的戏里可以包括许多年:在粗糙的演出里时常有剧中英雄,开口是黄口小儿终是白发老翁。但是我们,对理性要服从它的规范,我们要求艺术地布置着剧情发展;要用一地、一天内完成的一个故事从开头到末尾维持着舞台充实。”[②]事实上,布瓦洛这里提出的“一天”的概念来源于夏普兰的“24小时”规则,夏普兰将“一天”理解为“24小时”而不是“12小时”,又来源于法国诗人龙沙。龙沙在献给亨利二世的未完成的史诗《法兰西阿特》中提到“24小时”的规则:“最精

---

① 参见缪灵珠译,章安祺编订:《缪灵珠美学译文集 第一卷》,中国人民大学出版社1998年版,第354页。

② 布瓦洛:《诗的艺术》,第3版,范希衡译,人民文学出版社2010年版,第32—33页。

通这一行业的大师们从半夜开始，到另一个半夜为止，不是从日落开始，因为这里需要更长的时间长度与延长。”[1]由此我们可以看到法国戏剧界与意大利戏剧界在“三一律”的时间概念上的不同理解。

马克思在1861年7月22日致拉萨尔[2]的信中指出：“路易十四时期的法国戏剧家从理论上构想的那种‘三一律’，是建立在对希腊戏剧(及其解释者亚里士多德)的曲解上的。但是，另一方面，同样毫无疑问，他们正是依照他们自己艺术的需要来理解希腊人的，因而在达西埃和其他人向他们正确解释了亚里士多德以后，他们还是长时期地坚持这种所谓的‘古典’戏剧。”[3]布瓦洛将“三一律”视为古典主义的规律，认为它是在理性的指导下得出的结论，因此是不能违背的。从客观上讲，将“三一律”作为一种戏剧结构的方式，能使剧本的结构更加严整，剧情的矛盾冲突更为集中，在“三一律”的指导下，法国戏剧界确实产生了不少成功的剧作。

“三一律”在法国戏剧领域取得了指导性的地位，也和当时戏剧舞台缺乏场景变换的现实局面有关。由于演出场地和舞美工艺的限制，法国戏剧舞台布景往往比较简单，追求布景的统一，道具也比较简陋，客观上迎合了古典主义对“逼真”的要求，即表现一般的、共性的、抽象的、概念化的地点，而不是特殊的、个性的、具体的地点，有时在舞台深处随意加上几处衬景，摆上一两样道具就表示一般的宫殿或房间。并且，由于剧场内观众越来越多，剧场空间被观众占据，自然就没有太多空间安排舞台调度了，戏剧演出就带上了纯粹朗读的性质，这促使演员把精力都集中到台词

---

① 李健吾：《法兰西十七世纪古典主义文艺理论·前言》，《李健吾译文集》(第十四卷)，上海译文出版社2019年版，第61页。

② 拉萨尔：德国政治家、哲学家、法学家、工人运动指导者、社会主义者。

③ 中共中央马克思恩格斯列宁斯大林著作编译局译：《马克思恩格斯全集》(第三十卷)，人民出版社1975年版，第608页。

念白技巧中去。[①] 舞美效果让位给演员的服装，演员肢体表演让位给台词，这种客观的局面为“三一律”的实施提供了现实语境。

当然，“三一律”并不是万能的，文艺的基石是“自由”，“自由”意味着“变化”。随着历史的变化，人们对“三一律”的态度也在发生改变。在具体的创作中，剧作家也不可能完全按照“三一律”结构剧本。当“三一律”这一严整的规则刚刚在法国风靡起来时，法国诗人代加里尔就曾提出异议，他说：“第一，古代戏剧家自己并不经常遵守这一时间法则；第二，无论如何，我们‘不应受他们的写作方式的约束’；第三，对时间整一性的遵守只能导致荒谬的地步；第四，当我们以共同接受的古典标准分析一出理想的悲剧时，我们就会发现我们不能使命运的变化局限于虚构的一天的时限内；第五，凡是遵守这一法则写出的剧本，显然次于忽视这一法则而写出的剧本。”[②]西班牙戏剧家莫利纳也举例指出：让一位谨小慎微的绅士爱上举止端庄的小姐，向她大献殷勤，向她求爱，向她求婚……而这一切行动却要发生在一天之内。你看怪不怪，他在要求她明天就成为他的妻子之后，还必须当天晚上就和她结婚。[③] 1637 年，高乃依的《熙德》获得巨大成功，同时也遭到许多评论者的批判，他们认为《熙德》未能严格遵守“三一律”。乔治·德·斯居戴里指责高乃依表面上呈现了 24 小时之内的情节，实际上却浓缩了好几年的历史事件，这就违背了时间的整一。同时，剧中用同一场景表示多个地点，地点的变化未能遵守地点的整一，后果是引起观众的困惑，时间和地点的不整一破坏了戏剧的“逼真性”。乔治·德·斯居戴里还指出，除了罗德里格和施梅娜的爱情主线外，高乃依

① 参见阿·维·雷柯夫：《舞台美术史概要(上卷)》，中央戏剧学院编译，人民美术出版社 1963 年版，第 96、97 页。郑国良：《西方舞台设计史——从古希腊到十九世纪》，上海人民美术出版社 2016 年版，第 107 页。

② 阿·尼柯尔：《西欧戏剧理论》，徐士瑚译，中国戏剧出版社 1985 年版，第 45 页。

③ 参见阿·尼柯尔：《西欧戏剧理论》，徐士瑚译，中国戏剧出版社 1985 年版，第 45 页。

还在剧中安排了公主对罗德里格的爱慕之情以及骑士唐·桑西暗恋施梅娜这两个次要情节，这两个与情节主线毫不相关的剧情属于多余的"插曲"，破坏了戏剧情节的整一性。斯居戴里说："人在这里看不见任何变化、任何情节、任何关节。最无眼力的观众从一开始就猜得出来或者更确切些说，看得出来这种遇合的结尾。"①

高乃依的《熙德》是否违背"三一律"是17世纪法国戏剧理论界绕不开的话题。高乃依对"三一律"有自己的看法，其中许多看法都有超越时代的前瞻性和现实性。《熙德》演出后获得巨大成功，高乃依迅速走红，黎塞留看过此剧后非常不满，又不方便直接出手干预，这违背了他开明包容的形象，因此他授意推崇"三一律"的夏普兰代表法兰西学院撰文批评《熙德》，夏普兰无奈应允，经黎塞留多次提出意见修改后发表了《法兰西学院关于悲喜剧〈熙德〉对某方所提意见的感想》。在这篇文章中，夏普兰在戏剧界对《熙德》的一些批评意见的基础上代表官方提出了看法。在时间整一律方面，夏普兰认为高乃依的问题不仅在于将众多历史事件浓缩在几个小时之内，更在于让施梅娜在一天之内摇摆于为父报仇和与杀父仇人结婚之间，他认为这样的安排并不符合情理。夏普兰指出，在西班牙原作中，这一过程持续了好几天，还显得比较可信，而在高乃依笔下，"为了二十四小时规律的限制，不惜破坏自然规律，他本想对原作家的艺术疏忽的地方有所纠正的，不料反陷入更重大的错误"②。在此，夏普兰其实已经触及了死守时间整一律的弊端，但他话锋一转，不是继续往前推进论证这一点，而是指出这个局面不是"三一律"的问题，是高乃依自己的问题。他说，不是因为时间的限制而显得人物观念和情节的混乱，而是作者在有限

---

① 李健吾：《法兰西十七世纪古典主义文艺理论·前言》，《李健吾译文集》（第十四卷），上海译文出版社2019年版，第59页。

② 沙坡兰：《法兰西学院关于悲喜剧〈熙德〉对某方所提意见的感想》，鲍文蔚译，中国社会科学院文学研究所编：《古典文艺理论译丛》（卷二），知识产权出版社2010年版，第931页。

的时长中硬塞进过多的情节。“我们却认为并不是因为它将几年的动作硬压缩在一天之内而显得篇幅冗长，如果这些动作有可能在一天之内发生的话。我们认为使读者感到费力、使篇幅显得冗长的原因不在时间太长而在内容太多。”①夏普兰也强调了地点整一的重要性，他说法国戏剧经常犯下一个场面代表几个地点的毛病，造成观众心中的不解和混乱，他批评高乃依道：“在地点的一致上，但他也应该尽更大的努力，因为地点一致的必要性正不亚于时间的一致。”②在情节的整一律上，夏普兰与斯居戴里都强调次要情节要与主要情节相关联。与斯居戴里相同的是，夏普兰认为公主爱恋罗德里格的情节是多余的，因为这一条线索对剧情的走向没有任何影响。但在骑士唐·桑西这条线索上，夏普兰与斯居戴里不同，他并不认为唐·桑西这条线索完全没有价值，因为唐·桑西的行动与主人公的行动紧密相连。

高乃依在“戏剧三论”中为自己辩解。他不否认“三一律”的经典性和权威性，肯定了尊崇亚里士多德诗学理论的必要性。在《论悲剧》中，他说道，“构成悲剧的那些行动……就在那些行动本身之中，伴有时间和地点的不可割离的条件”，“必须把行动安排在最适当和最容易发生的地点，使它们在一种合理的从容不迫的期间发生”，诗人“为了按照法则使人喜欢，他需要遵守时间的单一和地点的单一”，但他也指出，“除非我们有必要非把它们关在一天和一地不可，就不要过分紧缩”③。他站在诗人应描写按照可能性和必然性发生之事的基础上，指出死守“三一律”的弊端：“我们应当遵守单一的时间和地点，可是这样一来，我们就照顾不了可能性，尽

---

① 沙坡兰：《法兰西学院关于悲喜剧〈熙德〉对某方所提意见的感想》，鲍文蔚译，中国社会科学院文学研究所编：《古典文艺理论译丛》(卷二)，知识产权出版社 2010 年版，第 931 页。

② 沙坡兰：《法兰西学院关于悲喜剧〈熙德〉对某方所提意见的感想》，鲍文蔚译，中国社会科学院文学研究所编：《古典文艺理论译丛》(卷二)，知识产权出版社 2010 年版，第 944 页。

③ 高乃依：《论悲剧》，王晓峰译，吴兴华校，中国社会科学院文学研究所编：《古典文艺理论译丛》(卷二)，知识产权出版社 2010 年版，第 1047 页。

管遵守不就等于许可写些不可能有的事。”[①]在《论戏剧的功用及其组成部分》中，高乃依认为，为了能达到戏剧的艺术目的，就必须遵循戏剧的法则，但遵守法则并不等于死板地执行“三一律”：“诗人必须遵守行动、时间、地点的一致。没有人否认这个。不过，要断定什么是行动的一致，要了解所要求的时间和地点的一致的范围和限度，就存在着不小的困难。”[②]具体来看，在戏剧时间的整一方面，高乃依承认应尽量遵守“一天”或“二十四小时”的准则，但创作以模仿的真实性为原则，而不是以古人的权威为原则，作者可以做必要的妥协，太过死板的时间限制会影响情节的设计：“我发现有些题材很难容纳在如此短促的片段中，所以我不仅让这种题材占用整整二十四小时，甚至还利用这一位哲人所制定的规则而少许超过这段时间，不受拘束地把时间延长到三十小时。”[③]高乃依认为他本可以安排罗德里格与唐·桑西在另一个时间决斗，而不是在罗德里格打败摩尔人的两小时后，因为按照常理，此时的罗德里格已经力不从心，但为了将时间控制在二十四小时之内，他只能让剧中的国王指定罗德里格在取胜归来后马上决斗。也就是说，高乃依认为对时间整一的恪守影响了戏剧的“逼真性”，在具体的创作实践中有时会让作者在依从经典与表现真实之间做出无奈选择。面临这种处境，高乃依指出：“如果题材并不要求规定行动所占用的时间，特别是在规定了时间之后就会使事件的可能性显得有些牵强的时候，我宁愿让观众去想象行动的延续时间，绝不去规定事件所占用的时间。”[④]

---

① 高乃依：《论悲剧》，王晓峰译，吴兴华校，中国社会科学院文学研究所编：《古典文艺理论译丛》（卷二），知识产权出版社 2010 年版，第 1048 页。

② 高乃依：《论戏剧的功用及其组成部分》，闻启译，中国戏剧出版社编辑部编：《戏剧理论译文集　第八辑》，中国戏剧出版社 1960 年版，第 114 页。

③ 高乃依：《论三一律，即行动、时间、地点的一致》，孙伟译，马奇主编：《西方美学史资料选编（上卷）》，上海人民出版社 1987 年版，第 402 页。

④ 高乃依：《论三一律，即行动、时间、地点的一致》，孙伟译，马奇主编：《西方美学史资料选编（上卷）》，上海人民出版社 1987 年版，第 403 页。

对于地点的整一，高乃依指出他在亚里士多德和贺拉斯的言论中没有发现任何依据，也否认了这是时间整一所推导出来的必然结果，整一不代表只有一个地点，正如时间整一不代表必须严格遵守“二十四小时”准则：“时间一致的必要性迫使我们寻找方法扩大地点的广度，正如延长时间的长度一样，这不能说是不可能的。”①在原则上，高乃依也尽可能支持努力做到绝对的地点一致的主流意见，但他也明白，“由于这个意见不可能适用于一切题材，所以我也欣然同意用发生在同一城市的行动来满足地点一致的要求”②。当然，他也保证在同一幕中绝不变换事件的地点，只有在不同幕之间才变换，并且认为在两个不同地点之间有必要换景，而且两个地点都不必标出名称，只要标出包括这两个地点的那一个地名就行了。

对于情节的整一，批评者认为在《熙德》中，如果严格地遵循情节的整一律，那么主人公罗德里格从杀人偿命的危机中脱离出来后，随着主要矛盾和危机的结束，整个故事就应该结束了，没有必要再安排公主和骑士与两位主人公的情感纠葛等无用的“穿插”情节。对此高乃依辩称：“选择的行动应当有开端、中间和结尾。这三个部分不只是主要行动中各自独立的行动，而且其中的每个行动本身还包含着处于从属地位的新行动。由此可见，应当只有一个能够抚慰观众心灵的完整的行动。”③他指出，因为这种法则的出发点是观众的感受，创作者要保持观众对下一幕要发生的事情的期待，所以“情节(行动)的一致”的说法不应被理解为：悲剧应当向观众表演一个孤立的行动。高乃依认为观众总是乐于等待其他若干行动

① 高乃依：《论三一律，即行动、时间、地点的一致》，孙伟译，马奇主编：《西方美学史资料选编(上卷)》，上海人民出版社1987年版，第404页。

② 高乃依：《论三一律，即行动、时间、地点的一致》，孙伟译，马奇主编：《西方美学史资料选编(上卷)》，上海人民出版社1987年版，第404页。

③ 高乃依：《论三一律，即行动、时间、地点的一致》，孙伟译，马奇主编：《西方美学史资料选编(上卷)》，上海人民出版社1987年版，第401页。

来推动主要情节的发展，对悲剧创作来说，行动只要保持主人公危局的一致，就是一致的，他不否认把几种危局同时写入悲剧的可能性，因此《熙德》中穿插的情节是与主要情节相关联的，并不是无用的。

可以看出，高乃依既不想违背“三一律”的准则，又想赋予创作者更大的自主性。在面对诗学理论与创作实践的冲突时，高乃依保持了一种诚恳的态度，他明白问题出在哪里，还将观众的体验视为戏剧演出的重要部分，强调了戏剧表演性的本质，某种程度上体现了戏剧观念的超前性。

事实上，古典主义剧作家在具体的戏剧创作和戏剧评论中也很难彻底贯彻“三一律”。比如在高乃依看来，戏剧创作虽然应该强调“三一律”的法则，但也不应该死板地遵循，剧作家在必要时可以有变通的权利，尤其在处理时间和地点一致的困难时。英国古典主义诗人和文艺批评家德莱顿虽然是英国“古典主义保守派”的代表，但他在《论戏剧诗》《悲剧批评的基础》[1]等文章中也对“三一律”提出了异议。他认为如果悲剧只要能够反映普遍的时代精神，就不必严格遵循“三一律”的桎梏。到了启蒙时期，莱辛在《汉堡剧评》等论著中猛烈批判德国文艺批评家、文学史家戈高特舍德机械模仿法国古典主义的倾向，指出“三一律”是对亚里士多德诗学的歪曲和篡改，尽管它确实为剧作家的创作带来了不少有价值的东西。在莱辛看来，情节是最主要的构成悲剧的因素，如果严守“三一律”对时间和地点做出的严格限制，就会对情节的展开形成制约，从而影响悲剧的效果。意大利戏剧家哥尔多尼也站在模仿自然的角度反对“三一律”。歌德指出，对于“三一律”的运用要便于观众对剧情的理解，不可盲从，莎士比亚就不会严格遵守“三一律”，但莎翁的剧本易于理解，就连“三一律”的始创者希腊人都不会指责。法国人却严格遵守“三一律”，这违背了便于理

① 《悲剧批评的基础》是德莱顿为自己的剧本《特罗勒斯与克莱西德》写的序言，论述了悲剧的目的、情节、人物以及悲喜剧之间的区别。

解的原则:“三整一律只有在便于理解时才是好的。如果三整一律妨碍理解,还是把它作为法律来服从,那就不可理解了。就连三整一律所自出的希腊人也不总是服从它的。”①

随着浪漫主义的兴起,以“三一律”为代表的古典主义诗学成为批判的对象,司汤达在《拉辛与莎士比亚》中指出,由于法国一直自认为巴黎是欧洲的沙龙,法国是欧洲文化的中心,是欧洲古典文化的传承者,死守地点和时间的整一成为法国文学根深蒂固的习惯,他认为这完全没有必要。司汤达认为文学要具有时代性,应反映现实生活,“三一律”已经无法满足这一要求,“三一律”非但不逼真,而且会成为天才的桎梏。他号召作家向莎士比亚学习,而不是固守拉辛的道路,“关于拉辛和莎士比亚的全部争论,归结起来就是:遵照地点整一律和时间整一律”②。雨果的批评最激烈,他在《〈克伦威尔〉序》中指出,“三一律”不过是假托亚里士多德的伪律,打着“逼真”的旗号,自认为体现了“逼真”的原则,但它恰恰否定了自己的原则。到了雨果的时代,许多人都已经在实践上和理论上打击伪亚里士多德法典的根本原则。而且,“三一律”在当时已是强弩之末,它的反对者“只摇撼了一下,它就摇摇欲坠了,可见这学院派破屋的梁木是多么腐朽不堪”③!雨果还将遵循“三一律”的法国古典主义戏剧和真正的古典戏剧——古希腊戏剧做比较,认为古希腊戏剧比法国古典主义戏剧更加自由,“希腊戏剧只服从对它适合的法则,而我们的戏剧则给自己加上一些和它本质毫不相干的清规戒律。前者是艺术的,后者是人工的”④。雨果反对“三一律”的初衷是倡导一种艺术上的自由主义,他认为自由主

① 参见歌德:《歌德谈话录》,朱光潜译,朱光潜:《朱光潜全集 第十七卷》,安徽教育出版社1989年版,第314页。

② 司汤达:《拉辛与莎士比亚》,王道乾译,上海人民出版社2006年版,第16页。

③ 雨果:《〈克伦威尔〉序》,《雨果论文学》,柳鸣九译,上海译文出版社2011年版,第47页。

④ 雨果:《〈克伦威尔〉序》,《雨果论文学》,柳鸣九译,上海译文出版社2011年版,第49页。

义是浪漫主义的根源，他的五幕戏剧《欧那尼》完全无视古典主义的规则，是自由主义的典范，该剧在1830年的成功上演标志着浪漫主义对古典主义的胜利。在《〈欧那尼〉序》中，雨果提出“浪漫主义其真正的定义不过是文学上的自由主义而已”①，文学自由是政治自由的新生女儿。雨果指出，那些想维护古典主义的顽固派无非是想在文学领域和社会领域中恢复旧的专制制度，那一定是枉费心机的。

“三一律”在政治上符合君主专制政体的要求，在“理性”原则的包裹下，使戏剧在时空方面高度精练和紧凑，矛盾冲突集中，在强调“逼真”的追求中突出了戏剧创作的现实主义原则。但是，严守“三一律”又不免使人物塑造单一化、类型化，使戏剧结构程式化，对作家的创作形成一种严重的束缚，随着时代的发展，“三一律”走下“神坛”不过是时间问题。

① 雨果：《〈欧那尼〉序》，《雨果论文学》，柳鸣九译，上海译文出版社2011年版，第91页。

| 第五章 |

模仿自然的问题

“三一律”之所以能成为古典主义诗学理论的重要理念，就在于当时的人们认为只要遵循“三一律”规则创作戏剧，就能保证戏剧的“逼真”性，这就牵涉到艺术的“模仿”问题。

第一节 “模仿论”的滥觞

古希腊时期，“模仿”最初的含义是指祭祀活动中的音乐、舞蹈与吟唱。大约在公元前6世纪到前5世纪，模仿的含义开始转向哲学与美学范畴，表示人对外在世界的认识、理解和表现。毕达哥拉斯、赫拉克利特、德谟克里特、苏格拉底等哲人都曾提出艺术源于模仿的说法。至于艺术模仿了什么东西，柏拉图认为是理念或神，因为艺术家模仿的是现实世界的东西，现实世界的东西是理念世界的复制品，所以艺术是对理念世界的模仿，是理念世界的“影子的影子”。在柏拉图看来，模仿是低劣的东西，“模仿者对他模仿的东西并无有价值的知识，模仿是一种游戏，不能当真”，尽管柏拉图贬低了艺术模仿的层次，但他在《理想国》中毕竟提出了艺术在于模仿的观点:“一切诗歌模仿者,从荷马开始,都模仿美德的影像和他们描写的其他所有事物。”①这影响了亚里士多德的诗学理论。到了亚里士多德时代,酒神颂已经半戏剧化,由于酒神颂中的歌有些像戏剧中的对话,因此亚里士多德认为酒神颂的创作过程也是模仿。他进而指出,戏剧是对行动中的人的模仿,悲剧是对一个完善、完整且具有宏大性质的行动的模仿。与柏拉图否定模仿的真实性相比,亚里士多德则肯定了艺术模仿的真实性,并将模仿的目标还原到人的世界。此后,西方的模仿说沿着神的世界和人的世界两条路径传承,神和人都被纳入“自然”的范畴,也就是艺术要模仿自然,要逼真地展现自然。古希腊文学中表现的人物都具有理念的美,人物的性格特征一般代表了某种理想,即人类共有的性格特征。

到了古罗马时期,贺拉斯认为艺术家要到生活风俗中寻找原型,重点是表现人,他虽然没有直接点到“模仿”一词,但在《诗艺》中讲到对人物的刻画:“那你必须(在创作的时候)注意不同年龄的习性,给不同的性格和年龄以恰如其分的行动。”“不要把青年写成老年的性格,也不要把儿童写成成年人的性格,我们必须永远坚定不移地把年龄和特点恰当配合起来。”②文艺作品不论是语言、情感还是行动都要符合所描写人物的身份,这样就将表现整个“人类”共性的某种性格特质具体化为某个“人群”的共性,提出了典型化的问题,这是艺术“模仿自然”的自然体现。也就是说,贺拉斯要求作品中的人物真实可感、合情合理。贺拉斯认为古希腊人就有这样的天赋,“诗神把天才,把完美的表达能力,赐给了希腊人”,“古代

---

① 柏拉图:《柏拉图全集 增订版 6》,王晓朝译,人民出版社 2017 年版,第 324、322 页。

② 贺拉修斯:《诗艺》,杨周翰译,中国社会科学院文学研究所编:《文艺理论译丛》(上),知识产权出版社 2010 年版,第 306、307 页。

的诗人是有智慧的……因此诗人和诗歌都被人看作是神圣的"①。因此他认为文学不仅要模仿现实，也要模仿古人，尽量采用古代经典作品中家喻户晓的题材。"模仿自然"和"模仿古人"第一次建立了联系，贺拉斯的思想也极大影响了古典主义思潮。需要指出的是，贺拉斯既提出要遵循传统，写古典的题材，又肯定了独创的意义，认为作者可以把新的题材搬上舞台，创造新的人物，只要他的创作能够做到头尾一致，就不会自相矛盾。即使作者面对一些经典题材，也要照顾今天观众的感受，不该在舞台上演出的，就不要在观众面前呈现，比如不必让美狄亚当着观众屠杀自己的孩子，不必让阿特柔斯煮食人肉，等等，要保持创作上的灵活性与独立性。

朗吉努斯认为优秀的散文家凭借倒装格模仿自然，技巧唯有在似乎是自然时才臻于完美，而模仿自然只有在不着痕迹的技巧下才得以成功。古罗马文学追求崇高的境界，文艺模仿是为了达到崇高，如何快速达到崇高呢？朗吉努斯为作家指出了一条道路：咬紧牙关模仿古代伟大的散文家和诗人们，并且同他们竞赛，这是达到他所推崇的崇高风格的路径。作家、批评家斐罗斯屈拉特发展了亚里士多德的模仿说，他把模仿分为两类：一是用心和手来模仿事物；二是用心灵去创造理念世界的形象（模仿是比现实更高一级的存在）。

亚里士多德曾说："诗人的职能不是叙说那些确实已经发生的事情，而是描述那些可能发生的事情，这些可能发生的事情或出于偶然，或出于必然。……诗比历史更富有哲理，更富有严肃性，因为诗意在描述普遍性的事件，而历史则意在记录个别事实。"②所谓普遍性的事件，是指某种类

---

①　贺拉修斯：《诗艺》，杨周翰译，中国社会科学院文学研究所编：《文艺理论译丛》（上），知识产权出版社 2010 年版，第 314 页。

②　亚里士多德：《论诗》，崔延强译，苗力田主编：《亚里士多德全集 第九卷》，中国人民大学出版社 1994 年版，第 654 页。

型化的人,或人的话语,或人的行动。随着带有鲜明世俗人本意识的人文主义思想的兴起,亚里士多德的模仿论成为西方诗学的主流。达・芬奇在论述绘画时提出“镜子说”这一模仿论的变体,他认为画家作画要像照镜子那样栩栩如生地反映自然,画家不仅依靠感性去观察自然,更要运用理性来揭示自然的规律。莎士比亚在《哈姆莱特》中写道:“自有戏剧以来,它的目的始终是反映人生,显示善恶的本来面目,给它的时代看一看它自己演变发展的模型。”①意大利诗人塔索认为,美是自然的作品,“自然的作品本身原来即是如此,直接模仿自然的艺术作品也就应如此”②。另一位意大利文艺复兴时期的哲学家和语言学家马佐尼指出,诗是一种理性的艺术,也是一种模仿的艺术,“诗的目的在于再现一个形象”③。英国人文主义作家、学者菲利普・锡德尼认为,除诗以外,没有一种艺术技巧不需要依靠自然,服从于自然。“没有大自然,它们就不存在,而它们是如此依靠它,以致它们似乎是大自然所要演出的戏剧的演员。”④只有诗可以跳脱出自然的束缚,但锡德尼仍然认同亚里士多德的说法,认为诗是模仿的艺术,只不过诗的模仿是一切模仿中对自然最有利的,它可以让自然变得更好,他告诫大家要遵循自然规律,这样就不会犯错误。斯卡利格指出:诗歌和历史的区别在于,历史以用简洁的风格记载确定的事实为己任,诗歌则用苦心经营的虚构来模仿事实。诗歌虚构不真实的事件,而且虚构的事情就好像真的一样,因为诗歌是“依照可能的或应该的样子来描

① 莎士比亚:《哈姆莱特》,《莎士比亚喜剧悲剧集》,朱生豪译,译林出版社 2010 年版,第 343 页。

② 塔索:《美是自然的一种作品》,朱光潜编译:《西方美学家论美与美感》,天工书局 2000 年版,第 67—68 页。

③ 马佐尼:《诗的娱乐作用和教益作用的统一》,朱光潜编译:《西方美学家论美与美感》,天工书局 2000 年版,第 69 页。

④ 锡德尼:《为诗一辩》,钱学熙译,中国社会科学院文学研究所编:《文艺理论译丛》(下),知识产权出版社 2010 年版,第 519 页。

写它们。因此,模仿是一切诗歌的基础"①。诗歌与其他艺术不同,如果说其他艺术只能按照事物本身的样子描写它们,诗歌则可以塑造不存在事物的形象,以及比存在的事物的形象更美的形象。从这个意义上说,诗之所以称为诗,是由于自然的精明睿智,因为诗人已经成为仅次于上帝的第二神灵,是真正的创造者。可见,斯卡利格的模仿论有着鲜明的人文主义气质,他把诗歌从柏拉图式的"影子的影子"之地位向上提升了一级,甚至直逼上帝的创造,"模仿自然"有了"模仿上帝创造自然"之意味,又因为人是社会的动物,这就极大拓展了模仿对象中人类世界的成分。这些例子都表明,近代西方诗学越来越意识到模仿自然主要是模仿现实生活,模仿现实生活中的人以及他们的行动,以此反映出人物形象性格上的普遍特征。由于是普遍特征,它必然有某种广泛性和代表性,也就是说,随着世俗人本意识的觉醒,文艺的属性越来越体现出真实性与社会性,强调现实生活是文艺创作的客观依据。在16—18世纪的大部分时间里,模仿说几乎成了艺术不证自明的定理。

第二节　古典主义的"模仿论"

文艺复兴的旗帜是复兴古代文明,古罗马时期模仿古人的观念被重新激活。意大利文艺复兴时期的理论家明图尔诺接续模仿自然与模仿古人之关联,认为模仿论是由亚里士多德与贺拉斯教给后人的真理,而真理只有一种,只要被证明是真的,就必然在任何时代都是真的。"艺术要竭

---

① 斯卡利格:《诗学》,缪灵珠译,章安祺编订:《缪灵珠美学译文集　第一卷》,中国人民大学出版社1998年版,第356页。

力模拟自然,愈接近自然,就模拟得愈妙。"[①]与今人相比,古代经典的模本无疑更妙,模仿的作品往往比不上被模仿的范本,而且不能如实表现它。"自然之理不可能使仿作和所表现的及模仿的事物一模一样,没有区别。"[②]卡斯忒尔维特洛也继承了贺拉斯的模仿古人的理念,虽然他没有明确提出模仿的理论,但处处彰显了模仿的理念。比如他认为悲剧和史诗的情节应该沿用历史上已经用过的家喻户晓的题材,也就是古希腊罗马文学中的悲剧和史诗的情节。与此相匹配,文学人物也应该是英勇绝伦的帝王、神或英雄等家喻户晓的非凡人物。因为观众无法想象一位不曾存在过的国王并配以任何业绩,也无法把一个事实上不曾有过的功绩搁在他身上。如果虚构一些非凡人物和行动,就相当于违背历史和传说,违背了真实,等于在明显的真理面前犯罪。"这就是为什么一切悲剧和史诗的情节都是、也应当是由所谓历史事件构成。"[③]

17、18世纪的古典主义诗学继承的也是亚里士多德的模仿说。古典主义作家尤其注重文艺作品的真实性,他们将亚里士多德与贺拉斯的一些文艺观念加以改写并将其移植到以戏剧为代表的文学创作中,指出戏剧所表现的人物情节必须符合情理。所谓"符合情理"即符合君主专制时期宫廷贵族的审美期待。约翰·德莱顿也继承了亚氏的模仿论,他认为创造可能的而又引人入胜的情节是悲剧最艰巨的任务,悲剧"没必要呈现历史的真实性,但永远有必要呈现真实的起码的可能性"[④]。与之相应,剧中的人物性格必须符合年龄、性别、国俗和社会地位,使人信服。另一

① 明图尔诺:《诗艺》,缪灵珠译,章安祺编订:《缪灵珠美学译文集 第一卷》,中国人民大学出版社1998年版,第382页。

② 明图尔诺:《诗艺》,缪灵珠译,章安祺编订:《缪灵珠美学译文集 第一卷》,中国人民大学出版社1998年版,第390页。

③ 卡斯忒尔维特洛:《亚里士多德〈诗学〉疏证》,吴兴华译,中国社会科学院文学研究所编:《古典文艺理论译丛》(卷二),知识产权出版社2010年版,第1010页。

④ John Dryden: "Preface to Troilus and Cressida, Containing the Grounds of Criticism in Tragedy", in W. P. Ker ed.: *Essays of John Dryden, Vol. 1*, Clarendon Press, 1926, p. 209.

位英国古典主义者塞缪尔·约翰逊也认为一个剧本最大的好处就在于模仿自然和指导生活，他称赞莎士比亚的戏剧是生活的镜子，表现了普通人的真实状态，更接近生活的面貌。费奈隆站在崇古的立场肯定亚里士多德的诗学，他认为悲剧完全不应该有损对真实自然的模仿，要把自然描写得美丽伟大，人物言行符合人情。以这个标准，他批评莫里哀的语言不够自然，而且经常夸张描写笔下的人物，为了达到滑稽的效果，摒弃真实，违反了自然规律。

为了突出典范、接续正统、获得政治和文化上的合法性，古典主义诗学模仿古人的思想也变得更为迫切。英国古典主义理论家蒲柏在诗体批评《论批评》中指出："第一义是师法自然，构筑评判基石，依据她天公地道，亘古如一的标尺：从无舛错的自然，永远都神圣辉煌，放射出清亮恒定、普照万物的华光，为万物注入生命，也注入力量和美，是文艺的源泉，文艺的目的和量规。"①他告诫今天的作家，除了自然，不要向任何源泉汲取。蒲柏进而提出要多效仿古人，古人发现的不是空想的定理，而是自然的真谛，古人依照自然的本性找到规律。现代人应该倾听希腊人定下的金科玉律，从伟大榜样那里获得正确的训勉。今天的作家要做出正确的判断，便要深知每个古代作家的本性：他的主题、范围的划分；他的宗教信仰、国情风土、时代精神。总而言之，模仿自然与模仿古人的本性是一致的，"取法古典准则，等于取法自然本身"②。

高乃依也提出要模仿古人，他认为悲剧要以著名、严肃的情节为题材，意指古希腊-罗马的神话传说或历史事件。在高乃依看来，古典主义悲剧如果不是建立在每个人都接受的传说或历史的基础上，就会缺乏真实性。由于神话传说和历史事件的经典性和权威性，这样取材的结果会

① 亚历山大·蒲柏：《论批评　云鬟劫》，李家真译注，商务印书馆2022年版，第9页。
② 亚历山大·蒲柏：《论批评　云鬟劫》，李家真译注，商务印书馆2022年版，第14页。

让作者很难对其进行随意加工。他在《论悲剧》中说道：古人的虚构自由度很小，他们的作品总是围绕着少数家族的活动，使用现成的故事。但高乃依并不是一味崇古，他从真实可信的标准出发，认为对于当时的作家而言，是否遵循古人应视具体情况而定。他区分了三种情况。第一，当悲剧中出现明显违背人的天性的行为或者残忍的犯罪行动时，就应该师法古人，悲剧只能取材于历史或传说，这里没有任何自由的虚构空间，因为这些行动太反常，在当代缺乏可能性，除非在历史或传说中有依据，否则就难以令人信服。“我们只要不虚构那种本身缺乏可能性的东西也就成了。既然是很久就虚构成了的，观众对它非常熟悉，搬上舞台观众自然也就绝不至于大惊小怪了。”①第二，当面对那些具备可能性的行动时，比如一个人和另一个人争吵，把对方杀了，事后发现对方是自己的亲人，后悔不已，这种行动没什么不可能，因此也就可以虚构。但是这种虚构如果太过离奇曲折，比如像俄狄浦斯王那样杀父娶母，观众就可能很难相信，除非有古代经典在先。第三，当一切行动都是可能的，且这些行动依照自然情感往前推进时，作者就可以大胆虚构，不用受古代题材的制约，甚至作家在处理经典情节时还可以适当地突破限制，“保留主要行动，所以用的虽然是同一题材，但写成的剧本却不一样”②。因此，高乃依总结：考虑诗人对创作自由的需要，他虚构的可能性到什么程度为止，这个问题是很难回答的，只能说，我们对某些事物是无权改动的；而对那些有权改动的事物，就该按照题材为人知晓的程度，加以或大或小的改编。他以自己的创作为例，他的作品《贺拉斯》《庞培之死》的历史无人不知，他的创作自由就受到限制，而《罗德古娜》《尼科梅德》的情节在他的作品搬演之前很少有人知

---

① 高乃依：《论悲剧》，王晓峰译，吴兴华校，中国社会科学院文学研究所编：《古典文艺理论译丛》(卷二)，知识产权出版社2010年版，第1042页。

② 高乃依：《论悲剧》，王晓峰译，吴兴华校，中国社会科学院文学研究所编：《古典文艺理论译丛》(卷二)，知识产权出版社2010年版，第1044页。

晓，创作自由就很大了。也就是说，在高乃依看来，古人的经典有时反倒成为今人创作的枷锁。可以说，高乃依不是一味地要模仿古人，他的模仿观念是以观众的真实可信为基础的，反倒抓住了亚里士多德模仿论的精髓，他的一系列自我辩解事实上反映出他对时代的超越。

只是高乃依的思想并非古典主义的主流，反而在很多时候高乃依被视为叛逆者，布瓦洛的诗学理念才是古典主义的标准。布瓦洛要求文学创作要向古人学习，接受、模仿古人的题材、手法，因为古人的作品经受了时间的考验，具有高度的真实性。真实性是文艺最高的要求，强调逼真可信。要做到逼真，文艺创作必须模仿自然，自然即天生事物的情理、天生的自然人性，古人的作品就是模仿自然的典范。在《诗的艺术》一书中，布瓦洛在谈及悲剧中模仿论的美学功能时指出：

> 绝对没有一条蛇或一个狰狞怪物，
> 经艺术模拟出来而不能供人悦目：
> 一支精细的画笔引人入胜的妙技，
> 能将最惨的对象变成有趣的东西。①

布瓦洛认为大自然钟灵毓秀，盛产卓越诗人，自然会把各样才华给每人分配一份。他告诫作家："你们唯一钻研的就应该是自然人性"，"切不可乱开玩笑，损害了情理，我们永远也不能和自然寸步相离。"②布瓦洛在这里发扬的是贺拉斯对"自然"的理解，即类型化的性格，他接着谈道：搬上台的各种人处处要有天然形态，每个人像画出时都要用鲜明色彩，只有自然人性才能有如此效果，才是真实。"没有比真更美了，只有真才是可

① 布瓦洛：《诗的艺术》，第3版，范希衡译，人民文学出版社2010年版，第30页。
② 布瓦洛：《诗的艺术》，第3版，范希衡译，人民文学出版社2010年版，第53页。

爱……只有自然才是真，一接触就能感到：一切里面只有它能得人喜欢、赞美，一个人生来忧郁，其忧郁也就可喜。任何人自然本色都有其动人之处。”[①]在布瓦洛看来，古希腊-罗马的作品是模仿自然的经典，是理性的结晶，因此今人必须以古希腊-罗马的作品为典范。他认为今人要追随荷马、陶克利特[②]、维吉尔等人的作品，并对它们爱不释手，日夜加以揣摩。不过在布瓦洛这里，所谓“自然”主要不是指现实世界或现实生活，更不是乡村市井的平民生活，而是前文所说的“情理”。因为在亚里士多德的诗学中，模仿是与行动关联的，行动是与情节关联的，情节是对行动的模仿，情节是与人的性格关联的，“因此，性格和思想决定了活动的性质；的确，思想和性格是导致所有活动产生的两个原因”[③]。在悲剧的六要素中，性格要素仅次于情节，顺着亚里士多德的逻辑，布瓦洛认为“情理”指的是一种理想化（符合君主专制时期宫廷贵族审美）的人物类型，一种普遍性的性格特质，道出了古典主义文学对“真实”的真正理解。

我们可以看到，17 世纪古典主义思潮对文学“模仿”的认知主要有两个层面：一是模仿自然，准确地说是模仿自然人性；二是模仿古希腊-罗马的经典作品。这两点既是西方诗学传统的延续，又呈现出新的时代内涵。关于第一点，古典主义诗学理解的自然人性是指一种类型化的人物性格，比如一位君王该有的威严霸气，一位英雄该有的智勇双全，等等，让观众和读者觉得符合常情常理，一下子就能理解和把自己代入这个形象中。由于古典主义文学的欣赏对象多是王侯将相和达官显贵等上流社会的观众，艺术品味要符合上流社会的审美旨趣，因此，艺术模仿自然就变成了

① 布瓦洛：《没有比真更美了——赠塞尼莱侯》，《诗的艺术》，第 3 版，范希衡译，人民文学出版社 2010 年版，第 103、105 页。

② 陶克利特：古希腊田园诗创始人。

③ 亚里士多德：《论诗》，崔延强译，苗力田主编：《亚里士多德全集 第九卷》，中国人民大学出版社 1994 年版，第 649 页。

模仿宫廷化的、符合法国官僚集团和国家机器意志的人物性格，以及由此性格带动的故事情节和矛盾冲突。正如布瓦洛所言：要“好好地研究宫廷，好好地认识都市，二者都是经常地充满人性的典式”①。莫里哀的超越性很大程度上体现在这一点上，他的喜剧塑造了许多宫廷以外的“小人物”，颇具民间的烟火气，当然从根本上说，他的“小人物”塑造也是符合宫廷眼光的。

关于第二点，在面对璀璨辉煌的古希腊-罗马文学经典时，西方文艺界在相当长的时间内普遍认为，古人真正做到了模仿自然，于是模仿自然就和模仿古人更为紧密地联系在一起了。尤其在17世纪的法国，为了配合君主专制制度的宣传，统治阶级需要唤起一种民族主义的心理，塑造法兰西文化接续西方传统文化的正统地位，树立民众的国家认同感以及君权统治的合法性，文艺界在官方的指导下强化了对模仿古人的宣传，模仿古代经典被推崇到至高无上的地位，甚至变成一个教条，到了矫枉过正的地步。这样做的客观后果是创作的程式化、类型化和概念化，很大程度上禁锢了文学的自由发展。

---

① 布瓦洛：《诗的艺术》，第3版，范希衡译，人民文学出版社2010年版，第54页。

第六章

悲剧和崇高的关系

古典主义文学的创作对象是以王宫为核心的官僚体系,创作目的是唤起忠君爱国的国民意识,这就决定了古典主义文学是一种审美上的“宏大叙事”,形成“崇高”的美学特征。

崇高(sublime)一词源自拉丁语 sublīmus(古希腊语 hypsous),意为“高处的、升华的”。在西方美学史中,崇高长期被视为与“美”相对的范畴。从起源上讲,美的概念出现在前,崇高的概念出现在后。人们先是有了对美本身的思考,在经过了几百年之后,于古希腊-罗马文明的晚期,才出现关于崇高的论述。到了近代,崇高逐渐发展为与美对立的观念,后二者又走向融合。

第一节 朗吉努斯论“崇高”

公元 10 世纪,在巴黎发现了一份残缺的《论崇高》希腊文抄本。1554 年,法国人文主义学者弗朗西斯科 · 罗伯特利资助出版了该手抄本。1674 年,布瓦洛将《论崇高》译介为法文版本,英文版也在 1698 年出版,随后在欧洲各国都有了译本。《法兰西学院词典》第 8 版将崇高解释为境界上的庄严、高贵、美丽，用于道德、思想和行文风格领域。这一解释和《法兰西学院词典》第 1 版、第 2 版没有本质不同，朗吉努斯的《论崇高》从第一版开始就出现在这一词条的解释中。可见“崇高”一词至少在 17 世纪就已经具有一个大家广泛接受的含义，而朗吉努斯的《论崇高》在这一过程中起到了根本性的作用。

崇高是西方美学中的重要风格。这一风格的特征是什么呢？被认为是崇高的最早阐释者的朗吉努斯在《论崇高》中指出，柏拉图的《理想国》、荷马的《伊利亚特》、德摩斯梯尼①的演说词等经典作品的共同特点是崇高，崇高的作品要满足两大条件：一是作者要有高贵的心灵和充沛的感情，只有源自灵魂深处的作品才能让读者叹为观止；二是作者要有高超的才艺、足够的技巧。只有两者结合才能创作出崇高的作品。他提出崇高的五个源泉：庄严伟大的思想、慷慨激昂的热情、构想辞格的藻饰（包括思想的藻饰和语言的藻饰两部分）、高雅的措辞、尊贵高雅的结构。前两者属于心灵和情感部分，需要天赋；后三者属于技巧部分。朗吉努斯认为观众可以通过欣赏崇高风格的作品，从那些宏大庄严的语言中获得非凡的灵魂，使灵魂挣脱束缚达到自由，因为崇高感能直抵心灵进而提升人的情感境界，真正崇高的文章能使读者襟怀磊落，慷慨激昂，充满快乐的自豪感。朗吉努斯的修辞的崇高核心是人的思想和感情，实质是讨论人的精神层面的崇高，也就是说，没有崇高的五个源泉的前两个，后三个技巧层面的因素很可能非但不能让人产生崇高感，反而会起反作用。“崇高的风格是一颗伟大心灵的回声。”②朗吉努斯将崇高置于审美判断的最高位置，他认为文学史上的天才在别的方面可能无异于常人，但崇高把他们的

---

① 德摩斯梯尼：古希腊雄辩家、政治家。

② 朗吉努斯：《论崇高》，缪灵珠译，章安祺编订：《缪灵珠美学译文集　第一卷》，中国人民大学出版社 1998 年版，第 84 页。

境界提升到近乎神的伟大心灵的境界，即所谓“无过可免受指摘，而唯独崇高博得赞叹”①。虽然朗吉努斯举了许多崇高风格的例子，也总结了导致崇高风格的要素，甚至找了许多他感受到的崇高的近义词（他将崇高与“壮丽”“尊严”“雄伟”“雄浑”等词连在一起），但崇高的本质究竟是什么？这是他那个时代无法解答的。

朗吉努斯没有给崇高下一个明确的定义，但后人从他的表述中总结出，他实际上将崇高理解为一种修辞上的风格。《论崇高》本身就是崇高风格的体现。它慷慨激昂、雄浑刚健，蒲柏在《论批评》中称赞道：朗吉努斯“以自己为例证实了他的法则，他就是他所描绘的崇高之范本”②。

但是，朗吉努斯关于灵魂自由的讨论已经使这个话题超出了修辞学的范畴，触及了美学的重要问题。古典主义作家拉布吕耶尔提出类似的看法，他认为只有最高的天才才能达到崇高的境界。由于“古今之争”的效应，崇高在 17 世纪的法国文坛获得了特殊的地位。在与厚今派的论辩中，布瓦洛等人借助《论崇高》强调崇高风格的重要性。布瓦洛将《论崇高》译为法文，并先后写了 12 篇感言（卷入“古今之争”是撰写感言的重要动力之一）。他在法语本的序言中总结了朗吉努斯对崇高的理解：“对崇高一词，朗吉努斯并不理解为演说家所谓之崇高的风格，而是理解为在言词里，能感动人，使一个作品能震撼人心、夺人之魄、移人之情的那种非常的、神奇的东西。”③在 12 篇感言中，布瓦洛以拉辛的五幕悲剧《阿塔莉》的第一幕为例指出崇高的因素：“思想的伟大，情感的高贵，言词的壮丽，

① 朗吉努斯：《论崇高》，缪灵珠译，章安祺编订：《缪灵珠美学译文集　第一卷》，中国人民大学出版社 1998 年版，第 115 页。

② 亚历山大・蒲柏：《论批评　云鬟劫》，李家真译，商务印书馆 2022 年版，第 48 页。译文据英文原文做了改动。

③ 布瓦洛：《朗吉努斯〈论崇高〉法译本序》，《诗的艺术》，第 3 版，范希衡译，人民文学出版社 2010 年版，第 194 页。

表达的和谐。"[①]布瓦洛在《论崇高》法语本序言中指出，他翻译《论崇高》是为今天的作者提供实用的指导，因为有些当代作家习惯于现代诗人的绮靡与繁缛，已经偏离了古人崇高的风格。他在《诗的艺术》中奉劝作家："提高你的格调吧，要从工巧求朴质，要崇高而不骄矜，要隽雅而无虚饰。"[②]总体上看，布瓦洛对崇高的论述沿用了朗吉努斯的思想，并没有多少自己的创新。

第二节　经验论视域中的"崇高"

那么为什么高雅的言辞能够激起激情，并实现超越世俗人生的精神体验呢？这个问题留给18世纪以后的美学家来解答。英国美学家夏夫兹博里从大自然中寻找崇高的密码。其实在《论崇高》中，朗吉努斯也提到了壮美的自然环境会激发人的崇高感："我们绝不会赞叹小小的溪流，哪怕它们是多么清澈而且有用。我们要赞叹尼罗河、多瑙河、莱茵河，甚或海洋。"[③]原因何在呢？朗吉努斯没有正面回答。夏夫兹博里则试图发现不同自然环境带给人的不同感受，他认为人在面对令人恐惧的自然环境的压迫时，会产生一种不可名状的力量激荡心灵，形成恐惧、愉悦、困惑、崇敬、惊叹等强烈感受，这种复杂的、混合的感受就类似于崇高。"当心灵接收到的观念或意象太过庞大以至于远超人类狭窄的心胸时，就会产生狂暴和激烈的情绪。因此，'灵感'这个词可以被恰当地称为'神圣的

---

① 布瓦洛：《读朗吉努斯感言》，《诗的艺术》，第3版，范希衡译，人民文学出版社2010年版，第185—186页。

② 布瓦洛：《诗的艺术》，第3版，范希衡译，人民文学出版社2010年版，第9页。

③ 朗吉努斯：《论崇高》，缪灵珠译，章安祺编订：《缪灵珠美学译文集　第一卷》，中国人民大学出版社1998年版，第114页。

热情'(divine enthusiasm),因为这个词本身就意味着'神性临在'(divine presence),被最早的基督教创立者称为神学家的哲学家们就用这个词来表达人类情感中所有崇高的东西。"①在夏夫兹博里这里,崇高不但从一个诗学术语转变为关于心灵感受的美学术语,还更进一步和西方古典美学关于"美"(优美)的观念产生了分离。

18 世纪另一位英国美学家伯克进一步强调了崇高体验中负面的、否定性情绪的重要性,从而更为深入地讨论了崇高。他在《对崇高与美两种观念之根源的哲学探讨》中从自然与人的感性关系入手,将人的情感分为两类:一是自我保存,二是社会交往。前者是我们面临痛苦和危险时所体验到的恐怖感,是含有负面、消极、破坏性的一面的情感;后者是心灵在安全感和满足感中的愉悦状态,它不如前者强烈。伯克指出两者是可以相互转化的。当痛苦或危险离人们太近,它只能单纯地使我们感到可怕,而不能引起愉悦;但如果与人保持距离,人们不用真正经历它,并且加上些变化,那么痛苦和危险也会转化为安全感,给人一种带着敬畏的恬静状态。这样的状态令人愉悦,但又与单纯的快乐不同,它是庄严肃穆的,带有恐惧和痛感,这种状态就是崇高感带来的。"惊惧是崇高的最高效果,次要的效果是欣羡和崇敬。"②因此,伯克认为,一些在现实生活中令人惊惧的事物,通过文学艺术表现出来就可以成为强烈快感的来源。伯克眼中崇高的根源是自我保全的冲动,也就是恐惧。"凡是能以某种方式适宜于引起痛苦和危险的观念的事物,即凡是能以某种方式令人恐惧的,或者与恐怖的对象有关的,或是以类似恐怖的方式发挥作用的事物,就是崇高的来源。也就是说,它使人产生心灵能够感觉到的最强烈的情感。"③从

---

① Lord Shaftesbury, *Characteristics of Men*, *Manners*, *Opinions*, *Times*, Lawrence E. Klein ed., Cambridge University Press, 2000, p. 27.

② 陈志瑞、石斌编:《埃德蒙·伯克读本》,中央编译出版社 2006 年版,第 13 页。

③ 陈志瑞、石斌编:《埃德蒙·伯克读本》,中央编译出版社 2006 年版,第 10 页。

这个意义上说，崇高是一种被动的体验，“痛苦总是由高于我们的力量强加给我们，因为我们从不心甘情愿地接受痛苦。因此，力量、暴力、痛苦和恐惧等观念常常混在一起，涌上我们心头”①。崇高感就是心灵受到惊骇之后复归安全而引来的释然感，释然感又伴随着新奇感，因为心灵仿佛坐了一次过山车，摆脱了平平无奇的庸常状态。崇高的美学价值就在于此，崇高感可以被理解为心灵摆脱庸常的一次操练，从而激发了生命活力。为了说明崇高与美的不同，伯克对两者进行了比较：美的对象较小，崇高的对象在体积上是巨大的；美的对象是平滑和光亮的，而崇高的对象则崎岖不平；美的对象应避免直线，即便偏离，也是缓慢的，而崇高的对象则直来直去，偏离时也极为明显；美应该朦胧模糊，崇高则黑暗阴沉；美应当轻巧纤细，崇高则坚实厚重。总而言之，美感以快感为基础，崇高则以痛感为基础。

虽然夏夫兹博里和伯克对于崇高的阐释有脱离具体的艺术审美之嫌，好像离诗学已经比较远了，但他们的优势在于紧紧抓住了人的感性，这是近代经验论美学的长处。经验论美学以鲜活的感性分析作为基础，为崇高的美学阐释提供了立论的基础，毕竟美学从根本上说就是感性学。不过要对崇高做进一步的哲学阐释，经验论哲学就显得捉襟见肘，因为感性是多样的、主观的、个性化的，通过经验性的简单归纳无法总结出崇高的必然原则和普遍意义，这个任务要交给德国哲学。

第三节　康德、席勒眼中的“崇高”

在崇高理论的历史发展中，影响力最大的是康德。受伯克的启发，康

① 陈志瑞、石斌编：《埃德蒙·伯克读本》，中央编译出版社 2006 年版，第 15 页。

德在《论优美感和崇高感》一书中将崇高分为三个层面：令人畏惧的崇高；高贵的崇高；华丽的崇高。他认为崇高是伟大、纯朴的，伟大中伴随着令人畏惧的感受，崇高感既可以从大自然中获得，也可以从文艺作品中获得，他从伦理道德的维度指出："在道德品质上，唯有真正的德行才是崇高的。"①从这个角度出发，康德认为崇高感的本质不是伯克所说的痛感或新奇，而是敬重，"崇高的性质激发人们的敬重"②。敬重由有道德原则的高贵心灵产生，那些有赖于原则的情感可以称为真实的德行，它们是崇高而可敬的。"一个依据原则而有德行的人的心是一颗高贵的心，而称他本人是一个正直的人。"③在康德看来，崇高感的本质是对人类高贵德行的敬重，并且"敬重任何时候都只是针对人的，而绝不是针对事物的"④。

如果说《论优美感和崇高感》是康德对崇高问题的小试牛刀，那么《判断力批判》则是康德对崇高问题的大显身手。在这本书中，康德沿用了《论优美感和崇高感》中的某些观念，比如将崇高感视为包含着惊叹与尊敬的消极的愉悦，并且还以更为哲学的方式阐释了崇高的内涵。康德找到了一个关键点——理性。他指出"真正的崇高不能包含在任何感性的形式中，而只针对理性的理念：这些理念虽然不可能有与之相适合的任何表现，却正是通过这种可以在感性上表现出来的不适合性而被激发起来，并召唤到内心中来"⑤，这样我们就获得了崇高感，在自然和道德之间通过理性建立起联系。正因如此，崇高不在自然，而在理性；不该在自然物中，而只能在人的理性中。崇高在人心中，正如理性自在心中，这是康德崇高观的核心。以理性为基础，康德补上了英国经验论美学的缺环，即回

① 康德：《论优美感和崇高感》，何兆武译，商务印书馆2001年版，第12页。

② 康德：《论优美感和崇高感》，何兆武译，商务印书馆2001年版，第6页。原文是"尊敬"，笔者为上下文一致，根据理解统一修改为"敬重"。

③ 康德：《论优美感和崇高感》，何兆武译，商务印书馆2001年版，第15页。

④ 康德：《康德三大批判合集》（下），邓晓芒译，杨祖陶校，人民出版社2009年版，第90页。

⑤ 康德：《康德三大批判合集》（下），邓晓芒译，杨祖陶校，人民出版社2009年版，第289页。

答了自然审美为什么会产生崇高感的问题。康德指出,有些自然环境从形式上看不出形式的合目的性,看起来极不规则、无序狂暴,只能看出雄奇的伟力。也就是说,大自然激活了“伟大”和“力量”这两个理念,对应的是数学的崇高与力学的崇高。所谓数学的崇高,它的对象是直接呈现在我们的直观中的,如庞大的金字塔、无边的宇宙等,以对象体积的绝对大作为主要特征,超出了感性和想象力的极限。所谓力学的崇高,它是间接的、非直观的,必须在主体和对象的关系中去感受,如险峻高悬的、仿佛威胁着人的山崖,可以摧毁一切的火山,电闪雷鸣的云层,等等。力学的崇高是以对象远超于主体的强力从而引起主体恐惧作为主要特征的,同时它能把心灵的力量提高到超出其日常中庸的程度,把日常生活中操心的东西(如财产、健康等问题)看作渺小的。力的崇高在于对象既引起恐惧又引起对自我崇敬的那种巨大的强力或是气魄。康德在解释力学上的崇高时提出了崇高的精神内涵:敢于较量的勇气和战胜自然的使命感。只要人处于安全地带,那么自然越是可怕,就越吸引人,对对象的崇高判断就成为“主观合目的性判断”,主体内心的情感就成为对象的目的,对象就被主体超越了。而人们之所以愿意把自然对象称为崇高,是因为它们把心灵的力量显露出来,“能够使自己超越自然之上的使命本身的固有的崇高性成为它自己可感到的”①。

在康德看来,崇高的痛感与其说是伯克等人认为的对外在自然恐惧的痛,不如说是对自身知性能力的有限性的痛。因为在对优美的体验中,人的知性、感性和想象力相互配合,产生出自我协调的愉悦,而面对绝对大的对象或强有力的对象时,由于超出了知性(只能用范畴把握有限的、具体的实体)和想象力的极限,无法产生协调的愉悦感。前者与对象的有限性形式相关,后者与主体的无限性经验有关。这意味着我们会把这样

① 康德:《康德三大批判合集》(下),邓晓芒译,杨祖陶校,人民出版社 2009 年版,第 304 页。

的对象统摄为一个知性和想象力所不能把握的整体，然后动用理性和想象力的力量对这些对象进行反思性的判断（因为理性能用理念把握无限的概念）。理性与想象力处在无限之中，造成了更高层次的协调活动，从而在精神层面超越客体，产生了一种独特的情调，这是引起崇高判断的原因。因此康德说："必须被称为崇高的，是由某种使反思判断力活动起来的表象所带来的精神情调，而不是那个客体。……崇高是那种哪怕只能思维地、表明内心有一种超出任何感官尺度的能力的东西。"[①]也就是说，崇高只在判断者的内心，而不在自然客体，崇高来源于前者对后者的评判，因为这种评判引起了自我提升而使人产生自我敬重。"对自然中的崇高的情感就是对于我们自己的使命的敬重，这种敬重我们通过某种偷换而向一个自然客体表示出来（用对于客体的敬重替换了对我们主体中人性理念的敬重），这就仿佛把我们认识能力的理性使命对于感性的最大能力的优越性向我们直观呈现出来了。"[②]康德的崇高理论反映出理性哲学的浓厚痕迹，崇高感与其说是来源于崇敬自然，崇敬比人的自然属性更为强有力的东西或者任何超越主体感性能力的对象，不如说是来源于崇敬理性，崇敬理性是对知性和感性的超越，即对人的有限性的超越。

康德意识到，崇高首先要给人带来挫败感，一种有限性造成的痛苦，这一点与伯克等经验论学者相似，但康德认为痛感又可以凭借理性来超越，使人意识到自己超越自然属性的无限性，从而带来愉悦感，这就与道德产生了联系。因此在康德看来，崇高象征着主体的道德情感。"对自然界的崇高的情感没有一种内心的与道德情感类似的情绪与之相结合，是不太能够设想的。"[③]在康德看来，崇高感令我们将仰望星空时知性的升

---

① 康德：《康德三大批判合集》（下），邓晓芒译，杨祖陶校，人民出版社 2009 年版，第 294 页。
② 康德：《康德三大批判合集》（下），邓晓芒译，杨祖陶校，人民出版社 2009 年版，第 300 页。
③ 康德：《康德三大批判合集》（下），邓晓芒译，杨祖陶校，人民出版社 2009 年版，第 311 页。

腾感与道德上的价值感联系在一起，在用理性超越人的知性局限性的同时，也在德性上展示了一种超越被本能驱使的自然性、动物性和感性。“纯粹实践理性的真正动机就是这样的情况；它无非是纯粹道德律本身，只要这法则让我们发觉我们自己的超感性实存的崇高性，并主观上在人们心中，在他们同时意识到自己的感性存有和与此结合着的对他们在这方面很受病理学上的刺激的本性的依赖性时，引起了对于自己更高使命的敬重。”①并且他认为道德律又是永远离不开理性的，是与之最密切地结合着的。康德对崇高判断总结道：“崇高就是那通过自己对感官利害的抵抗而直接令人喜欢的东西。”②也就是说，崇高使我们准备好对大自然和那些违反我们利害关系的东西产生敬重。每种具有英勇性质的激情，也就是激发我们意识到自己克服一切阻力的力量和激情在审美上都是崇高的，例如愤怒，甚至绝望(愤然的绝望，而不是沮丧的绝望)。可以说，康德站在人本主义的角度找到了崇高的人学密码，从而破解出崇高相对于其他审美特质的独特性。

席勒的美学思想深受康德的影响，他所写的《论秀美与尊严》《论崇高》《关于崇高》等多篇文章对崇高的论述是对康德理论的解读和发扬。在康德哲学中，道德与人的自由意志相关，康德有关道德律令的三条法则的第一条就是：“你的行动，应该把行为准则通过你的意志变为普遍的自然规律。”③如果说康德让人们从崇高中看到了与道德的象征性关联的话，那么席勒进一步将崇高与自由意志联系在一起，“意志是一种超感性能力，究竟是服从人的自然法则还是服从人的理性法则，人可以自由选择。因此，意志作为一种自然力时，它是自由的；可是意志作为一种道德

① 康德：《康德三大批判合集》(下)，邓晓芒译，杨祖陶校，人民出版社2009年版，第101页。
② 康德：《康德三大批判合集》(下)，邓晓芒译，杨祖陶校，人民出版社2009年版，第310页。
③ 伊曼努尔·康德：《道德形而上学原理》，苗力田译，上海人民出版社2012年版，第30页。

力量时，它就没了自由，它必须站在理性一边”①。因此，席勒指出：“人的意志是一个崇高的概念，即使不在道德方面使用它也是如此。”②席勒对自由和理性的理解基于他的自然观，按照席勒的理解，自然不仅指自然界，也指未摆脱人的自然属性的未成年的儿童与未开化的思想。与自然相对的是文明和人为，主要区别在于后者有理性。席勒提出和康德道德律法则第一条相似的说法，并将其与崇高结合在一起：“在崇高的事物那里，我们感到自由，是因为感性冲动对理性的立法毫无影响，是因为精神在这里行动，仿佛除了它自身的规律以外不受任何其他规律的支配。”③席勒也像康德那样谈到敬重，认为敬重是对尊严的敬畏，是自然本能服从道德要求的情况下产生的感情，“敬重实际就是主体对理性客体的感情”④。正因为崇高是理性对感性的全面压制，所以崇高感是一种由痛苦与快乐混合的复杂情感。按照席勒的逻辑，崇高感的根源在于自由意志遭遇挑战之时，激发出主体的人格力量和实践力量，行动力越强大，自由意志就越崇高，在痛苦的激情中引起道德的愉悦和自由的快感。“精神自由是通过道德的力量控制住冲动，而精神自由在现象中的表达就是尊严。”⑤崇高感内含对感性和理性、被动与主动、有限性和无限性的超越，体现了人的自由本质。席勒认为，人只有在自由中才是完整的人，而不是分裂的人。

---

① 席勒：《席勒经典美学文论　注释本》，范大灿等译，生活·读书·新知三联书店2015年版，第106页。

② 席勒：《席勒经典美学文论　注释本》，范大灿等译，生活·读书·新知三联书店2015年版，第167页。

③ 席勒：《席勒经典美学文论　注释本》，范大灿等译，生活·读书·新知三联书店2015年版，第381页。

④ 席勒：《席勒经典美学文论　注释本》，范大灿等译，生活·读书·新知三联书店2015年版，第109页。原文是“崇敬”，笔者为上下文一致，根据理解统一修改为“敬重”。

⑤ 席勒：《席勒经典美学文论　注释本》，范大灿等译，生活·读书·新知三联书店2015年版，第172页。

第四节　“崇高”与自由意志

通过对“崇高”概念的梳理，我们可以看到，随着西方哲学与美学观念的演进，崇高与自由意志之关系逐渐清晰。崇高成为自由意志在美学中的集中呈现。基于个人主义基石上的自由意志是西方哲学研究的核心命题与前进动力。康德认为，悲剧不同于喜剧，主要是“前者触动了崇高感，后者则触动了优美感，前者表现的是为了别人的幸福而慷慨献身、处在危险之中而勇敢坚定和经得住考验的忠诚。这里的爱是沉痛的、深情的和充满了尊敬的……喜剧则表现了美妙的诡谲、令人惊奇的错乱和机巧、愚弄了自己的蠢人、小丑和可笑的角色。这里的爱并不那么忧伤，它是欢快而亲切的”①。席勒也有类似看法，他指出，悲剧是让不那么坏也不那么好的人物受苦，使他受到限制、自觉无力，不能掌握某一对象。理想的主人公是介乎完全堕落和完美无缺之间的善恶交织的形象，可以激发观众的同情心，使观众在情感上产生痛苦，但在理智和道德上获得愉悦，体会到理性对感性的胜利，在德性上获得教益。这就是悲剧中的崇高之力，“包含在悲剧感动之中的崇高快乐，尤其是艺术的目的；凡特别把同情的快乐作为自身目的的艺术，是在最一般意义之下的悲剧艺术”②。悲剧带来的感动和观众由痛苦而产生的快乐，是以道德上合情合理的感受为基础的，而西方道德的基础就是自由意志。

就西方文学和美学传统而言，悲剧相比喜剧更具崇高的美学特质，因为悲剧往往借助暴力和苦难考验主人公的自由意志，达到锤炼意志、彰显

---

① 康德：《论优美感和崇高感》，何兆武译，商务印书馆 2001 年版，第 7 页。

② 席勒：《论悲剧艺术》，张玉书译，杨业治校，中国社会科学院文学研究所编：《古典文艺理论译丛》（卷二），知识产权出版社 2010 年版，第 1091 页。

德性、净化心灵的作用。早在古希腊时期，对于悲剧和喜剧的界定就已经给两者打上了“不平等”的烙印。悲剧在亚里士多德眼中其实是情节剧的意思，不光有完整的行动，而且能通过模仿引发悲痛和恐惧的行动；喜剧则不必有完整的行动，它是对鄙劣人物的模仿，它不引起痛苦，而是让人感到滑稽。因此悲剧和喜剧在影响人的德性方面就有很大不同。亚里士多德进而指出造成不同结果的根本原因在于悲剧通过引发读者的怜悯和恐惧，继而净化人的情感。贺拉斯也认为，悲剧和喜剧之间存在明显的界限，“喜剧的主题绝不能用悲剧的诗行来表达；同样，提耶斯特斯（注：Thyestes，古希腊神话中的悲剧性人物，这里意指悲剧的题材）的筵席也不能用普通的适合于喜剧的诗格。每种体裁都应该遵守规定的用处”①。古罗马时期尚武质朴、讲究纪律的民风促进了悲剧的发展，人们“开始对悲剧诗人的贡献加以考虑，试图用庄严风格来迻译希腊悲剧，自喜有崇高的才华和旺盛的情绪，凭借悲壮的灵感，欣欣然奔赴前途”②。于是贺拉斯喊出了“喜剧再会！我何必憔悴为了这桂冠？我何必要靠这桂冠吃得肥肠脑满？甚至勇敢的诗人也往往敬而远之……群氓所喜爱的就是这种低级趣味！”③这样的话。朗吉努斯则认为悲剧和史诗等文学体裁的最高境界就是崇高。

锡德尼认为真正的文学胜过历史和哲学，因为它能促成心灵向善，感动人去行善，突出了文学的道德教化作用。为了担此重任，崇高卓越的悲剧和英雄诗当仁不让，它们激荡和教育心灵，使人无法抵抗它们的威力。钦提奥认为悲剧的语言是雄伟、庄严、典雅的，有王者之风，比所有其他诗

① 贺拉斯：《诗艺》，杨周翰译，中国社会科学院文学研究所编：《文艺理论译丛》（上），知识产权出版社 2010 年版，第 304 页。

② 贺拉斯：《诗话》，缪灵珠译，章安祺编订：《缪灵珠美学译文集　第一卷》，中国人民大学出版社 1998 年版，第 69 页。

③ 贺拉斯：《诗话》，缪灵珠译，章安祺编订：《缪灵珠美学译文集　第一卷》，中国人民大学出版社 1998 年版，第 70 页。

体严肃得多，体现出崇高的特质。在斯卡利格看来，模仿并不是诗歌的目的，只是达到目的的手段，真正的目的是以娱乐的方式给人以教育。拉布吕耶尔认为，恐怖与怜悯的激烈情感是古人的至爱，悲剧善于将它们激发出来，把观众“从怜悯引向恐怖，或者反过来从恐怖引向怜悯；它用眼泪，用呜咽，用游移，用希望，用害怕，用惊奇以及用厌恶，乃至于用灾难来支配着你”①。高乃依虽然反对墨守亚里士多德的成规，但在悲剧性的来源方面也认同亚里士多德的看法，即悲剧表现了一个人由于过失或罪恶陷入逆境的恐惧。高乃依也将悲剧的崇高与恐怖相联系，在《论戏剧的功用及其组成部分》中，他说《罗德古娜》中的克莱奥巴特拉热衷王权，为了满足权力欲无恶不作，是一个令人恐怖的恶毒角色，“但是她的一切犯罪行为都是出于崇高的灵魂；她的灵魂是如此的高超，当人们轻视她的行为时，人们却又不得不同时赞叹这些行为所产生的灵魂”②。拉辛在《贝蕾妮丝》序言中说道：“流血和死亡对于悲剧而言并不是必要的：只要情节宏大，人物具备英雄气质，激情得到激发，并且剧中一切都能让人感受到这种成就悲剧一切快乐的庄严的悲伤，便可以了。”③

布瓦洛认为作家要提高格调，达到崇高的境界。悲剧不能与喜剧相融，悲剧作者“必须时时处处富有高尚的感情，既深刻而又动人，既自然而又遒劲；要有惊人的警策不断地引人注意；要在他的诗句里由神奇走向神奇”④。当然，布瓦洛并不贬低喜剧，但认为喜剧也要遵循理性的指导，不能陷入滑稽趣味。他还认为作家若想以喜剧成名，唯一应钻研的就是自然人性，并把它搬到舞台上。他对莫里哀评价很高，认为他的缺点是太爱

---

① 拉布吕耶尔：《品格论》（上），梁守锵译，花城出版社 2013 年版，第 98 页。

② 高乃依：《论戏剧的功用及其组成部分》，闻启译，中国戏剧出版社编辑部编：《戏剧理论译文集　第八辑》，中国戏剧出版社 1960 年版，第 125 页。

③ 陈杰：《法国古典主义诗剧批评本》，华东师范大学出版社 2021 年版，第 267 页。

④ 布瓦洛：《诗的艺术》，第 3 版，范希衡译，人民文学出版社 2010 年版，第 40 页。

平民。他还认为作品是对作家品格和心灵的反映，作家的道德水平非常重要，只有一个有道德的作家，才能创造出无邪的作品，也就是强调文学的道德教育意义："你的作品反映着你的品格和心灵，因此你只能示人以你的高尚小影。危害风化的作家，我实在不能赞赏，因为他们在诗里把荣誉丢到一旁，他们背叛着道德，满纸都诲盗诲淫，写罪恶如火如荼，使读者喜之不尽。"①哪怕是诙谐的喜剧作品，演员们也应当高尚地调侃诙谐。

费奈隆对朗吉努斯的《论崇高》推崇不已，他曾在作品中以对话的形式谈道："朗吉努斯的《论崇高》……用崇高的方式来论述崇高，他激发想象，提高读者的思想水平，培养读者的情趣，教他们明智地区分古代著名演说家们的优劣。"②作为法国古典主义代表人物之一，费奈隆站在崇古派的立场，认为古希腊-罗马作家的悲剧比今人的悲剧更为崇高。他还认为要把悲剧和喜剧区别开，前者是表现引起强烈情感的伟大事件，后者则局限于对私人情况的风俗刻画。对于炙手可热的莫里哀：一方面，费奈隆不得不承认莫里哀是伟大的诗人，他的写作题材非常宽广，描绘了当时的人们能看到的全部不合理和可笑的事物，践行了古典主义模仿自然的宗旨；另一方面，费奈隆指责莫里哀在语言和人物塑造方面违背了自然，更严重的是，莫里哀用一种温雅的笔致来描写恶习，对德行则严谨得可笑甚至可恶，尤其是当莫里哀模仿意大利喜剧的诙谐时，其身价就大打折扣了。事实上，如果按照费奈隆或古典主义的标准，其实错不在莫里哀，而是喜剧本身就带有了某种"原罪"，正如费奈隆所言，喜剧"应该采用比悲剧较低的格调。喜剧不如悲剧优越"③。

事实上，对于作品道德教化功能的强调在古典主义作家那里是一致

① 布瓦洛：《诗的艺术》，第 3 版，范希衡译，人民文学出版社 2010 年版，第 62 页。

② 弗朗索瓦・费讷隆：《亡灵对话录》，周国强译，商务印书馆 2012 年版，第 11 页。

③ 费纳龙：《致法兰西学院书》，柳鸣九译，李健吾校，中国社会科学院文学研究所编：《文艺理论译丛》(下)，知识产权出版社 2010 年版，第 790 页。

的。“与笛卡尔同时代的一些人也认为,意志力是一种英勇而崇高的东西,即便它把人引向邪恶,其本身所具有的英雄主义特质也不会因此而改变。”①布瓦洛倡导作家要爱道德,使灵魂得到滋养。强调文学的道德教化作用是古典主义的重要内容,布瓦洛将作品的道德教化作用与作家自身的道德水准绑定,和西方传统美学对崇高的认识在某种程度上是一致的(作品的崇高是心灵崇高的外在表现)。高乃依在《熙德》中介绍罗德里格和施梅娜的般配时这样写道:“两家的血统都忠诚、勇敢而又高贵,两个后生都朝气蓬勃,一瞧他们的眼睛就不难想见他们正直的祖先令人瞩目的德行。”②从相爱的恋人身上看到的是地位的相等,从地位背后看到的是家族的高贵血统,从家族的血统上看到的是瞩目的德行。爱情通过地位、家族与德行相联系。拉辛在《费德尔》序言中说:对美德的彰显是所有为公众写作之人应该考虑的目标,“在传授美德上,他们的戏剧并不亚于哲人的作品。……真希望我们的作品也能像这些诗人的作品那般实在,充满有益的教诲”③。拉封丹在《寓言诗》序言中说道:寓言故事虽为虚构,其中蕴含的真理却可作为道德训诫。勒内·拉潘指出:“诗要写得让人赏心悦目,完全是为了有所裨益,因为趣味性仅仅是诗借以达到有益目的的手段,它一旦臻于完美,就成了教导公众的道德准则。”④

17 世纪的法国,戏剧虽然迎来了繁荣的局面,但仍受到各方保守力量掣肘,其中比较大的势力来自天主教,天主教势力把戏剧看成是伤风败俗的媒介。正因如此,17 世纪古典主义作家多数都在悲剧创作上下功夫,他们的悲剧往往比喜剧更有艺术价值,创作更用心。相比之下,莫里

---

① 安东尼·列维:《路易十四》,陈文海译,人民出版社 2011 年版,第 396 页。

② 高乃依:《熙德》,张秋红译,高乃依、拉辛:《高乃依　拉辛戏剧选》,张秋红等译,人民文学出版社 2001 年版,第 6 页。

③ 陈杰:《法国古典主义诗剧批评本》,华东师范大学出版社 2021 年版,第 152 页。

④ 罗杰·法约尔:《批评:方法与历史》,怀宇译,百花文艺出版社 2002 年版,第 64 页。

哀则是一个另类的天才，虽然他也曾遭到猛烈攻击，几次不得不挺身而出为自己辩护，但他强调喜剧的道德功能，认为喜剧的义务是在给人以娱乐的同时使其受到教育。他凭借喜剧作品立足剧坛，成为古典主义中难得的喜剧作家，除了他自身戏剧天赋过人的原因外，当时法国独特的社会结构和社会矛盾也为他的创作提供了空间，可谓时也，命也。当然，莫里哀在戏剧界的崛起也体现出观众欣赏趣味的复杂性。诚然，古典英雄悲剧影响很大，也是官方主推的文艺样式，在客观上取得了较大反响，但观众是多元的，人性是复杂的，审美也是多样的，尤其对于广大市民观众而言，在欣赏庄严雄伟的古典英雄悲剧之外，也愿意欣赏一些更接近生活的、轻松愉快的喜剧作品。事实上，即便是包括国王在内的上层社会，也是这般心理，这是人之常情，谁都不愿意，也不可能一直处于精神紧张的状态，莫里哀的喜剧为当时的人们提供了一个"主旋律"之外的宣泄口。

英国古典主义和法国基本保持一致。约翰·德莱顿认为悲剧是崇高的，构成悲剧的行为必须是伟大的，要包含伟大的人物，以便与喜剧相区别，喜剧的行为是琐屑的，人物是微贱的，悲剧的功能在于使观众在愉悦中得到教益。"如果作者旨在引起恐惧和怜悯，而他描写的一个行为是喜剧式的，另一个是悲剧式的，那么前者就会转移观众的注意力，使作者的主要意图完全落空。"①塞缪尔·约翰逊在《莎士比亚戏剧集》序言中给予莎翁很高的评价，认为他是天才，是英国戏剧的祖师爷，但他也站在古典主义立场指出：莎士比亚在写悲剧时往往显得吃力，好像下了很大的功夫，结果却并不成功；在写喜剧时则如鱼得水，信手拈来，好像喜剧最合乎他的天性。正因如此，莎翁的一大缺点是："为了方便而牺牲美德，他如此看重取悦读者却不大在乎给读者以教导，以至于他的写作似乎没有任何

① John Dryden: "Preface to Troilus and Cressida, Containing the Grounds of Criticism in Tragedy", in W. P. Ker ed.: *Essays of John Dryden, Vol. 1*, Clarendon Press, 1926, p. 208.

道德目的。”[①]在约翰逊看来,作家永远有责任让世界变得更好,作品应当传播正义,正义的美德不受时间和地点的限制。

古典主义诗学对崇高的强调,体现了专制王权鼎盛时期国家的政治需要:以高大、高端、高尚的对象为美,讲述个人的苦难、隐忍和牺牲,表现出鲜明的集体主义、国家主义的价值取向。古典主义作品的主人公不是天神就是精灵,不是英雄就是圣人,不是王侯就是将相,与平民拉开了很大的距离,形成一种迎合宫廷趣味的神秘感、距离感以及由此产生的崇高感,并且还要搭配不同寻常的重大事件。高乃依谈道:“喜剧的行动来自一些普通人……但是在悲剧里,公众事务通常是和上场的显贵的个别利益交织在一起的;这里有战争、城市的陷落、重大的危难、政变等等。”[②]在高乃依看来,重大事件伴随着重大的矛盾冲突,如果一位国王受到欲望、感性等非理性因素的支配而陷入厄运,令人怜悯,那么观众作为普通人就更应该控制这样的激情。通过使剧中非凡人物陷入难以调和的两难境地,从而激起观众强烈的情感振动,引发观众深刻的思考与共情,才能使观众蛰伏于崇高的情感体验中。以悲剧、英雄剧和英雄诗为代表的文学体裁和题材在这一时期受到官方大力推广和诗学界广泛推崇也是这个原因导致的。

更隐蔽的是,崇高审美背后蕴含着对文学伦理道德的强调。古典主义者将亚里士多德关于“净化”的美学观念改造为类似思想教育的政教观念,从客观上起到了约束、控制作家思想的作用,也就起到了教育、控制民众思想的作用,因为作家及其作品是官方和民间的黏合剂和润滑剂。既然要做道德评价,那么评价主体是谁?评价标准是谁制定的?谁掌握了

---

① Samuel Johnson:“The Plays of William Shakespeare: Preface”, in Donald Greene ed.: *Samuel Johnson: The Major Works*, Oxford University Press,1984. p. 427.

② 高乃依:《论悲剧》,王晓峰译,吴兴华校,中国社会科学院文学研究所编:《古典文艺理论译丛》(卷二),知识产权出版社 2010 年版,第 1055 页。

道德审判权？显然不是平民，正如布瓦洛指出莫里哀的一大缺点——太爱平民，古典主义文学的创作对象本就不是平民，只是以国王为核心的宫廷官僚集团(以法兰西学院为中介)。可想而知，一切以维护王权利益为核心的思想就是道德的，违背这一利益的思想就是不道德的。因此我们就不难理解布瓦洛在《诗的艺术》中呼唤的："一切的文艺事业都浴着爱日[①]光华；我们有贤明君主，他那种远虑深谋，使世间一切才人都不受任何困苦。发动讴歌吧，缪斯！让诗人齐声赞美。他的光荣助诗兴胜于你全部箴规。"[②]

但是到了18世纪以后，"崇高"日益摆脱新古典主义的理性内涵，逐渐和"美"并列成为美学研究的重要内容，并且蕴含了从高举理性大旗的古典主义向非理性的浪漫主义过渡的趋势。这一演变趋势有着内在必然的逻辑：古典主义之崇高内涵中的"威严"向前一步就是"恐怖"，再向前一步就是"怪诞"。如果说美是基于对形式的鉴赏判断，那么崇高感则指向无序、混乱、不规则、不可捉摸等感性因素。

---

① 指路易十四，他号称"太阳王"。

② 布瓦洛：《诗的艺术》，第3版，范希衡译，人民文学出版社2010年版，第67页。

第七章

“理性”背后的集体主义

在自然神论的影响下，西方近代理性主义哲学理解的自然毋宁说是一种“自然法则”，是“创造自然的自然”。由于理性已被视为人的天赋，“自然法则”同样内含于人的认识能力之中。古典主义对于作家钻研和学习自然的能力提出了更高的要求。对于古典主义而言，崇高审美体现了“理性”的法则，而“理性”和“自然”是等同的。

第一节　古典主义的“理性”

布瓦洛在《诗的艺术》中指出，诗人首先要爱理性，因为诗人的最高使命是模仿自然，而人性的根基是理性，人性的自然就是合乎理性，于是，自然的也就是理性的，模仿自然就是呈现常情常理的人性。针对戏剧的情节，布瓦洛说：“情节的进行、发展要受理性的指挥，绝不要冗赘场面淹没着主要目的。”①与之相应，诗的形式也要受到理性的支配，诗行不能无节

① 布瓦洛：《诗的艺术》，第3版，范希衡译，人民文学出版社2010年版，第55页。

制地泛滥，控制了诗的格律，也就防止了情感的泛滥。“在义理的控制下韵不难低头听命，韵不能束缚义理，义理得韵而愈明。但是你忽于义理，韵就会不如人意；你越想以理就韵就越会以韵害义。”[①]因此，首先要爱理性，一切文章永远只凭借理性获得价值和光芒。在古典主义文学中，理性成为最高的品质。

布瓦洛在高举理性原则时，除了推出“三一律”作为文学表现理性的途径外，还提出“适度”的概念，主要包括表现人物要适度、描写程度要适度，反对那些长篇累牍、矫揉造作、情感泛滥的艺术作品：总之是要中庸、适当、和谐。这既是布瓦洛提出的理性原则的应有之义，也是为了抨击他看不惯的夏普兰和斯居戴里等人，同时还针对当时法国艺术界的另一股思潮——风靡于沙龙中的巴洛克文学。比如他评价斯居戴里道：“你那丰产的文笔每月能写一本书，一点也不费气力！固然你那些作品无艺术又无精彩，仿佛都不顾情理，随意地拼凑而来。”[②]巴洛克文学重感性、重想象、华丽纤巧、不讲规则的风格无疑和古典主义的理性崇拜大相径庭。当然，如前所述，沙龙的巴洛克文风不是局限于小圈子中的时尚，它带来的高贵优雅和充满教养的语言风格早已溢出沙龙聚会中若干才子佳人的范围，影响了整个法国知识界。这一点被承载着大国崛起之雍容风范使命的古典主义所继承，就连经典古典主义作家高乃依和莫里哀等人的作品也充满了装腔作势的台词。舞台上的男男女女即便在最激动的场面中也不失教养，保持礼貌和殷勤，称他人为“先生”或者“女士”。因此，巴洛克和古典主义审美在17世纪法国古典主义文学中并非泾渭分明，“在17世纪，几乎没有什么地方可以见到一种纯感官主义的、完全追求丰富而且带有刺激性的主题的巴洛克艺术；相反地，几乎哪里有巴洛克艺术创作，哪

---

① 布瓦洛：《诗的艺术》，第3版，范希衡译，人民文学出版社2010年版，第5页。

② 布瓦洛：《韵与理之配合——赠莫里哀》，《诗的艺术》，第3版，范希衡译，人民文学出版社2010年版，第76—77页。

里就有一种多少比较发达的古典主义”①。

一般认为,17世纪以来西方理性崇拜的哲学基础是笛卡尔的理性哲学。17世纪是西方自然科学迅速发展的阶段,而笛卡尔通常被视为近代科学的鼻祖,是欧洲大陆理性主义哲学的奠基人,他的哲学思想赋予理性崇高的地位,他认为人应该使用数学的方法(即理性)来认识世界,拉开了理性主义在欧洲传播的帷幕。同为17世纪的英国思想家约翰·托兰德撰写了《基督教并不神秘》,也从理性主义的角度出发肯定了理性,认为通过理性完全可以理解基督教教义,无须借助神秘的启示,启示只是告知方法,并不能使我们信服,只有理性和证据才能使我们信服,而所谓证据,即靠理性证明我们的观念或思想与其对象完全符合。托兰德指责神职人员将基督教教义和宗教礼仪神秘化,强调福音书与理性并无冲突,肯定用理性作为检验宗教教条的标准。也就是说,人们对上帝启示的信仰也必须建立在理性的基础上。

笛卡尔等理性主义思想家推崇的理性是一种建立在数理科学基础上的科学理性,为以后的启蒙思想所继承。但是,古典主义作家对数学或其他自然科学的方法并不感兴趣,他们强调要模仿和认识自然,指的是观察宫廷或城市中的人性,最终目的不是对人性进行科学的考察,而是启发那些与讲究责任义务、充满政治热情的古罗马人相呼应的王权时代的“当代人”。即便古典主义作家采用的是古希腊史诗、神话或戏剧中的人物形象,这些人物形象也是按照对古罗马人的想象来塑造的。因此,古典主义崇拜的理性并不是认识自然的科学理性,而是一种政治理性,或者说是一种集体主义价值观念,尤其是法国的古典主义思潮。与之相比,英国古典主义推崇的理性则更接近于启蒙主义对理性的认知,他们也强调要模仿和认识自然,但这里的自然是指基于自然神论基础上的自然法则,自然界

① 阿诺尔德·豪泽尔:《艺术社会史》,黄燎宇译,商务印书馆2015年版,第258页。

有自己的规律,人可以凭借天赋的理性去认识这一规律,也可以依靠理性去认识人性,遏制人性的恶,完善人的德性。人类社会和大自然一样,也有本身的规律,如果凭借理性认识和审视,那么一切的封建社会制度、旧的伦理道德都将被放置在理性的天平上加以衡量。人们还可以凭借理性来改造社会,涤荡不合时宜的旧制度、旧观念,建立适应资产阶级文明的新制度和新观念,文学应该肩负起这一重任。只不过在英国新古典主义者看来,这些理性思想早已隐藏在古希腊-罗马人的经典中,而今人要做的就是去发掘它们。

第二节 “理性”与集体主义

集体主义的政治理性具有鲜明的时代性,它是君主专制政体的自然反映。在16、17世纪,日渐强盛的君主专制政体起到了抵御天主教教权、结束封建势力割据、统一国家和工商业市场、强化国际贸易竞争的作用。因此,像路易十三、路易十四这样的君主得到了多数国人的拥护,王权崇拜风气弥漫朝野上下,人们对君主具有类似对神明的崇拜,但与传统天主教对上帝的崇拜不同,王权崇拜具有一种现世的实用考虑,它更多的不是什么先验的、神圣的、彼岸的信仰,而是一种经验的、世俗的利益计算,因为各方势力都明白,依附王权能使自己利益最大化,这是自黎塞留施政时期就定下的政治基调。“如果追求个人主义的、好搞派系的法国人想享受有秩序的社会的好处,就必须加强纪律。放纵、混乱是最大的祸害……帕斯卡尔和博絮埃等17世纪最伟大的思想家都认可了他的观点,这是对黎塞留的最大赞美。”①人们将对神的意志的尊重转变为对人的意志的尊

① 杰弗里·特雷休尔:《黎塞留和马萨林》,赵立行译,上海译文出版社2003年版,第68页。

重，把对天国的依靠过渡为对政治国家的依靠，这就是一种理性思维的体现，反映了人的意识的觉醒。从中世纪开始的上帝同恺撒的斗争到了17世纪已经逐渐明朗。17世纪君主专制达到顶峰，法国的波旁王朝和英国的斯图亚特王朝纷纷从马基雅弗利①和霍布斯②等人的论述中汲取国家主权至上、王权至上的理论养料。

集体主义是主张个人从属于社会，个人权利受到集体权利的限制，个人利益应当服从集团、民族、阶级和国家利益的一种思想。在君主专制时期的法国，集体主义则以王权下的国民意识的形态呈现，具体表现为：人们意识到国王是由神选中的一国之父，代表了整个国家；国家的利益就是国民的利益；国王与国民同甘共苦。在贯彻集体主义的过程中，难免伴随个人利益的受损，如何克服人的私欲、冲动和懦弱？靠的是意志！在古典主义文学(理想状态)中，主人公虽然内心伴随着极大的犹豫、煎熬、怀疑、痛苦，但仍然凭借理性服从了集体——不是“理性”(个人主义立场上的)地计算与追求，而是“理性”(集体主义立场上的)地牺牲与奉献。因此，理想的古典主义悲剧不像古希腊悲剧那样表现凡人与天神之间的博弈，而是渺小的螺丝钉与宏大的国家机器之间的博弈；不是人的自由意志和命运这两股力量之间的搏斗，而是个人利益和集体利益之间的搏斗。正如高乃依指出的：

> 悲剧的庄严境界需要表现出对于国家的某种巨大利益，或是某种比爱情更为高尚、更为豪迈的情感，譬如雄心或复仇，它可以引导我们去承担比失去情人更为巨大的不幸。当然也可以

---

① 尼可罗·马基雅弗利：意大利政治思想家和历史学家，近代政治思想的主要奠基人之一。他主张国家至上，将国家权力作为法的基础，代表作是《君主论》。

② 托马斯·霍布斯：英国政治家、哲学家。他提出国家起源说，指出国家是人们为了遵守“自然法”而订立契约所形成的，主张君主专制，代表作是《利维坦》。

> 在悲剧中渗入爱情，因为爱情常常总是很吸引人的，可以作为我刚才所说的某些另外的利益和另外的情感的基础。但是这种爱情必须甘于在剧中居于次要的地位，而将首要位置让于其他的利益或情感。①

悲剧的情节也不能局限在个人的小情小爱，或小家庭的家长里短，格局一定要宏大，要上升到国家利益层面，与政治挂钩。悲剧需要依托于个人对情感与利益的抉择，但个人的抉择应成为国家荣誉、社会责任与政治利益抉择的陪衬。

高乃依也是这么做的。在《波利厄克特》的结尾，波莉娜在目睹丈夫波利厄克特被处决后没有殉情，而是选择皈依，波利厄克特在她眼中已经变成了殉道者的形象，表现出宗教信仰对于个人情感的胜利。《熙德》表现了罗德里格与施梅娜在爱情与家恨国仇之间的冲突，高乃依告诉观众：个人情感必然要服从基于血缘基础上的封建家族荣誉；家族荣誉又要让位于更加宏大的国家利益。也就是说，个人要服从集体，小集体服从于大集体，国家是最大的集体。对此，罗德里格向施梅娜这样解释自己的行为：

> 你的美丽几乎害得我失去了平衡，
> 假如抵挡不了你这最难抗拒的魅力，
> 一个不顾脸面的人恐怕就配不上你；
> 虽然我曾在你的心目中占据过这种位置，
> 但你过去爱我的勇敢，也许从此就会恨我的无耻；

① 高乃依：《论戏剧的功用及其组成部分》，闻启译，中国戏剧出版社编辑部编：《戏剧理论译文集 第八辑》，中国戏剧出版社1960年版，第120—121页。

听凭你爱情的调遣，遵从你爱情的旨意，
我就不配得到你的爱情，我就会名誉扫地。

施梅娜也向罗德里格袒露心声：

对我爱情的这种克制来自我的令名；
这可怕的义务，它的吩咐缠得我厌烦到极点，
它迫使我千方百计地盘算着要叫你完蛋。
因为我毕竟不指望我对你的这份心
由于要惩罚你而沦为卑怯的柔情。
无论我们的爱情怎样促使我替你着想，
我的勇敢都应该和你的勇敢毫发不爽：
你仗着杀我父亲来显示你有爱我的资格；
我也得靠让你偿命来表明我配你毫无愧色。①

唐娜·于拉克陷于对罗德里格的情欲和作为公主的德行之间的冲突，在天人交战之际，她的德行顶住了情欲的诱惑和压力。个人的情感得失在集体的荣誉面前必须让步。可是，人非圣贤，行动可以凭借意志执行，但个人情感在做出牺牲后并不会立刻平复，难免会不平衡，那么国王则是作为调停各方矛盾的大集体利益的代言人，他的出场就像上帝在人间的代表耶稣一样，扮演了抽象的王权的代表，使个人情绪得到安抚，各方势力得以调停，集体利益得到保证。

在《贺拉斯》中，贺拉斯父子是共和政体的拥护者，为维护国家利益大

① 高乃依：《熙德》，张秋红译，高乃依、拉辛：《高乃依　拉辛戏剧选》，张秋红等译，人民文学出版社2001年版，第53、55页。

义灭亲,他们身上体现了高乃依赞赏的国民应有的爱国情怀和为国牺牲的英勇精神。反面典型则是贺拉斯的妹妹卡米尔,她将个人情欲置于家族荣誉和国家利益之上,遭到了家族的诅咒、国民的唾弃。贺拉斯面对未来的妹夫——敌国的贵族居里亚斯时说道:

> 国家召我去不论讨伐谁,
> 我闭上眼睛愉快地追随。
> 这类任务所赋予的光荣,
> 应把其他感情消灭得无影无踪。
> 报国前还有其他牵挂,
> 履职时必然决心难下;
> 崇高神圣的权利摒弃一切礼俗,
> 罗马既选了我,我就义无反顾。
> 当初怀着满腔喜悦迎娶姐姐,
> 今天以同样的心情杀死兄弟。
> 多余的话不说也罢,
> 我不能再认你,因为你代表阿尔巴。①

当然,高乃依在剧中也隐隐表现出个人在集体面前的无助和渺小。此外,在《西拿》中,高乃依也表现出人道主义的立场,对个人与集体关系进行了反思。尽管如此,高乃依还是对理想的国君形象进行了乌托邦式的想象,以反对那些和国王对立的封建贵族集团。

拉辛的《昂朵马格》表现了个人情欲与家族荣誉、国民义务之间的矛

---

① 高乃依:《贺拉斯》,马振骋译,高乃依、拉辛:《高乃依 拉辛戏剧选》,张秋红等译,人民文学出版社 2001 年版,第 128 页。

盾。主人公昂朵马格被拉辛塑造为以家族荣誉和国家利益至上的正面形象。作为对照，卑吕斯、爱妙娜、奥赖斯特都局限于个人情感，他们或违背家族荣誉或背叛国家利益，都未能履行作为国民的公共义务。

而《费德尔》则展现了一个被情欲击败的国家权力的掌控者对国家而言是多么可怕：

我来统治？把国家置于我的意志下，
可我连自己的理智都不能管辖！
连自己的感情都不能控制！
我正在可耻的羁轭下熬煎；
我很快地就要离开人间。①

从这个意义上说，尽管古典主义倡导崇高的美学风格，而崇高与自由意志息息相关，古典主义悲剧中的主人公看似通过自由意志在行动，实际上并没有什么自由选择的余地。他们行动的逻辑、意志的选择是被王权制下的集体主义逻辑安排好了的，不得不这么行动，古希腊悲剧的自由意志的内核被改编为无自由的意志。比如高乃依的《俄狄浦斯》对俄狄浦斯王形象的改写，得知真相后的俄狄浦斯并不是像索福克勒斯的原作那样自觉地承担罪责（自觉承担命运意味着对自由意志的贯彻，因为命运也是自由意志选择的结果），而是将责任推给仆人和命运，呈现怨天尤人的无辜之态，也就否定了自由。

“新古典主义戏剧的观念是由黎塞留、马萨林强化的，这个观念就是：艺术的秩序就是生命的秩序。”②古典主义作家通过塑造具有强烈国家观

① 拉辛：《费德尔》，华辰译，高乃依、拉辛：《高乃依 拉辛戏剧选》，张秋红等译，人民文学出版社 2001 年版，第 520 页。

② 乔治·斯坦纳：《悲剧之死》，陈军、昀侠译，浙江工商大学出版社 2018 年版，第 43 页。

念和政治热情、富有理性品格而为集体利益献身的崇高形象，从而教化民众承担公共责任，关心国家利益，培养对王权的忠诚。这样一来，悲剧引起的怜悯与恐惧并不导向观众对形而上问题的思索，而是导向对现实的国家秩序、伦理道德规范的服从。事实上，即便是呼吁文学形式上的理性，其内核也是强调一种克制和隐忍——对个人意志的制约。换句话说，古典主义悲剧的创作目的和审美效果不是宣泄和净化，而是教育和询唤①。这样一来，亚里士多德关于文艺心理学的"净化说"就被压缩为道德教诲；善的概念从古希腊-罗马时期的完善（圆善、圆满）日趋世俗化为遵从君主专制下的国家伦理；理性成为政治统治的外包装；自由意志也转变为集体主义的国民义务。事实上，法国古典主义诗学对作家创作的严格限定，本质上也是国家意识形态的反映，正如蒲柏在《论批评》中对法国古典主义的评价："但说到批评之学，最盛莫过法兰西；彼邦民众天生顺从，谨守批评规章，布瓦洛在文坛称尊，执掌贺拉斯权杖。"②

---

① 询唤：interpellation，法国马克思主义政治哲学家阿尔都塞提出的术语，他认为"主体"是意识形态建构的产物，国家机器通过意识形态将个体作为其客体予以召唤，使个体"主体化"，产生对社会身份的认同。这个过程一方面保证了个体的屈从，另一方面维护和再造了整个社会的制度体系。

② 亚历山大·蒲柏：《论批评　云鬟劫》，李家真译注，商务印书馆2022年版，第50页。

参考文献

一、中文文献

[1] 达尔科.法国文学史[M].张兆龙,译.北京:中央编译出版社,2019.

[2] 杜比,芒德鲁.法国文明史Ⅱ:从 17 世纪到 20 世纪[M].傅先俊,译.上海:东方出版中心,2019.

[3] 范大灿.德国文学史:第 2 卷[M].南京:译林出版社,2006.

[4] 冯寿农.法国文学批评史[M].上海:上海外语教育出版社,2019.

[5] 伏尔泰.路易十四时代[M].吴模信,沈怀洁,梁守锵,译.北京:商务印书馆,1982.

[6] 雷柯夫.舞台美术史概要:上卷[M].中央戏剧学院,编译.北京:人民美术出版社,1963.

[7] 刘小枫.古典学与古今之争[M].北京:华夏出版社,2016.

[8] 柳鸣九.法国文学史[M].北京:人民文学出版社,2007.

[9] 勒夫隆.凡尔赛宫的生活:17～18 世纪[M].王殿忠,译.济南:山东画

报出版社,2005.

[10] 斯坦纳.悲剧之死[M].陈军,昀侠,译.杭州:浙江工商大学出版社,2018.

[11] 特雷休尔.黎塞留和马萨林[M].赵立行,译.上海:上海译文出版社,2003.

[12] 汤晓燕.社会文化史视野下的17世纪法国沙龙女性[J].世界历史,2021(2):41-55+149.

[13] 余匡复.德国文学史:上卷[M].上海:上海外语教育出版社,2012.

[14] 中岛智章.图说巴洛克[M].曹逸冰,译.天津:天津人民出版社,2018.

[15] 中国社会科学院文学研究所.古典文艺理论译丛:卷二[M].北京:知识产权出版社,2010.

[16] 中国社会科学院文学研究所.文艺理论译丛[M].北京:知识产权出版社,2010.

二、外文文献

[1] BATE W J. Samuel Johnson[M]. New York: Harcourt Brace Jovanovich,1977.

[2] CARPENTER H, PRICHARD M. The Oxford companion to children's literature [M]. New York: Oxford University Press,1984.

[3] CORNS T N. A history of Seventeenth-Century English literature [M]. Oxford: Wiley-Blackwell,2014.

[4] FELSKI R. Rethinking tragedy[M]. Baltimore: John Hopkins University Press,2008.

[5] HUGH C. Encyclopaedia britannica: a dictionary of arts, sciences,

literature and general information, Vol. IV [M]. Cambridge: Cambridge University Press,1911.

[6] JEAN L. Charles Perrault's paradox: how aristocratic fairy tales became synonymous with folklore conservation[J]. Trames Journal of the Humanities and Social Sciences,2007,11(3):276-283.

[7] KING B. Seventeenth-Century English literature[M]. New York: Schocken Books,1982.

[8] POOLEY R. English prose of the Seventeenth Century 1590—1700 [M]. London: Routledge,2013.

[9] PERRAULT C. Le siècle de Louis le Grand[M]. Paris: Coignard,1687.

[10] PERRAULT C. Parallèle des anciens et des modernes, Vol. I[M]. COIGNARG J B ed. , Paris: Coignard,1693.

[11] SHAFTESBURY L. Characteristics of men, manners, opinions, Times[M]. KLEIN L E ed. , New York: Cambridge University Press,2000.

[12] ZIPES J. The Oxford companion to fairy tales[M]. New York: Oxford Univeristy Press,2000.